HEIKE DUKEN
Denn Familie sind wir trotzdem

Autorin

Heike Duken, geboren 1966 in München, studierte Psychologie und arbeitet in Nürnberg als Psychotherapeutin in ihrer eigenen Praxis. Ihr erster Roman bei Limes, »Wenn das Leben dir eine Schildkröte schenkt«, wurde mit einem Stipendium des Deutschen Literaturfonds gefördert und von Presse und Lesern hochgelobt. Auch mit ihrem nächstem Roman »Denn Familie sind wir trotzdem« zeigt Heike Duken erneut ihr großes Talent, Figuren besonders realistisch und lebensnah zu zeichnen.

Von Heike Duken ebenfalls erschienen:
Wenn das Leben dir eine Schildkröte schenkt

Besuchen Sie uns auch auf www.instagram.com/blanvalet.verlag und www.facebook.com/blanvalet.

Heike Duken

DENN FAMILIE SIND WIR TROTZDEM

Roman

blanvalet

Sollte diese Publikation Links auf Webseiten Dritter enthalten, so übernehmen wir für deren Inhalte keine Haftung, da wir uns diese nicht zu eigen machen, sondern lediglich auf deren Stand zum Zeitpunkt der Erstveröffentlichung verweisen.

FSC www.fsc.org MIX Papier | Fördert gute Waldnutzung FSC® C014496

Klimaneutral* Druckprodukt ClimatePartner.com/14044-1912-1001

Penguin Random House Verlagsgruppe FSC® N001967

Vollständige Taschenbuchausgabe der 2021 beim Limes Verlag
erschienenen Hardcoverausgabe
1. Auflage 2022

Redaktion: René Stein
Umschlaggestaltung: FAVORITBUERO, München
Umschlagmotiv: © Elisabeth Ansley/Trevillion Images;
© British Library Board. All Rights Reserved/Bridgeman Images
BSt · Herstellung: DiMo
Satz: Vornehm Mediengestaltung GmbH, München
Druck und Bindung: GGP Media GmbH, Pößneck
Printed in Germany
ISBN 978-3-7341-1183-9

www.blanvalet.de

Für Jan Richard Duken,
meinen Vater

Das wäre sicher schön

Ina, 1985

Sie luden mich in ihr Haus ein, und ich ging hin. Man musste ja darüber sprechen. Irgendwie. Ich klingelte. Was sollte schon passieren. Ich war aufgeregt, ja, aber ich war auch stolz, und da würden sie nicht dagegen ankommen. Sollte es schwierig werden, würde er mir helfen. Ariel. Er hatte jetzt Zeit gehabt, um über alles nachzudenken, hatte sich fangen können. Er würde mir beistehen, er würde ihnen nicht erlauben, über mich herzufallen.

Dana öffnete die Tür, Ariels Schwester. Was machte sie hier? Dana studierte doch in Haifa. War das Semester schon zu Ende?

»Hallo Dana.«

»Hallo Ina. Da bist du ja.«

Sie lächelte, ein gutes Zeichen. Dana würde es am ehesten verstehen.

»Komm doch rein«, bat sie, und ich betrat die Wohnung. Es gab keinen Flur, man stand sofort im Wohnzimmer. Schrankwand, Sofa, zwei Sessel, Couchtisch, Teppich. Auf einer Kommode Pokale und Medaillen, von Dana und von ihrem Bruder, Ariel. Sie Leichtathletik, er Schwimmen. Wie spießig das alles war. Fast wie in Deutschland.

Ariel war nicht da. Er würde sicher gleich kommen.

Martha, seine Mutter, erhob sich aus dem Sessel. »Hallo Ina«, sagte sie. »Wie schön, dass du gekommen bist.«

Sie lächelte auch.

Es würde also nicht so schlimm werden. Sie verurteilten mich nicht, sie hassten mich nicht.

»Das ist Ruth«, sagte Martha. »Meine Schwester, Ariels Tante.«

Die Tante lächelte nicht, sie gab mir lediglich die Hand.

Martha bot mir den zweiten Sessel an und nahm wieder auf ihrem Platz.

»Möchtest du Tee?«, fragte mich Dana.

»Nein, danke.«

Sie war auf meiner Seite. Ich spürte es. Sie war nur zwei Jahre älter als ich. Wir waren uns auf einem Ausflug begegnet, damals am See Genezareth, es war schon ein paar Monate her. Wir hatten darüber gelacht, wie hübsch die Männer hier waren. Wie gefährlich.

Es gab noch eine weitere Person im Raum. Sie stand weder auf, noch wurde sie mir vorgestellt. Eine alte Frau. Sie saß etwas abseits auf einem Stuhl neben der Anrichte mit den Medaillen. Ihre Hände lagen in ihrem Schoß. Sie trug ein Kostüm, als hätte sie sich schick gemacht, doch die Hausschuhe an den Füßen passten nicht dazu. Sie hatte weißes Haar, ihr Gesicht war voller Falten und Flecken. Es musste Ariels Großmutter sein. Er hatte nur ein- oder zweimal über sie gesprochen, obwohl sie nebenan wohnte. Man sah sie nie draußen, auch bei den Versammlungen nicht. Sie sei ein bisschen seltsam, hatte Ariel gesagt und gelacht. Ja, das war sie wohl. Sie schaute auf ihre Hände.

»Du bist schwanger?«, fragte Dana unvermittelt.

»Ja.«

»Bist du sicher? Warst du beim Arzt?«

»Ja, ich war beim Arzt. Zehnte Woche ungefähr.« Es sollte neutral klingen, nicht gleich so euphorisch. Immer langsam! Aber ich lachte, ich konnte nicht anders.

»Passiert«, sagte Dana. »Ist ja nicht so schlimm.«

Sie saßen nun schweigend da, Dana, Martha, Tante Ruth und die alte Frau, die immer nur ihre Hände betrachtete. Wirklich seltsam.

»Wo ist Ariel?«, fragte ich.

»Er musste weg«, sagte Martha, seine Mutter. »Er hat Dienst. Du weißt ja.«

»Er hat Dienst? Nein, das wusste ich nicht.«

Ariel hatte doch gesagt, er würde freibekommen und auf jeden Fall da sein. Vor zwei Tagen, am Telefon. Auf einmal war ich allein mit seiner Familie. Zum Glück war wenigstens Dana da.

»Wo willst du es machen lassen?«, fragte Martha. »Hier oder in Deutschland? Die Zeit wird knapp.«

»Am besten hier«, schlug Ruth vor, Ariels Tante. »Wir sind für dich da. Bringen dich hin. Wir sind bei dir.«

»Oh nein, ich möchte es behalten.«

Sie starrten mich an. Ruth zog die Augenbrauen nach oben. Sie aß zu viele Zitronen, hatte Ariel über seine Tante gesagt. Deswegen schaute sie immer so säuerlich drein.

Er war nicht da. Nur Dana konnte mir noch helfen.

»Ich könnte mir vorstellen herzukommen, hier zu leben«, sagte ich.

Martha antwortete mir sofort. Als hätte sie sich längst alles zurechtgelegt. »Das wäre sicher schön. Aber Ariel, mein Sohn, er möchte das nicht. Er ist zwanzig Jahre alt. Er ist beim Militär. Er erlebt viel Schlimmes. Danach macht er seine Reise, du weißt doch, dass nach seiner Militärzeit der Kibbuz für eine Reise aufkommt. Denkst du nicht, sie steht ihm zu? Nach dem Dienst? Und dann? Er wird studieren. Es wird also nicht gehen, dass du herkommst und hier lebst.« Sie beugte sich zu mir hin und nahm meine Hand. »Vielleicht ist es schwer. Du bist verliebt. Vielleicht hattest du Träume. Aber es ist zu früh für euch, einfach zu früh. Du kannst noch viele Kinder haben. Ich weiß einen Arzt.«

Ich zog meine Hand weg.

»Ich werde das Kind bekommen. Auch ohne Ariel. Ich kann hier leben und arbeiten, ich falle ihm nicht zur Last. Soll er seinen Dienst machen, seine Reise.«

Damit hatten sie nicht gerechnet. Ich würde Ariel zu nichts zwingen, so war ich nicht. So waren wir beide nicht. Ich würde hier leben wie die anderen auch. Erst als Kandidatin, dann als Mitglied. Ich würde arbeiten, von mir aus in der Küche an der *Dishmachine* oder auf der Plantage, es war mir egal. Ich würde eine von ihnen werden. Das war neu für sie. Das mussten sie erst einmal verdauen.

»Ich möchte ihm nichts kaputt machen, wisst ihr.«

Nichts lag mir ferner. Ariel. Er hatte dunkles Haar und blaue Augen, und ich hatte ihn lange nur heimlich angeschaut, monatelang, und nicht gedacht, dass er sich für mich interessieren könnte. Nicht Ariel, der hübscheste Kibbuznik von allen. Doch dann diese Nacht, als die Freiwilligen aus Mexiko ihr Abschiedsfest feierten. So viel Tequila! Die Party fand im Freien statt, die Nacht war sternenklar, und immer noch war es so heiß, dass uns beim Tanzen der Schweiß nur so herunterlief – und später auch, als wir uns im Arm hielten, Ariel und ich, und noch später, als wir betrunken in den Laken lagen. Da erzählte er mir vom Militärdienst. Drei Jahre. Er musste auf Menschen schießen, manchmal sogar auf Kinder. Kam ein Kind auf sie zu, wussten sie nicht, ob die Puppe in der Hand nur ein Spielzeug oder eine Höllenmaschine war. Und wenn er freihatte, kam er nach Hause, und alles war ganz normal und ganz friedlich, aber nicht für ihn, er träumte und wachte voller Angst auf und klammerte sich an mich.

Was also wussten sie von Ariel, seine Mutter und seine Tante und seine seltsame Großmutter. Sie kannten ihn nicht so, wie ich ihn kannte, ich, Ina, die ein Kind von ihm bekam. Sein Dienst und seine Reise würden nichts daran ändern. Er würde zurückkommen, und ich würde für ihn da sein.

Dana stand vom Sofa auf. »Das tust du aber.« Sie stemmte die Hände in die Hüften. »Du machst Ariels Zukunft kaputt.«

Ich hatte sie bestimmt falsch verstanden. Immer noch war ich im Englischen nicht ganz sicher. Ich lächelte, mehr fiel mir im Augenblick nicht ein.

»Sei nicht so hart«, sagte Martha.

»Du kannst das Kind nicht kriegen«, sagte Dana. »Es wird hier nicht willkommen sein.«

Das war nun nicht mehr falsch zu verstehen. Trotzdem kam es erst langsam bei mir an. Ich hörte auf zu lächeln. Dana? Warum? Ich starrte sie stumm an. Sie wich meinem Blick nicht aus, sondern sah mir direkt in die Augen. Ja, sie meinte, was sie sagte. Sie war nicht auf meiner Seite. Eine Falltür ging auf, und ich fiel. Meine Ohren gingen zu, ich fühlte mich taub.

Ich riss mich von Danas bohrendem Blick los und starrte auf den Teppich mit seinem hässlichen Muster. Ich war allein. Niemand würde mir helfen. Ob Ariel wirklich Dienst hatte? Vielleicht wartete er nebenan. Draußen ein Held – und hier, für mich? Nein, ich tat ihm bestimmt unrecht. Er hatte nicht freibekommen.

Na gut, dachte ich. *Ihr werdet schon sehen.* Sie saßen vor mir, diese Frauen. Sie hielten zusammen, aber es würde ihnen nichts nutzen. Sie wollten mir Vorschriften machen, und da kannten sie mich schlecht. Meine Mutter hatte das schon versucht, mein ganzes Leben lang. Das war ich gewohnt! Sie brauchten nicht zu denken, dass ich jung und dumm war und einfach machte, was sie mir befahlen.

»Ich werde das Kind bekommen. So oder so.«

»Nein«, sagte Dana. »Du wirst eine Abtreibung vornehmen lassen. Noch in dieser Woche. Hier ist dein Termin.«

Sie hielt mir einen Zettel hin.

»Niemals.«

»Du wirst allein damit sein«, sagte Martha. »Ganz allein. Das Kind wird keinen Vater haben. Denk an das Kind, Ina, an sein Schicksal.«

»Es wird hier nicht willkommen sein«, bekräftigte Ariels Tante Ruth.

Ich verstand noch immer nicht ganz, was los war.

Was sie gegen das Kind hatten. Gegen mich. Mein Kind war nicht willkommen? Doch, das war es. Bei mir. Ich heulte los. Ich wollte nicht, aber ich heulte.

»Es ist doch erst ein kleiner Haufen Zellen«, sagte Dana. »Mach dich nicht unglücklich. Und das Kind auch nicht.«

Ich stand auf. »Was sagt Ariel denn?«

Martha antwortete mir. »Er hat uns aufgetragen, dieses schwere Gespräch mit dir zu führen. Er sah sich nicht in der Lage dazu. Er will das Kind nicht. Er will keine Beziehung mit dir. Eine Liebelei, Ina, mehr nicht. Nimm die Erinnerung mit nach Hause.«

»Ich gehe jetzt«, sagte ich.

Er sah sich nicht in der Lage dazu.

Ich bewegte mich langsam. Sie würden mich aufhalten. In meinem Kopf ein Durcheinander. Na gut, dann Deutschland. Ein Baby. Ich war die Mutter. Ich würde schon für es sorgen. Und diese Leute hier, die würden sicher irgendwann ein Einsehen haben. Die hatten doch ein Herz.

Ich hielt die Klinke in der Hand.

Eine Liebelei. Sie wussten nichts über Ariel und mich. Über seine Albträume und seinen Schweiß in der Nacht. Wie er sich an mich klammerte im Morgengrauen.

Ich konnte ihn nicht anrufen, er war im Dienst. War er das wirklich? Ich musste wohl einen Flug buchen. Meine Mutter anrufen. Ich hatte keine Wohnung. Ich hatte nichts.

Da hast du dir ja was Schönes eingebrockt, Ina Fux, würden sie zu Hause sagen. *Typisch!*

Ich wandte mich noch einmal um. Alle saßen sie da,

so ruhig, so im Recht. Mein Baby, es war nicht willkommen. Es war ein Nichts für sie.

Die alte Frau stand plötzlich auf und hatschte zu mir her. Sie nahm mit beiden Händen meine Hand und sah mich an.

»Es tut mir leid«, sagte sie auf Deutsch. Ohne jeden Akzent.

»Dann tun Sie doch was! Sind Sie Deutsche?«

»Nein, ich bin Israelin.« Sie schaute mich weiter an und hielt meine Hand. »Es tut mir leid, Mädchen.«

Dann öffnete sie die Haustür und schob mich hinaus.

Sleep well

Paul, 1925

Ich stapfte durch den Schnee und zog Gerd mit dem Schlitten hinter mir her. Mein Bruder war zwar noch klein, aber schwer, und der Schnee tief. Unter der Mütze wurde mir heiß, unter der Jacke, dem kratzigen Wollpullover, dem Unterhemd. Nur meine Hände in den Handschuhen und meine Füße in den Halbschuhen froren. Die Stiefel vom letzten Jahr passten mir nicht mehr, und ich wusste nicht, ob der Onkel mir neue kaufen würde. Es war der erste Winter hier.

»Du isst zu viel!«, rief ich meinem Bruder auf dem Schlitten zu.

Aber er verstand ja noch nichts so richtig und schrie nur: »Snella, snella!«

Der sollte erst mal richtig sprechen lernen. Ich war schließlich kein Maulesel. Trotzdem versuchte ich, noch etwas schneller zu ziehen, denn das Schlimmste war, wenn Gerd heulte. Auweia. Dann schrie er den ganzen Ort zusammen, und der Onkel wurde wütend davon. Das konnte ich verstehen, weil man das Geheule wirklich nicht aushalten konnte.

»Enten, Enten!«, rief Gerd.

»Wir dürfen nicht zum Weiher, das weißt du genau.«

»Enten, Pauli!«

»Im Winter gibt es gar keine Enten, du Dummkopf.«

Jetzt war eine Weile Ruhe. Nur der Schnee knirschte, und die Kufen machten ein Geräusch, immer wenn ich wieder einen Schritt vorwärtsschaffte. Und ich schnaufte. Am liebsten wäre ich einfach zu Hause geblieben, aber der Onkel schickte uns jeden Tag raus, jeden Tag, egal bei welchem Wetter.

»Ihr seid doch Buben und nicht aus Zucker, ihr beiden, raus mit euch«, hatte er gesagt, und bei ihm gab es keine Widerrede. Meckern zwecklos, das hatte ich schnell gelernt. Nur der Gerd, der musste das noch lernen.

»Enten!«, fing er jetzt wieder an, und seine Stimme klang, als würde er gleich wieder losheulen. Aber wir durften nicht zum Weiher. Es war gefährlich.

»Du bist der Ältere, du trägst die Verantwortung«, hatte der Onkel mir gesagt. »Das ist etwas sehr Wichtiges im Leben, verstehst du? Verantwortung.«

Er behandelte mich eben nicht wie ein Baby, der Onkel.

Gerd quengelte und riss an seiner Mütze herum, die ihn genauso kratzte wie mich mein Wollpullover.

»Lass die Mütze auf!«

Ich ging hin und setzte sie meinem Bruder wieder richtig auf den Kopf. »Nein!«, quietschte er, strampelte trotzig mit den Beinen und griff wieder nach der Mütze.

»Lass ihm seinen Trotz nicht durchgehen«, hatte der Onkel gesagt. »Das muss man frühzeitig unterbinden.«

»Hör auf«, schrie ich also und zwang die kleinen Finger an seiner Hand auseinander, damit er die Mütze losließ, und dann drückte ich seine Beine grob auf den Schlitten.

Er fing sofort zu weinen an und jammerte los. »Aua, aua!« Am liebsten hätte ich ihm eine verpasst. Aber dann machte er so ein Gesicht und sah mich so an, mit seinen Kulleraugen, er schob die Unterlippe vor, und da tat er mir wieder leid. Ich konnte nicht anders, als ihn zu trösten. Ich fiel immer wieder auf ihn herein.

»Ist ja gut, Gerd, ist ja gut«, sagte ich, nahm ihm kurz die Mütze vom Kopf und wuschelte ihm durch die Haare. Das half gegen das Kratzen. Dann gab ich ihm einen Stups auf seine Nase, sie war voller Rotz, und Gerd lachte wieder, als wäre nichts gewesen. Zum Glück. Kein Geheule mehr.

»Komm, steig ab«, sagte ich, »Wirst schon sehen, es sind keine da. Enten, Enten! Und dann gehen wir nach Hause, ja?«

Er kletterte vom Schlitten, umarmte meine Beine und sagte: »Liebhaben, Pauli.«

Nicht das schon wieder. »Ja, liebhaben, Gerd. Ist ja gut. Lass mich los.«

Ich nahm ihn bei der Hand, und wir gingen ein Stück oberhalb des Weihers. Gerd verschwand fast im Schnee, kämpfte sich aber tapfer durch. Ich setzte ihn auf eine Bank in der Sonne. Da war es ein bisschen wärmer, und meine Schuhe konnten vielleicht trocknen. Oben fiel der Schnee rein, die Socken waren nass, und meine Füße taten weh, so eisekalt waren sie.

»Siehst du, weit und breit keine Enten. Es ist zu kalt. Sie sind in Afrika, deine Enten.«

Auch am Hintern wurde es eisig auf der Bank. Wir

konnten noch nicht nach Hause, es war zu früh. Der Onkel würde sich ärgern und uns wieder rausschicken.

»Komm, wir bauen einen Schneemann«, schlug ich vor und ließ Gerd auf der Bank sitzen. Ich machte einen Schneeball und rollte ihn durch den Schnee. Es klappte gut. Die Kugel wurde größer und größer.

»Schau mal, Gerd!«

Doch Gerd saß nicht mehr auf der Bank. Ich sah nur noch seinen Kopf mit der Mütze, und der bewegte sich in Richtung Weiher.

»Gerd, nicht! Bleib stehen!«, rief ich.

Aber er hörte nicht auf mich, sondern stolperte weiter, den Abhang hinunter, er kreischte und lachte dabei. Für ihn war das ein Spiel.

»Gerd, na warte!«

Ich rannte los. Ich würde ihm ordentlich eine verpassen. Der musste mal gehorchen lernen, der Blödmann.

»Pauli, Pauli!«, rief er und rannte von mir weg aufs Eis, aber er kam nicht weit, ein paar Schrittchen vom Ufer entfernt brach er ein und war weg.

Ich sprang ihm sofort hinterher, brach genauso ins Eis ein, die Kälte zog mir fast die Beine weg, aber ich stand, das Wasser bis zum Bauch, und sah vor mir das Loch im Eis mit Gerds Mütze. Ich fischte nach der Mütze, dann nach einem Arm in einer dicken Jacke, und dann zog ich den ganzen nassen, schweren Klumpen heraus, der mein Bruder war, und zerrte ihn ans Ufer.

Gerd schrie wie am Spieß. Zum Glück. Er war nicht tot. Ich verpasste ihm eine. Zog ihn hoch und schleifte ihn hinter mir her auf die Bank.

»Warum machst du so was? Du bist klitschnass! Und

ich krieg die Haue!« Statt einer Antwort heulte und schluchzte er nur. »Setz dich hier in die Sonne und sei still. Du musst trocknen. Wir bleiben so lange hier, bis du trocken bist.«

Er nickte und zog den Rotz hoch. Der Dummkopf.

Wir saßen und warteten. Die Sonne schien. Trotzdem fingen Gerds Zähne an zu klappern, und er begann, fürchterlich zu zittern. Dann ging es bei mir los, das Bibbern und Zähneklappern. Man konnte es bestimmt bis in den Ort hören. Ich setzte mir Gerd auf den Schoß und umarmte ihn, damit wir es ein wenig wärmer hatten. Wenn nur seine Sachen trockneten. Ich würde mich schon hineinschleichen, so triefnass, am Onkel vorbei, aber mein kleiner Bruder war ein Dummerjan, der ließ sich bei allem erwischen.

Abwechselnd rieb ich ihm die Arme und umarmte ihn dann wieder ganz fest, damit er aufhörte, so furchtbar zu zittern. Aber es half nichts. Wir saßen und saßen, die Sonne verschwand schon langsam hinter den Bäumen. Es wurde noch kälter.

»Du musst auch mal auf mich hören«, sagte ich. »Bald ist es dunkel, und wir können nicht nach Hause.«

Jetzt war mir zum Heulen zumute. Was sollte ich bloß machen? Das wurde nichts, wir wurden kein Stück trockener. Gerd sah mich zähneklappernd an. Die Haare, die unter seiner Mütze herausschauten, waren steifgefroren. Die ganze Mütze und die Jacke auch.

»Liebhaben, Pauli«, sagte er, die Lippen blau.

»Ja, liebhaben, Gerd.«

Es wurde dunkel. Nur der Schnee leuchtete weiß. Die Bäume weiter hinten waren schwarz.

Später, als wir zusammen im Bett lagen, zitterte Gerd immer noch. Und er weinte. Jetzt hatte er Grund dazu.

»Ich bin schuld!«, hatte ich dem Onkel gesagt. »Ich bin mit ihm zum Weiher! Er wollte nicht, ich bin schuld!«

Trotzdem bekam ich nur eine ordentliche Ohrfeige, die mir immer noch im Ohr weh tat. Und Gerd kriegte die ganze Tracht Prügel ab, mit dem Kochlöffel.

Er war doch noch so klein, er verstand es doch noch nicht.

»Ohne Essen ins Bett!«, brüllte dann der Onkel, und ich half Gerd, seinen Schlafanzug anzuziehen.

Jetzt lagen wir da, in unserem Bett, wir hatten eins zusammen, und mein Bruder zitterte und weinte neben mir, und ich hatte Hunger, einen so großen Hunger wie noch nie.

»Gerd? Hör mal! Weißt du noch, wie Mama ›Gute Nacht‹ sagt?«

Er antwortete nicht, aber er wurde ruhiger.

»›Sleep well in your klappriges Bettgestell‹, sagt sie immer. Sie kommt nämlich aus England.«

»Mama«, sagte er, aber wahrscheinlich konnte er sich gar nicht mehr richtig an sie erinnern.

»Sie kommt bald zurück«, flüsterte ich. »Schlaf jetzt. Morgen gibt es Frühstück.«

Ich würde bestimmt zehn Brote verdrücken. Mit Marmelade.

Endlich hörte Gerd auf zu zittern. »Sleep well, Gerd, in your klappriges Bettgestell«, sagte ich und merkte, dass er schon eingeschlafen war.

Pipifloh

Ina, 1985

Ich saß im Bus nach Tel Aviv. Ein Fensterplatz. Ich wollte es nicht, aber ich sah die ganze Zeit hinaus. Israel ist klein. Von den Golanhöhen kann man das Meer sehen und hinüber nach Syrien und in den Libanon, und von Eilat ist es ein Katzensprung nach Gaza. Trotzdem dauerte die Fahrt Stunden über Stunden, sogar Tage, sie hörte gar nicht mehr auf. Ich starrte hinaus, das Land zog an mir vorbei, die Farben, der Staub, die Kibbuzim und Siedlungen mit den grünen Flächen rundherum, die Soldaten mit ihren Maschinengewehren und ihrem strengen Blick, wir wurden angehalten, überprüft, durften schließlich weiterfahren. Ariel, dachte ich nur, Ariel, und all das fraß an mir, fraß mich richtig auf, Stück für Stück fehlte etwas von mir, das hätte mein Land sein sollen, meine Heimat, hier war mein Glück, woanders würde es nicht auf mich warten, ich war mir ganz sicher. Hier hätte ich zur Welt kommen sollen, hier in diesem kleinen Land, das wäre so viel besser gewesen. Ich wäre jemand anders geworden, mit einem anderen Namen. Nicht Fux.

Dieser Name: Fux.

Ich wäre gerne zum Militär gegangen. Vielleicht sogar zum Geheimdienst. Um auf Israel aufzupassen, auf die

Menschen. Hier waren sie gut. Gute Menschen. Wer so viel Leid erfahren hatte, musste gut sein.

Wie dumm ich mich fühlte. Ich schämte mich. Es war doch offensichtlich, dass ich nicht eine von ihnen war, ich war eine von den anderen, den Deutschen. Wie hatte ich das vergessen können. Ariel war im Recht, ich nicht. Er hielt zu seiner Familie. In Deutschland waren alle auf ihn wütend, meine Mutter, mein Vater, meine Freundin, alle, ich nicht. Ich verstand Ariel. Es ging nun einmal nicht, er konnte für eine Deutsche nicht seine Familie verraten. Es war wie ein Gesetz, dagegen kam man nicht an.

Doch mit jedem Kilometer, den dieser Bus fuhr, wurde ich weniger und weniger und wollte am liebsten gar nicht mehr da sein, aber jetzt hatte ich ja eine Verantwortung, ich *musste* da sein, für das Baby. Immer wenn ich an mein Kind dachte, fing ich an zu weinen. Die Frau neben mir, eine Fremde, strich mir über den Arm, aber das half nichts, im Gegenteil, ich weinte noch mehr. Wo kam das ganze Wasser nur her? Ich wollte nicht weg von hier, noch weniger nach Hause, was sollte das überhaupt für ein Zuhause sein, Deutschland? Ich hasste es.

Dann saß ich endlich im Flugzeug, nach den Prozeduren, den Durchsuchungen und Befragungen. Sie schauten sich jeden Passagier genau an, wegen der Anschläge.

Wieder Fensterplatz. Ich sah jetzt nicht mehr hinaus. Ich achtete auf die Sicherheitshinweise, die Vorführung der Stewardess. Dann drückte mich die Beschleunigung in den Sitz, wir hoben ab, einen kurzen Moment lang schwebte ich, so kam es mir vor, das Geräusch des einfahrenden Fahrwerks, ich schloss die Augen. Vielleicht konnte ich schlafen.

Ein Baby in meinem Bauch. Ein echtes Baby. Und ich dachte: Soll ich denn wirklich? Es gab noch die Möglichkeit. In Holland, die meisten fuhren nach Holland. Ich hatte noch Zeit.

Holland? Wie bitte? Klopf-klopf, du da! Hallo, Ina Fux!

Wer oder was sprach da zu mir? Der kleine Zellhaufen etwa?

Denk lieber nicht daran sagte er.

Doch, ich dachte *daran*. Mir brauchte man mit Lebenschenken oder mit dem lieben Gott oder so was nicht zu kommen. Wir waren immerhin in den Achtzigern, wir hatten Rechte, wir Frauen, und wir hatten Holland.

Es ruckelte. Das Anschnallzeichen leuchtete auf, und ich schloss den Gurt. Bitte keine Turbulenzen, dachte ich. Bitte! Mir war doch sowieso immer übel, jetzt seitdem … Ich suchte im Fach vor mir nach der Kotztüte. Sie hatte ein lachendes Gesicht drauf und ein Bild, wie man sie nach Gebrauch verschließen sollte. Das Flugzeug sackte leicht ab, und ich umklammerte die Tüte fest mit meiner Hand.

Ein Kind ohne Vater. Und ich? Arm und doof würde ich werden. Sozialhilfe. Ha, studieren, die Madame! Ausgeträumt, Ina. Das Schlaflied fiel mir ein. Gerade jetzt das blöde Lied.

Weißt du, wie viel Sternlein stehen
an dem blauen Himmelszelt?
Weißt du, wie viel Wolken gehen
weithin über alle Welt?

Gott der Herr hat sie gezählet,
dass ihm auch nicht eines fehlet
an der … Pff.

Aber das Ganze hat einen Vorteil!

Ach ja? Welchen denn, du Zellhaufen? Mir fällt keiner ein.

Ist doch ganz einfach. Ich werde nur dich haben und nur dich liebhaben, egal was du machst, und auch wenn es mir vielleicht schwerfällt. Also manchmal …

Was soll das denn bitte heißen?

Mir fiel ein Satz von meiner Mutter ein: »Erst zieht man sie frech, dann werden sie groß.«

Omi! Omimi!

Oh Gott. Meine Mutter. Daran hatte ich noch gar nicht gedacht. Sie würde ja die Omi werden von … Ich konnte sie schon hören. Die Omimi.

»TYPISCH INA. DAS WAR JA KLAR. DAS HAST DU JA TOLL HINBEKOMMEN, GRATULATION. HAB ICH ES DIR NICHT GLEICH GESAGT? JETZT IST SCHLUSS MIT DEN SPERENZCHEN UND WIE STELLST DU DIR DAS VOR, BITTE SCHÖN? WERD ENDLICH ERWACHSEN. DAS KOMMT ÜBERHAUPT NICHT INFRAGE, FRÄULEIN. JETZT IST SCHLUSS MIT WOLKENKUCKUCKSHEIM. SCHAU NICHT SO. FANG BLOSS NICHT SO AN. HÖR AUF ZU HEULEN.«

Die Omi ist wohl nicht so ein gutes Thema, hm?

Nein. Aber was weißt du kleiner Pipifloh in meinem Bauch schon von deiner Oma? Hm?

Ich dachte an den Vormittag am Markt in Jerusalem. In dem ganzen Getümmel und unter den vielen Arabern stand eine jüdische Frau mit einem kleinen Jungen an der Hand vor einem Stand mit Gewürzen. Sie trug eine Kopfbedeckung und einen langen Rock, sie war eine Religiöse. Der Junge wollte ihr sagen, welches Gewürzpulver sie zu kaufen hatte, das knallrote gefiel ihm am besten, und die Frau lachte und sagte zu ihrem Jungen: »Was weißt du kleiner Pipifloh schon von einer Shakshuka!«

Die Stewardess brachte Essen und Getränke. Rindfleisch mit Kartoffelpüree, ein Joghurt und ein Kuchen. Ich hatte Hunger. Aber das Fleisch roch merkwürdig, ich wusste nicht wonach, mir wurde jedenfalls schlecht davon. Ich klappte die Alufolie zu, verschloss das ganze Paket wieder, so gut es ging, es roch immer noch, und ich musste doch etwas essen. Aber der Mann neben mir öffnete nun seine Schale, alle aßen das Rindfleisch, es stank im ganzen Flugzeug nach so etwas wie Verwesung oder Schimmel oder nur nach einem Gewürz, ich hatte keine Ahnung.

In der linken Hand hielt ich die Kotztüte. Sie war meine Rettung, vielleicht bekam ich so den Joghurt und den Kuchen hinunter. Aber erst brauchte ich eine Cola.

»Bitte, haben Sie eine Cola für mich?«

»Warten Sie.«

Die Stewardess lächelte ihr Plastiklächeln und verteilte ihre Plastiklöffel und den Kaffee, aber ich brauchte Cola, sonst konnte ich nichts essen.

»Ist Ihnen nicht gut?«

»Doch, ich bräuchte nur bitte eine Cola.«

»Einen Moment müssen Sie schon warten.«

»Ich weiß!«

Jetzt war ich unhöflich geworden. Sie würde mich extralange warten lassen. Sie würde mich den Rest des Fluges warten lassen.

Auf dem Kuchen glänzte etwas. Das war nicht gut. Ich konnte nichts essen, was glänzte. Ich konnte nur den Joghurt essen, er schmeckte einwandfrei. Nach nichts.

Und das ging jetzt neun Monate so? Wer hielt so was aus?

Die Wolken waren verschwunden, ich konnte unten schneebedeckte Berge sehen, Täler, kleine Ansiedlungen. Es dauerte jetzt nicht mehr lange. Conny würde am Flughafen auf mich warten. Wir hatten uns sechs Monate nicht gesehen. *Juhu, ein Baby!*, hatte sie in ihrem letzten Brief geschrieben. Sie war die Einzige die sich freute.

Bitte, iss den Kuchen, Mama. Ich hab so Hunger! Das ist nichts Ekliges, was da glänzt. Nur Butter. Oder Margarine. Oder Öl, Pflanzenöl. Nichts Ekliges jedenfalls.

Ich will nicht kotzen, hörst du?

Und ich will den Kuchen!

Der war ganz schön frech, der Pipifloh. Das konnte ja heiter werden, wenn der mal wirklich einen Mund zum Quaken hatte und Hände, um Sachen zu zerdeppern.

Kuchen! Sonst gehe ich zum Jugendamt und sage, erst wollte sie nach Holland fahren, und dann hat sie mir nichts zu essen gege-

ben. Sie ernährt sich sowieso sehr schlecht und unregelmäßig, diese Frau, die sich meine Mutter nennt.

Sehr lustig. Haha! Aber denk mal scharf nach.

Ach so. Dafür müsste ich erst einmal … nicht nach Holland fahren.

Schlaues Kerlchen.

Oder schlaues Mädchen! Die können auch schlau sein, verstehst du?

Ach, was weißt du schon.

Jaja, ich kleiner Pipifloh.

Ich wollte nicht, aber ich musste lächeln. Zum ersten Mal seit ungefähr einhundert Tagen. Ob es wirklich ein Mädchen war? Oh weh. Das würde was geben. Das ganze Geschrei, die Tränen, sich im Klo einsperren und zu spät heimkommen und rauchen und Verweise kriegen und einfach auf alles pfeifen. Oh weh. Ich würde alles zurückbekommen. Wahrscheinlich doppelt und dreifach.

Das Flugzeug setzte auf, bremste ab. Ein Rauschen. Draußen war es Nacht. Es regnete. Das Flughafengebäude war grell erleuchtet. Conny wartete dort auf mich.

Ich lächelte immer noch.

Paulchen, mein Paulchen

Paul, 1930

»Ich werde kein Soldat«, sagte Gerd.

»Jeder wird Soldat. Wirst schon sehen.«

»Ich nicht. Ich werde Tierarzt und bringe die Kälber auf die Welt. Und den Pferden helfe ich, wenn sie lahmen oder eine Kolik haben.«

An so etwas merkte man, wie dumm mein Bruder war. Er war jünger als ich, aber daran lag es nicht. Er war dumm und ein Feigling. Wenn erst die große Zeit kam, würde er es schon merken, dann würden es alle merken, sagte der Onkel, und dann würden sich ein paar Leute noch wundern.

Gerd auch, glaubte ich.

Er lag neben mir auf dem Bauch, wir hatten immer noch ein Bett zusammen.

»Paul?«, fragte er.

»Ja?«

»Denkst du, sie sind noch in Panama?«

»Ja. Oder auf See.«

»Ich wäre auch gerne dort, in Panama. Aber der Delfin, er hat mir leidgetan.«

»Du mit deinen Tieren. Das ist doch bloß ein Fisch.

Der Papa hat ihn gefangen, und dann haben sie ihn gegessen. Das hat er doch geschrieben.«

»Delfine sind keine Fische. Delfine sind Säugetiere und sehr klug.«

»Du liest zu viel, Gerd. Das sagt der Onkel auch. Du musst mehr exerzieren.«

»Ich will aber nicht.«

Das war Gerds Dummheit und sein Eigensinn. Ich mochte es nicht, wenn er so war. Er wollte nur, dass wieder was passierte.

»Auch wenn du nicht willst«, sagte ich. »Es ist nicht schlimm, das Exerzieren.«

Er brauchte doch nur das Holzgewehr zu nehmen und auf die Kommandos zu hören. Ich versuchte immer wieder, ihn zu überreden, aber er hörte nicht auf mich. Dabei war es so einfach. Der Onkel übte mit mir in der Küche: Auf- und Abmarschieren. Halt! Liiiinksum, Stillgestanden, und: Rühren! Rühren mochte ich am liebsten und dann wieder Strammstehen.

»Sehr gut, du bist zu gebrauchen, Paul!«, sagte der Onkel, wenn ich alles richtig machte. Und wenn ich mit Ernst bei der Sache war, passierte auch nichts. Außerdem stimmte es ja. Deutschland musste wieder groß werden. Wir lebten alle in Knechtschaft, aber dem Gerd war das egal. Den Tag zuvor hatte er eine Mädchenhaarspange gefunden und sich ins Haar gesteckt. Er sah so lustig damit aus, mit der kleinen Blume dran, und er hüpfte hoch, um sich im Spiegel anzuschauen, und er rief: »Oh, wie hübsch, schau mal, verehrter Bruder!«, und machte dabei die Stimme von einem Mädchen nach, wir haben uns fast totgelacht.

Aber dann kommt der Onkel herein, um zu sehen, was wir treiben; er mag es nicht, wenn wir laut sind und lachen. Ich hab nicht daran gedacht. Ich hab nicht aufgepasst. Der Onkel sieht den Gerd mit der Haarspange, packt ihn sofort am Arm und zerrt ihn die Treppe hinunter und nach draußen. Das ist dem Gerd peinlich, draußen auf der Straße mit der Haarspange, er stolpert hinter dem Onkel her und schreit. Er hält ja nicht viel aus, mein Bruder, das muss man schon sagen. Ich renne los und folge den beiden. Der Onkel schleift den Gerd durchs ganze Viertel und deutet immer wieder auf die Haarspange und ruft: »Schaut euch das Mädchen an, seht ihr, das spielt noch mit Puppen, und am Sonntag zieht es sich ein Kleidchen an!«

Der Gerd schreit bald nicht mehr, er weint. Er hat Angst. Ich auch. Dem Onkel fällt immer etwas Besonderes ein, wenn er wütend ist. Ich bin meistens brav und exerziere schön, da fällt ihm nicht so viel ein, bei Gerd aber schon. Nur nachts, da soll ich mit den Händen über der Bettdecke schlafen, ich weiß auch nicht warum, und wenn meine Hände doch einmal unter der Bettdecke sind, weil ich im Schlaf nicht darauf achte, sie machen das einfach, meine Hände, ich kann nichts dafür, dann schlägt mich der Onkel grün und blau. Und ich weiß erst einmal gar nicht, wie mir geschieht, mitten in der Nacht, und am nächsten Tag kann ich kaum sitzen.

Wer Soldat werden will, muss schon etwas aushalten.

Der Onkel zieht den Gerd zum Fluss hinunter und befiehlt ihm, sich einen Zweig auszusuchen. Da steht eine Weide, und mit den Weidenzweigen tut es unendlich viel mehr weh als mit dem Teppichklopfer, und der

Kochlöffel zerbricht immer gleich, das hat der Onkel am Gerd schon oft ausprobiert.

»Nein, der ist für Mädchen«, ruft er dem Gerd zu, der ihm irgendeinen Zweig zeigt, das Gesicht verheult. »Du willst doch ein ganzer Mann sein, oder nicht?«

Gerd nickt nur. Ich kann seine Angst sehen. Er sucht einen stärkeren Zweig aus, fast schon einen Ast, und der Onkel sagt: »Ja, der ist in Ordnung.«

Er gibt Gerd sein Taschenmesser und lässt ihn den Ast absägen, was ewig dauert. Ich hoffe die ganze Zeit, dass Gerd bald fertig wird, der Geduldsfaden vom Onkel ist ja nur ganz kurz, besonders wenn er sowieso schon wütend ist. Aber diesmal wartet er bloß, schaut dem Gerd zu und grinst. Es ist gemein. Ich kann nicht hinsehen. Ich muss an das Gewehr denken, das echte, das im Keller. Der Onkel hat es mir gezeigt. Er hat mir beigebracht, wie man es auseinandernimmt und reinigt und wieder zusammenbaut. Ich bin immer zu langsam. Denn wenn der Soldat seine Waffe nicht zur Verfügung hat, dann ist das der gefährlichste Moment. Dann ist der Soldat vollkommen hilflos. Trotzdem muss er die Waffe reinigen, sonst funktioniert sie nicht und hat im entscheidenden Moment Ladehemmung. Also muss der Soldat sein Gewehr wahnsinnig schnell auseinandernehmen und wieder zusammenbauen können. Soldaten üben das die ganze Zeit.

Ich habe auch gesehen, wie der Onkel die Munition überprüft und das Gewehr geladen hat und wie er damit fortging und wiederkam und wie er das Gewehr wieder entladen und es zurück in den Keller gebracht hat. Ich habe genau zugeschaut. Ich habe es mir gemerkt.

Ich hasse den Onkel, auch wenn das undankbar ist und es dem lieben Gott nicht gefällt. Mir gefällt auch so manches nicht, na und?

Das sind gotteslästerliche Gedanken. Ich werde sie beichten müssen. Aber dann habe ich wenigstens etwas Richtiges für den Pastor.

Dem Gerd geschieht es manchmal auch recht. Was steckt er sich eine Mädchenhaarspange an. Immer muss er den Onkel provozieren. Er ist eigensinnig und exerziert nicht und bemüht sich nicht. Er passt gar nicht in unsere Familie. Lauter Kapitäne, das sind die Fuxens. Ein Admiral, das wird einmal aus mir werden, jawoll, ein Admiral!

Der Onkel schlägt mit dem Weidenast auf den Gerd ein, und bei jedem Schlag gibt es erst ein Pfeifen, und dann knallt es. Der Gerd schreit wie am Spieß, dann weint er und bettelt: »Nicht, Onkel, nicht.«

Das nützt ihm nichts, der Onkel wird bloß noch wütender, wenn Gerd so bettelt. Er ist eben eine Memme. Er kann kein Soldat werden, aber das macht eigentlich nichts. Tierärzte werden auch gebraucht. Vor allem in der Landwirtschaft, wenn Deutschland wieder groß ist.

Der Onkel hört nicht auf, bis eine Frau mit einem Kind an der Hand die Böschung herunterkommt und ruft: »Herr Doktor, Sie bringen ihn ja um!«

Der Onkel starrt die Frau an. Er sieht irgendwie irre dabei aus, als wäre er gar nicht da, sondern ganz woanders. Er schubst den Gerd ins Gras. Der wimmert nur noch. Es ist schrecklich. Ich frage mich, ob ich auch so wimmern würde, und ich nehme mir ganz fest vor, noch härter zu werden, hart wie Stahl.

Der Onkel stapft dann einfach davon. Die Frau geht auch mit dem Kind weg und schüttelt dabei den Kopf. Gerd liegt am Boden. Er sieht aus wie im Krieg. Er drückt sein Gesicht ins Gras. Sein Rücken bebt. Er kommt mir unheimlich klein vor, sein Rücken, und er zittert.

Da tut er mir richtig leid, der Gerd.

Er ist doch mein kleiner Bruder. Er hat doch bloß ein bisschen Spaß gemacht. Und ich habe mitgelacht. Ich hätte auch was mit dem Weidenast abkriegen sollen. Es ist nicht gerecht. Warum haben uns die Eltern nur bei dem Onkel gelassen? Sie mussten doch wissen, dass er mit Gerd nicht umgehen kann. Dass Gerd zu weich ist. Dass er Tierarzt werden will und nicht Soldat.

Meine Eltern sind weit weg. Sie schicken nur schöne Karten und Fotos von Delfinen. Delfine sind eigentlich zu schön zum Fangen, da hat Gerd doch recht.

Was wird nur aus ihm werden, wenn die große Zeit kommt.

»Marsch ab, nach Hause!«, ruft der Onkel von der Straße oben, er ist zurückgekommen. »Das soll sich nicht entzünden«, schreit er. »Ich versorge dir die Wunden.«

Der arme Gerd. Jetzt kriegt er auch noch das Jod auf die Wunden. Ich nehme ihn an der Hand und führe ihn heim. Wir reden nicht. Ab und zu zieht er den Rotz hoch.

»So ist es recht«, sagt der Onkel daheim zu mir. »Du wirst mal ein guter Kamerad, Paul.«

Ich freue mich aber nicht darüber, dass er mich lobt. Er holt seine Arzttasche, stellt den Gerd vor sich hin und tupft ihm die Striemen ab.

Der Onkel ist ja Arzt. Kinderarzt. Warum ist er eigentlich kein Soldat geworden?

Ich beiße die Zähne zusammen. Gerd schaut mich an und verzieht fast überhaupt nicht sein Gesicht, obwohl es bestimmt schlimm brennt, das Jod in den Wunden. Jetzt hält er also doch etwas aus, mein Bruder. Ich bin ein bisschen stolz auf ihn und zwinkere ihm zu. Er zwinkert zurück. Aber da ist etwas in seinem Gesicht, etwas Unheimliches. Es macht mir Angst. Irgendwann wird der Onkel meinen kleinen Bruder wahrscheinlich umbringen. Das kann wirklich sein. Aber vorher werde ich im Keller das Gewehr holen.

Wir lagen in unserem Bett, Gerd und ich, es war eng zusammen. Sein Körper war warm und dünn. Ich langte vorsichtig über seinen Rücken, unter der Schlafanzugjacke zeichneten sich die Striemen und Krusten ab.

»Gerd?«, sagte ich.

»Ja?«

»Kannst du dir nicht etwas mehr Mühe geben? Und mitmachen beim Exerzieren? Es ist ganz leicht.«

»Nein. Ich warte auf Mama.«

»Aber sie ist in Panama. Oder auf See. Es dauert zu lange.«

»Ich schreibe ihr, und sie wird mich holen.«

»Aber bis dein Brief bei ihr ankommt, weißt du, Gerd …«

»Ich warte trotzdem.«

Nach einer Weile flüsterte er: »Sleep well …«, und ich antwortete wie aus der Pistole geschossen: »In your klappriges Bettgestell!« Wir steckten die Köpfe unter die Bettdecke und lachten so leise wir konnten, damit der Onkel uns nicht hörte.

Später, als Gerd eingeschlafen war, machte ich die Augen zu und hörte ihn atmen. Die Mama sollte ihn holen, dachte ich. Ich hielt es aus, aber ihn sollte sie holen. Auch ich würde ihr einen Brief schreiben. Heimlich. Aber an welche Adresse? Ich musste den Onkel fragen. Irgendwie unauffällig. Wie sollte ich das anstellen? Ich versuchte, mich an ihr Gesicht zu erinnern.

Sie hat rote Locken und einen weißen Hut auf dem Kopf. Ihr Lippenstift riecht gut. Sie lacht. Sie wischt mir mit einem Taschentuch den Mund ab. Wir haben Blaubeeren gegessen. Und dann beugt sie sich zu mir hinunter und reibt ihre Nase gegen meine.

»Paulchen, mein Paulchen«, sagt sie.

Sau!

Ina, 1990

Ich schob Floh im Buggy vor mir her, so trödelte das Kind nicht ewig herum, und ich konnte noch die Einkaufstüten an den Wagen hängen. Sehr schwer würden die allerdings nicht werden, ich hatte noch fünf Mark. Es war der fünfundzwanzigste. Konnte sein, dass morgen schon das Geld auf dem Konto war, aber wahrscheinlich erst am Montag. Vielleicht mit der Nachzahlung. Diese Nachzahlung war mein Hoffnungsschimmer. Meine Fata Morgana. Das Sozialamt zahlte seit Monaten zu wenig, weil es trotz meiner dauernden Nachweise und Beteuerungen der Überzeugung war, dass ich Unterhaltsvorschuss vom Jugendamt bekam; aber das Jugendamt nahm an, dass ich Unterhalt aus dem Kibbuz erhielt, und falls nicht, sollte ich ihn halt einklagen, aber das kam für mich nicht infrage. Und so bezahlte einfach niemand für Floh, überhaupt niemand außer mir. Irgendwann würden sie es zwar einsehen, eines fernen Tages, die Unterlagen gingen hin und her, aber ob ich bis dahin durchhalten würde, wusste ich nicht.

Ich setzte Floh in den Einkaufswagen und ließ den Buggy stehen. Erst kam das Obst, es leuchtete. Ich prüfte die Äpfel, dann die Mandarinen. Ich legte eine

Gurke in den Einkaufswagen. Floh liebte Gurke mit Pfeffer und Salz. Ein preisgünstiges Vergnügen. Dann die Müsli-Abteilung. Es gab das eine billige. Obst oder Müsli, das war jetzt die Frage. Milch oder Butter. Am Schluss brauchte Floh auf jeden Fall ihr Vollkornbrötchen, sonst gab es Geschrei. Sie aß einfach so furchtbar gerne und war nicht satt zu kriegen. Wenn sie morgens aufwachte und noch ganz verschlafen war, sagte sie schon wie im Traum: »Mama, ich hab so Hunger!«, und rieb sich dabei die Augen.

Ich hob Floh aus dem Wagen, stellte mich mit ihr vor die Wursttheke und tat so, als würde ich die Auslage begutachten. Die Verkäuferin stand erwartungsfroh da, mit einer langen, gefährlichen, zweizinkigen Gabel in der Hand.

»Bekomme ich bitte eine Wurst?«, fragte Floh unverfroren.

»Nein, Floh«, sagte ich, »wir brauchen heute nichts, dann gibt es auch keine Wurst.«

»Bitte!«, rief Floh und hüpfte. »Bitte, bitte eine Wurst!«

Sie wickelte jeden um den Finger, wenn sie wollte.

»Komm her«, sagte die Verkäuferin. Sie war dick und rot im Gesicht, jetzt lachte sie und reichte Floh mit der Gabel eine Scheibe Gelbwurst über die Theke.

»Danke sehr!«, flötete Floh und biss hinein.

»Die weiß, was sie will, die Kleine, was?«, fragte die Verkäuferin und zwinkerte mir zu. Sie gab Floh noch eine zweite Scheibe in die andere Hand. So kamen wir unbeschadet an den Süßigkeiten und an den Haarspangen vorbei. Nächste Station Kühltheke, dann Brot.

Schließlich standen wir in der Schlange zur Kasse. Mir war klar, wir hatten es noch nicht geschafft. Gleich würde es losgehen. Unten, auf Augenhöhe der Kinder, lag die Quengelware, bunte, leckere Kleinigkeiten mit Tieren oder lustigen Figuren auf den Verpackungen. Und Floh machte wieder mal alles richtig, sie machte es ganz genau so, wie die Supermarktbosse sich das ausgedacht hatten, sie quengelte sofort los. Sie fragte nicht einmal, sie wusste ja, dass es nichts gab, also übersprang sie das Fragen und quengelte ohne Umschweife.

»Aber nur den Lutscher! Nur den Lutscher!«

Sie war laut. Jeder sollte sie hören, als erhoffte sie sich Mitleid von den Leuten. Sie sollten mich als ihre eisenharte Mutter zur Vernunft bringen.

»Der macht dir die Zähne kaputt«, sagte ich.

»Aber ich putze Zähne danach. Ich versprech's!«

Längst sahen alle neugierig zu uns her. Wie würde ich mich schlagen so als Mutter, wann war ich wohl mit meiner Geduld am Ende, und was passierte dann? Noch lächelten sie. Dieses süße Mädchen mit den dunklen Locken, den hellblauen Augen und den abstehenden Ohren.

Das Lächeln würde ihnen bald vergehen.

»Du bist gemein«, schrie Floh, »nur den Lutscher!«

»Nein.«

Der Lutscher kostete zwanzig Pfennig. Ich hatte alles abgezählt. Die Gurke, das Müsli, die Milch, das halbe Brot und der Rest für das Vollkornbrötchen vom Bäcker. Keine Butter. »Du kriegst gleich dein Vollkornbrötchen, Floh. Das ist gesünder.«

Das musste die Leute doch zufriedenstellen. Diese

Mutter achtete auf die Gesundheit ihrer Tochter, das war vernünftig, oder etwa nicht?

»Ich will nicht gesünder! Ich will den Lutscher!«

»Nein.«

Floh hängte sich an meinen Arm und drückte mir die Fingernägel in die Haut. Dabei setzte sie zu einem entsetzlichen Gebrüll an, es kam aus tiefster Kehle, und es hörte sich an, als käme es nicht von einem Kind, sondern von einem Ungeheuer. Niemand lächelte jetzt mehr, man starrte auf die kleinen Finger, die sich in meinen Arm gruben, und auf das brüllende Kind. Ich war eine Enttäuschung für die Runde. Ich schaffte es nicht, ich verlor nicht einmal die Geduld, ich machte gar nichts. Ich wusste nicht was. Dieses Kind tanzte seiner Mutter auf der Nase herum, und die stand einfach nur da. Die hatte das Kind nicht im Griff. Und das war schließlich das Wichtigste, Kinder musste man im Griff haben.

Inzwischen brüllte Floh weiter, die Segelfliegerohren knallrot angelaufen, das Gesicht nass von Tränen, sie konnte einem wirklich leidtun ohne den blöden Lutscher. Aber sie tat mir nicht leid, ihre kleinen Fingernägel immer noch in meiner Haut, sie ließen einfach nicht los, es brannte. Schmerz kann so wütend machen!

»Hör auf, Floh, das tut weh, verdammt.«

»Na und? Du bist eine Sau!«

Die Blicke der Leute, ihre Augen weiteten sich. Ich riss mich endlich los, Floh rutschte auf den Boden und heulte weiter. Ich ließ sie liegen, ich hatte jetzt die Hände frei und konnte bezahlen. Endlich. Bloß raus hier. Ich lächelte entschuldigend, obwohl ich nicht wusste wofür, während ich das Kleingeld zusammenkratzte. Die Kassiererin lächelte nicht zurück, sie hörte Floh ja noch immer lautstark heulen, eine Sirene, ohrenbetäubend, und alle Kunden und alle Angestellten warfen es mir vor, mir, Ina, der Mutter ohne Geld und ohne Durchsetzungsvermögen, kein Wunder, dass das Kind vollkommen neben der Spur war. Warum sollte es nicht den Lutscher kriegen, das Gör?

»Das sagt man aber nicht zu seiner Mutti«, meinte jetzt eine alte Frau hinter mir und beugte sich zu Floh herunter.

»Waaah!«, brüllte die. »Waaah!«, als müsste sie ein wildes Tier vertreiben.

»Sehr ungezogen, junge Dame«, sagte die Oma.

Floh saß auf dem Supermarktboden und hielt inne. Sie war ganz kurz beeindruckt. *Junge Dame*, das kannte sie nicht. Sie wusste einen kleinen Moment nicht weiter, sodass ich schnell die Sachen einpacken und dann das Kind hinter mir her zum Buggy zerren konnte. Die Leute schüttelten die Köpfe.

Nur die Oma rief mir hinterher: »Machen Sie sich nichts draus, das ist das Alter!«

Das war nett, eine nette alte Frau. Ihr Optimismus beruhigte mich. Der Supermarkt war geschafft, auch der Bäcker schließlich überstanden. Floh saß im Buggy und aß an ihrem Vollkornbrötchen. Ein guter Moment, ein pädagogisch wertvolles Gespräch zu führen, so schien es mir.

»Wenn du noch einmal Sau zu mir sagst, dann nehme ich dich nirgends mehr mit hin. Dann bleibst du allein zu Hause.«

»Kleine Kinder dürfen aber nicht allein zu Hause bleiben«, antwortete Floh siegessicher. Sie war einfach zu schlagfertig für pädagogisch wertvolle Gespräche.

»Kleine Kinder dürfen vor allem nicht Sau zu ihrer Mama sagen. Es ist das Letzte, verstehst du mich? Vor allen Leuten.«

Sie fing wieder zu weinen an, diesmal kläglich und jammernd. »Aber du kaufst mir nie was!«

»Weil ich kein Geld habe! Außerdem macht Kaufen überhaupt nicht glücklich.«

»Mich schon!« Sie schluchzte, und das Brötchen fiel ihr aus der Hand. Ich hob es vom Boden auf, putzte es ab und gab es ihr zurück.

»Iiiiieh«, schrie sie.

»Dann ess ich es eben.«

Ich biss in Zeitlupe hinein. Floh starrte mir auf den Mund, und erst als der Bissen verschwunden war, rief sie: »Nein! Das ist meins!«

Ich gab es ihr zurück, nun fehlte aber ein Stück. Floh starrte auf die Lücke in ihrem Brötchen.

»Deine Spucke ist dran, deine Spucke!«, kreischte sie.

»Na und? Du wirst nicht sterben an meiner Spucke.«

»Doch!« Sie warf das Brötchen wütend weg, in einen Busch hinein. Ich krabbelte in den Busch, wo es nach Hundekacke roch. Vor mir lag ein altes Taschentuch. Ich holte das Brötchen, es war voller Erde.

»Willst du es noch?«, fragte ich.

»Iiiiieh!«

Ich putzte es ab und biss hinein. Es knirschte. Es war eklig, man konnte es nicht mehr essen. Die letzten fünfzig Pfennig bis Montag. Ich warf es schweren Herzens zurück in den Busch. Sollte wenigstens eine Maus ihre Freude daran haben. Oder ein Vogel. Ich wollte nur noch nach Hause.

»Ich hab Hunger!«, schrie Floh.

»Siehst du? Dann hast du jetzt eben Hunger. Schmeiß nicht dein Brötchen weg, sag nicht Sau zur Mama, dann ist alles gut.«

»Nein! Ich hab Hunger!«

»Daheim gibt es Müsli.«

»Ich will aber ein Butterbrot!«

»Butter gibt es nicht.«

»Warum?«

»Darum.«

Ich stapfte vorwärts. Das war doch alles Wahnsinn. Ein Kind zu haben war Wahnsinn, nur sagte einem das keiner. Dass man verrückt dabei wurde, jeden Tag aufs Neue. Dass ein Kind einen erst in die Hölle und dann in die Klapsmühle bringt. Man kann sich dagegen stemmen, aber es hilft nichts. So ein Kind wird nicht aufgeben, im Gegenteil.

»Eine Scheiße ist das doch hier«, sagte ich plötzlich laut, »eine richtige Scheiße.«

»Ja, das ist eine Scheiße!«, rief Floh auf einmal vergnügt und strampelte mit den Beinen.

»Jawoll«, schrie ich, »eine richtige Riesenscheiße!«

Sie lachte und wippte im Buggy vor und zurück. »Eine richtige Riesenscheiße!«, rief sie, und ich schob sie schneller, wir düsten zusammen weiter und lachten und schrien: »Riesenscheiße!« Pädagogisch garantiert wertvoll, dachte ich nur und war trotzdem erleichtert.

Floh lachte wieder, und die Klapsmühle musste noch ein bisschen auf mich warten.

Daheim ging es allerdings weiter wegen der Butter. Floh hörte einfach nie auf, ihre Energie war unerschöpflich. Am Ende schloss ich mich im Klo ein, und Floh hämmerte mit dem Löffel für das Müsli gegen die Tür.

»Ich will Butterbrot«, kreischte sie, erst wütend, dann fing sie zu jammern an, herzzerreißend, als würde ich ihr nicht Butter, sondern jegliche Nahrung vorenthalten, es war ein unsäglicher Krach, die Alte von oben würde sich wieder beschweren.

»Mama! Komm raus!«

»Ich hab keine verdammte Butter!«, rief ich durch die Tür und steckte mir eine Zigarette an. Meine letzte.

»Du rauchst, ich weiß es genau!«

»Na und?«

Sie hämmerte, schrie, trat schließlich gegen die Tür, sie hatte noch die Straßenschuhe an. Hatte sie das Treten erst einmal entdeckt, schien es ihr wohl effektiver, und sie trat mit aller Wucht, immer wieder, bis ich das Holz splittern hörte. Ich riss die Tür auf. Vor mir das Monster, meine Tochter, außer sich, die Haare standen ihr in alle Richtungen. Vielleicht kam sogar Rauch aus den Ohren, das hätte mich jedenfalls nicht gewundert. Ich sah die Schramme in der Tür, eine Kerbe, der Vermieter würde mir beim Auszug die Hölle heißmachen, wie sollte ich eine Tür bezahlen? Floh holte gerade wieder mit dem Fuß aus, doch ich war schneller, packte sie, hob sie hoch, sie strampelte und wehrte sich, und ich trug sie ins Kinderzimmer. Halb legte, halb warf ich sie aufs Bett. Jetzt versuchte sie, nach mir zu treten, erwischte mich aber nicht, das machte sie noch zorniger, und sie schrie: »Mama, du Sau!«

Meine Hand holte aus. Meine Hand, nicht ich. Mein Kind lag da, schaute mich böse an, ein Monster, es wartete, was jetzt passierte, es starrte auf die Hand. Einmal zuhauen, nur ein einziges Mal! Dann war bestimmt Ruhe. Dann musste sie aufgeben, Floh, sie musste doch irgendwann aufgeben. Die Hand hing in der Luft. Floh verkroch sich unter die Bettdecke. »Meine Mama ist lieb, gell?«, sagte sie zu ihrem zerfledderten Hund. Er hieß Sam, sie hatte ihn bei der Kirchweih gewonnen.

Ich ging ohne ein Wort hinaus. Setzte mich auf mein Sofa im Wohnzimmer. Keine Zigaretten mehr. Nicht mal eine Tüte Chips. Nichts. Die Nachzahlung würde nie kommen. Floh würde immer »dieses Alter« haben. Und ich, Ina, Abi mit eins Komma sieben, ich würde nie studieren, nie eine richtige Arbeit haben. Es gab kein Entrinnen. Alles war jetzt vorherbestimmt. Ich sah mich um in meinem Zimmer, es hatte fünfzehn Quadratmeter. Das war es also, mein Leben. Sofa, Fernseher, Bücherregal. Wozu? Ich kam sowieso nicht mehr zum Lesen, die Bücher verstaubten. Das hier war jetzt meine Zelle. Mehr war einfach nicht mehr drin für mich.

Später öffnete Floh leise die Tür und schaute herein, in die Bettdecke gewickelt, die Haare verfilzt, die Segelfliegerohren rot, das Gesicht klein, wie von einem ganz kleinen Kind, nicht von einem Monster. Sie stand ganz still da, die Hand an der Türklinke. Sie hatte ein schlechtes Gewissen.

»Komm her«, sagte ich, und sie rannte sofort los, krabbelte neben mich und breitete sorgfältig die Bettdecke über uns beiden aus. So saßen wir eine Weile. Ab und zu schniefte Floh und atmete tief ein.

»Schauen wir uns jetzt das Sandmännchen an und essen ein Müsli?«, fragte ich irgendwann.

»Ja.«

Ich machte das Abendessen, Müsli mit Milch und zum Nachtisch Gurke mit Pfeffer und Salz. Die Zusammenstellung kam mir seltsam vor, vielleicht hätte ich doch den Apfel nehmen sollen. Aber Floh war zufrieden. Wir kuschelten uns wieder unter die Decke und warteten auf das Sandmännchen. Als es losging und das Lied kam, rief ich »Schau mal« und holte einen Schokoriegel hervor. Ich hatte ihn mitgehen lassen. Wenn Floh auf dem Boden vor der Kasse brüllte, schauten alle auf das Kind und vielleicht auf den Lutscher, aber nicht auf meine linke Hand. Ich war mittlerweile ziemlich gut im Klauen. Ich brachte jedes Mal ein Extra mit nach Hause, meistens Zigaretten.

Floh starrte auf den Schokoriegel und machte riesige Augen. Sie fing an, mit den Händen zu wedeln, und rief: »Ooooh, ooooh!«

»Aber sag nicht mehr Sau, okay? Es macht mich so wütend, das kannst du dir nicht vorstellen.«

Sie nickte ernst und heftig, ließ dabei aber nicht den Schokoriegel aus den Augen. Er hätte ja verschwinden können, einfach so, wie er aufgetaucht war.

»Gib dir ganz viel Mühe, okay?«

»Ja.«

Floh schnappte sich den Riegel, riss das Papier auf und roch zuerst an der Schokolade. Dann knabberte sie ein winziges Stückchen ab. »Oooh!«, sagte sie wieder, und während sie schließlich mampfte, sahen wir uns das Sandmännchen an.

Ich durfte sogar einmal abbeißen.

Später sang ich das Gutenachtlied. *Weißt du, wie viel Sternlein stehen* … Ich lag bei Floh im Kinderbett, die Beine zusammengefaltet.

»Ich kann nicht schlafen«, sagte sie und zappelte neben mir herum.

Also sang ich noch ein Lied. *La-le-lu, nur der Mann im Mond schaut zu* …

»Ich kann immer noch nicht schlafen!« Floh machte eine Kerze.

»Hör auf zu turnen. Du musst die Augen zumachen und ruhig sein, dann kannst du auch schlafen.«

»Die Augen gehen nicht zu!«

Das dritte Lied, dann wieder das erste. *Lieber Gott*, dachte ich nur, *lass diesen Tag zu Ende gehen*. Ich war so müde.

Und ich wachte auf, als Floh mir auf die Schulter tippte und mir laut ins Ohr sagte: »Mama, ich kann immer noch nicht schlafen.«

»Bitte, Floh, ich sterbe, wenn ich noch ein einziges Lied singen muss.«

»Du darfst aber nicht sterben!«

»Nur ein bisschen. Ich sterbe nur ein bisschen. Mach die Augen zu.«

»Ich will aber nicht.«

»Ich weiß.«

Floh strich mir jetzt über die Haare. »Du musst die Tür auflassen und Licht im Flur anlassen, ja?«

»Natürlich. Wie immer.«

»Aber auch das Licht anlassen.«

»Ja.«

Jetzt musste es gleich so weit sein. Floh legte sich hin. Sie konnte nicht ewig wach bleiben, irgendwann musste auch sie der Müdigkeit nachgeben. Auch wenn sie einfach alles hasste, was sie musste.

»Mama?«

»Schlaf jetzt.«

»Ich sage nicht mehr Sau zu dir. Ab heute.«

»Das ist schön, du kleiner Pipifloh.«

Sie kicherte. »Aber ich weiß nicht, ob ich es schaffe.«

»Mach die Augen zu. Bitte.«

»Stirbst du sonst?«

»Ja.«

Und nun, endlich, hörte ich dieses ruhige Atmen, auch ein leises Schnarchen. Flohs Nase war wieder verstopft. Aber sie schlief. Jetzt kriegte sie keiner mehr wach. Jetzt war Feierabend. Ich schälte mich aus der Bettdecke, ging ins Wohnzimmer und setzte mich hin. Es war kurz vor neun. Ich musste noch das Sofa herrichten, es war eine Schlafcouch zum Ausziehen. Stattdessen machte ich nur den Fernseher an, es kamen Nachrichten. Ich schaute hin, konnte aber nicht folgen. Ich war zu müde. So eine Müdigkeit hatte ich früher gar nicht gekannt. Eine Müdigkeit, dass einfach alles egal wurde.

Als Floh am nächsten Morgen ins Zimmer kam, um mich zu wecken, lag ich immer noch angezogen da. Ich hatte auch das Sofa nicht mehr ausgezogen, sogar der Fernseher lief noch.

Sie kletterte auf mich drauf. »Ich hab sehr sehr sehr großen Hunger, Mama!«, sagte sie und wippte auf mir herum.

»Brot mit Marmelade?«

»Ja! Butterbrot mit Marmelade!«, rief sie freudestrahlend.

»Wir haben keine Butter.«

Sie schaute mich an, streichelte mir übers Gesicht und meinte: »Das macht doch nichts, mein kleiner Pipifloh.«

Auf uns

Paul, 1938

Wir machten uns auf den Weg. Die Brotzeit war in den Rucksäcken verstaut, die genagelten Schuhe gebunden, die Hosen unterm Knie verschnürt. Der Himmel über uns strahlend blau, nur ein paar Schäfchenwolken zogen von den Gipfeln heran, lösten sich aber in der Morgensonne rasch auf.

»Kaiserwetter!«, rief ich Gerd zu.

Er hatte mich überholt und schritt kräftig aus.

Der wird schon noch langsamer, dachte ich, *wenn der Weg steiler und der Tag heißer wird.* Er drehte sich zu mir um und lachte. Eine rote Locke fiel ihm in die Stirn, er warf sie mit einer Kopfbewegung nach hinten. Gerd hatte die Haarfarbe unserer Mutter geerbt, dazu ihre helle Haut und die Sommersprossen. Was hatte er sich als Rotschopf nicht alles anhören müssen von den anderen Jungen. Ich hatte mich oft für ihn geprügelt, er selbst wehrte sich ja nicht, und ich war auch der Stärkere und Größere von uns beiden. Inzwischen eins siebenundachtzig.

Gerd blieb kurz stehen, winkte, um mich anzutreiben, und rief: »Keine Müdigkeit vorschützen!«

Wie er da stand auf dem steinigen Weg, mein Bruder,

ein Bein gestreckt, das andere lässig angewinkelt, der Berg hinter ihm aufragend, war er nicht ein Bild von einem Mann? Und was hatte er vor? Sich in Büchern zu verkriechen. In dieser Zeit! Er hatte sein Reifezeugnis in der Tasche und wollte studieren, vielleicht klappte es sogar mit der Tiermedizin. Der Onkel galt jetzt etwas an der Universität, er war Chefarzt geworden. Ob er sich für Gerd einsetzen würde, stand allerdings in den Sternen.

Vielleicht war diese Wanderung für lange Zeit unsere letzte. Wir wollten zum Heimgarten hinauf, dann weiter zum Herzogstand und dann wieder hinab ins Tal. Wir kannten den Weg aus dem Effeff. Um dem Onkel zu entkommen, waren wir oft am Wochenende in die Berge gefahren. Er hatte es erlaubt, uns sogar Geld mitgegeben – nicht weil er uns das Vergnügen gönnte, sondern weil er die Bergsteiger in den Filmen bewunderte. Seine Neffen als mutige Männer, die Wand hinauf, Wind und Wetter trotzend, das gefiel dem Onkel.

Bald ging es steil bergauf, wir hörten auf zu reden und wanderten jeder im eigenen Rhythmus, setzten einen Fuß vor den anderen, um uns herum Stille, nur unsere Schritte, unser Schnaufen, ein Vogel zwitscherte oder krähte dann und wann, ein Bussard stieg auf und ließ sich vom Aufwind tragen. Wir gewannen schnell an Höhe, keuchten nicht schlecht, aber das gehörte dazu, sonst war es nur ein Spaziergang. An einem Bach hielten wir an, tranken Wasser, es war eiskalt, selbst jetzt noch im August. Gerd spritzte ein paar Tropfen in meine Richtung, ich gab es ihm zurück, schaufelte mit beiden Händen Wasser zu ihm hin, wir lachten, es gab eine richtige Wasserschlacht, das tat gut, unsere Köpfe noch heiß vom Aufstieg in der Sonne. Dann standen wir uns einen Moment gegenüber, die Hemden und die Haare nass. Wer würde ich sein ohne ihn, fragte ich mich, und wer würde Gerd sein ohne mich? Bisher hatten wir doch alles gemeinsam gemeistert. Sollte ich nicht bleiben, meine Pläne verwerfen und auf meinen Bruder achtgeben? Was wollte ich denn dort, wo es mich hintrieb, was wartete dort auf mich? Fast wurde mir bange. Doch ich verscheuchte die Gedanken. Natürlich würde ich gehen. Die Zeiten waren groß und Gerd erwachsen. Er würde gut aufgehoben sein zwischen seinen Büchern, in den Bibliotheken und Hörsälen.

Er sah mich an, die Locke fiel ihm gerade wieder über die Augen, er streifte sie mit der Hand nach hinten und nickte seltsam ernst. Als durchschaute er meine Gedanken. Als wüsste er es längst.

Wir stiegen weiter auf, traten bald aus dem Wald heraus und sahen oben schon das Gipfelkreuz. Das spornte uns an, der alte Wettstreit, wer erklimmt als Erster den Gipfel, wir zogen das Tempo an, da war noch Kraft in uns. Gerd marschierte voraus, ich hinterher. Er ließ mich nicht vorbei, schritt noch schneller aus, und wieder war er der Erste oben, reckte die Hände hoch, triumphierte, ich ließ ihn jedes Mal gewinnen, wie früher, sollte er seinen Triumph haben.

Der Wind pfiff hier hoben, es war kühl. Wir setzten uns auf einen Felsabsatz unterhalb des Kreuzes, luden die Rucksäcke ab und schauten. Die Fernsicht war berauschend. Unten in der Tiefe der Walchensee, daneben der Kochelsee, rundherum die Gipfel, zum Greifen nah der Herzogstand. Wir packten die Brotzeit aus. Schnauften noch. Ich spürte jeden Muskel in meinen Beinen, morgen würde ich einen ordentlichen Muskelkater haben. Gerds Kopf war knallrot. Diese Rothaarigen! Unsere Mutter mied jede unnötige Anstrengung, damit aus ihrem Kopf nicht so eine Tomate wurde, das erschien ihr unschön und unschicklich.

Sie waren im Winter da gewesen, die Eltern, hatten schrecklich gefroren und über den grauen Himmel und den Schneeregen geklagt. Der Mutter taten bei Kälte die Knochen weh, der Vater war geschwächt von der Malaria. Dennoch, es waren wieder schöne Tage mit ihnen gewesen, wir saßen zusammen, und sie erzählten von ihren Abenteuern. Es war ein bisschen wie im Lichtspielhaus, Gerd und ich lauschten ihren Geschichten, während der Vater fröstelnd zwei Decken um sich schlug und uns, seine Söhne, vom Sessel aus beobachtete, jede unserer Bewegungen, und vor sich hin lächelte. Der Onkel war überfreundlich bei solchen Anlässen. Er traute sich nie, unserer Mutter etwas von der Verachtung zu zeigen, die er für sie empfand. Er ließ ja sonst kein gutes Haar an ihr, der Engländerin, *überzüchtet*, wie er sie nannte, und eine *Rabenmutter*. Doch war sie da, dann kuschte er, und sie war die Königin im Haus. Ohne dass sie viel dafür tat, sie hatte nur ihre Manieren, ihre Hüte und Handschuhe und natürlich ihre Ausdrucksweise. Auch wenn sie Englisch und Deutsch vermischte, beherrschte sie beide Sprachen perfekt, wollte sich jedoch nicht auf eine festlegen. Das ärgerte den Onkel, aber er hielt seinen Mund, nur seine Kieferknochen malmten, während er sich meiner Mutter gegenüber fast unterwürfig benahm. Erst wenn sie wieder aus dem Haus war, ging es los, das ätzende Schimpfen, und wir bildeten das Publikum, Gerd und ich.

Wer lässt schon seine Kinder zurück, um in der Welt Tee zu trinken, etwas Vernünftiges fällt ihr wohl nicht ein, aber so sind sie, die Engländer, verweichlicht, aber mit diesem Dummkopf von meinem Bruder kann man es ja machen, der schafft das Kleingeld heran, der lässt sich das gefallen. Lasst euch nichts gefallen von den Frauen, hört ihr? Ihr seid fleißig, und sie kaufen sich Hüte und Handschuhe …

Und so ging es weiter, er konnte sich tagelang nicht beruhigen, der Onkel, weil wir uns weigerten, ihm recht zu geben, sosehr er auch geiferte, wir ließen ihn toben, mit den Jahren hatten wir sogar Vergnügen daran gefunden, wenn er sich immer mehr hineinsteigerte. Denn mittlerweile waren wir größer und kräftiger als er, er konnte nichts mehr ausrichten mit Gürtel und Kochlöffel, das hatte ich dem Onkel recht bald klargemacht: Schluss mit Schlägen und Ohrfeigen. Wir waren junge Männer, in Saft und Kraft, und wir ließen uns nicht mehr tyrannisieren, in dieser Zeit schon gar nicht, in dieser großen Zeit, was bedeutete da schon ein Doktor Fux, auch wenn er ein Chefarzt geworden war.

»Wir sind den Alten bald los«, sagte Gerd, als könnte er meine Gedanken lesen.

»Ja, den sind wir los!«

Wir sahen in die Weite, hinunter zu den Seen, was für ein schönes Land, unser Deutschland, was für ein schönes, großartiges Land.

Gerd hielt sich eine Hand über die Augen wegen der Sonne. »Wir sind frei«, sagte er leise, wie zu sich selbst.

Er tätschelte kurz meine Schulter und sagte noch einmal: »Wir sind frei, Paul.« Dann strahlte er mich an. Wie glücklich er war, mein Bruder. Und er hatte recht. Es war vorbei mit dem Onkel, ein für alle Mal. Ich nahm mir das Brot mit dem Schinken, Gerd biss in einen Apfel.

»Ich gehe weg zum Studieren«, sagte er. »Möglichst weit weg, in eine andere Stadt.« Er kaute laut an seinem Apfel. »Und du, was hast du vor, Paul?«, fragte er dann.

Ich hatte damit gerechnet, dass die Sprache darauf kam. Doch ich zögerte. Der Onkel wusste es schon. Er war stolz gewesen. *So hab ich dich erzogen, Junge.* Aber ich war kein Junge mehr, ich hatte es für mich entschieden, ganz allein, und es nur mit meinem Bannführer bei der HJ besprochen, der mir eine Empfehlung geschrieben hatte. Die englische Mutter würde mir nicht im Wege stehen, meinte er, ich war nicht bei ihr aufgewachsen, und rassisch gab es keine Bedenken. *Bei dem Namen,* sagte der Bannführer, *Fux, alles Kapitäne und ein Admiral: Du wirst ihm alle Ehre machen, was?*

Ich brauchte den Onkel nicht.

»Was wirst du anstellen, Paul?«, hakte Gerd nach.

Ich fasste mir ein Herz. »Eine Verfügungstruppe wird zusammengestellt. Himmler persönlich unterstellt. Sie haben mich genommen.«

Gerd biss krachend von seinem Apfel ab. Der Wind brachte seine Locken durcheinander, mein Haar hingegen war kurz geschnitten und behielt seine Ordnung.

»Wollte das die Wehrmacht nicht immer verhindern?«, fragte er.

»Der Führer hat anders entschieden.«

»Soso«, antwortete er nur. Wir aßen wortlos. Ich musste meine Jacke anziehen, so kühl war es.

»Kannst wohl ohne Knute gar nicht mehr sein, was?«, fragte Gerd unvermittelt.

Ich wurde wütend. Es war vorbei mit der Knute, für uns und sehr bald auch für ganz Deutschland. Dass er sich nicht mit mir freuen konnte, mein Bruder! Von nichts eine Ahnung. Er war ein Dummkopf, er kannte sich mit Tieren aus, mit sonst gar nichts, und er war neidisch, weil er selbst so ein Feigling war.

Ich schnaufte tief durch. Unsere letzte Wanderung. Ich wollte nicht alles verderben, schluckte den Ärger hinunter.

»Es ist eine Auszeichnung, verstehst du?«, sagte ich. »Eine Elitetruppe innerhalb der SS, die nehmen nicht jeden. Man muss weltanschaulich gefestigt und über eins achtzig sein.«

Gerd schwieg. Nur der Wind pfiff, und der Bussard kreischte.

»Es wird Krieg geben, nicht wahr?«, fragte er irgendwann und warf den Apfelbutzen mit Schwung in den Abgrund.

»Ja.«

»Und du willst den Helden spielen? In deiner Elitetruppe?«

Jetzt reichte es mir. Er nahm mich nicht ernst, mein Bruder. Das Spöttische in seinen Augen, das mochte ich nicht. Er hatte es von seinen Freunden, ein falscher Umgang war das, sogar Juden darunter.

»Und du? Du spielst den Drückeberger?«, fragte ich angriffslustig, fast schneidend.

Gerd trank Wasser aus der Feldflasche. »Du klingst schon wie der Alte«, antwortete er wie nebenbei.

Ich sprang hoch, packte ihn am Kragen und zog ihn hoch. »Sprich nicht so mit mir!« Sein Gesicht direkt vor meiner Nase. »Der Alte hat damit nichts zu tun.«

»Und?«, fragte Gerd in mein Gesicht. Ich spürte seinen Atem. »Schlägst du mich jetzt? Du weißt Bescheid, ich wehre mich nicht.«

Ich ließ ihn sofort los. Packte mein Zeug zusammen und streifte den Rucksack auf den Rücken. »Der Herzogstand wartet. Gehen wir weiter. Oder machst du schlapp?«

Gerd bewegte sich nicht, sondern blieb einfach stehen. Wie angewurzelt.

Wer wusste schon, wann wir uns wiedersehen würden. Eine neue Zeit brach an.

Plötzlich umarmte er mich. Ich ließ die Arme hängen und tat gar nichts. Hatten wir uns je umarmt? Gerd mit seiner Weichheit. Aber ich blieb stehen, ließ es geschehen.

»Pass auf dich auf, wenn es losgeht«, sagte er leise. »Du musst doch heil zurückkommen.«

Jetzt umarmte ich ihn auch. Es fühlte sich seltsam an. Wir drückten uns fest. Standen da wie zwei Verliebte, es war peinlich. Zum Glück sah uns niemand hier oben.

»Es wird recht schnell gehen«, sagte ich und rückte ein kleines Stück ab. »Wir sind eins a vorbereitet. Aber versteck du dich besser zwischen deinen Büchern. Krieg ist nichts für dich.«

Er klopfte mir auf den Rücken. Ich ihm auch. Wir schlugen kräftig zu. Lachten dabei. Dann brachen wir auf.

»Ich hab Vater geschrieben«, sagte Gerd beim Abstieg, er ging jetzt hinter mir. »Sein Name gilt noch etwas. Er will dafür sorgen, dass ich in die Schreibstube komme. Im Fall des Falles.«

»In die *Schreibstube*? Ist das nicht was für die Damen?« Ich lachte. »Also doch ein Drückeberger, was?«

Gerd versuchte, mir einen Tritt in den Hintern zu geben, aber ich wich ihm aus.

»Lass uns in der neuen Hütte einkehren«, sagte er, »gönnen wir uns zum Abschied ein Bier.«

»Ob wir es dann noch bis zum Herzogstand schaffen?«

»Seemann oder Weichei, Paul? Du musst dich entscheiden.«

»Seemann!«

Wir schwenkten ein zur Hütte und setzten uns an einen Holztisch im Freien, wo wir die einzigen Gäste waren. Der Wirt brachte uns zwei Bier. Ich hob meinen Krug.

»Auf Deutschland«, sagte ich.

»Auf uns«, sagte Gerd und stieß mit mir an.

Also bei mir macht sie das nicht

Ina, 1993

Ich musste zum Elternabend. Ich musste. Sich zu drücken hieß, dass man desinteressiert war und irgendwie asozial. Einen hatte ich schon miterlebt und wenig Lust auf einen weiteren. Die Eltern saßen im ersten Teil auf den Stühlchen der Kinder und hörten sich Ermahnungen an (»Nicht zu viel Fernsehen, dafür viel Obst und Gemüse. Bitte an die Turnsachen denken!«) und Erinnerungen (das Geld für den Wandertag, das Geld für die Kopien, die Unterschrift für den Wandertag …). Was man nicht alles zu bezahlen und zu unterschreiben hatte. Floh brachte die Zettel immer in letzter Minute an, wenn sie schon Eselsohren und Butterflecken hatten oder gleich ganz zerknüllt waren.

Im zweiten Teil saß man immer noch auf einem Kinderstühlchen, aber Auge in Auge mit dem Klassenlehrer, und der sagte einem dann, was das Kind für Noten und für Schwierigkeiten hatte und was man als Mutter alles nicht richtig machte. Konnten Väter auch etwas falsch machen? Ich wusste es nicht.

Meine Mutter kam für solche Anlässe vorbei und passte auf Floh auf. Das war ein wichtiger Termin und nicht etwa reine *Vergnügung*. Für *reine Vergnügungen* stand meine Mutter seit dem großen Streit nämlich nicht mehr zur Verfügung. Dabei hatte ich nur gesagt, dass ich den Satz *Also bei mir macht sie das nicht* nie mehr in meinem Leben hören will. Sonst würde ich bekloppt werden und Floh nicht mehr zur Oma dürfen. Basta.

Na ja, nicht besonders schlau.

Aber als der Elternabend anstand, da kam sie, meine Mutter, und ich machte mich auf den Weg. Den ersten Teil hatte ich zu dem Zeitpunkt schon geschwänzt, aber zum zweiten würde ich gerade noch rechtzeitig kommen. Ich war um neunzehn Uhr fünfundzwanzig dran. *Bitte unbedingt pünktlich sein.*

Herr Seifert saß mir um neunzehn Uhr zweiundvierzig gegenüber. Er hatte seinen normal großen Stuhl für sich reserviert, rollte ihn zu einer Schulbank, und ich nahm auf der anderen Seite Platz, genau da, wo normalerweise meine Tochter saß, in der ersten Reihe.

»So habe ich Floriane immer im Blick«, begann Herr Seifert. Er trug einen Hut, immer, auch im Unterricht, das hatte Floh mir erzählt. Was sollte das sein, ein Udo-Lindenberg-Kostüm?

»Floriane ist sehr wissbegierig und aktiv«, meinte er. »Beste Noten. Eins a. Und wenn ich eine Frage stelle, ist ihr Finger schon oben, bevor ich überhaupt fertig bin.«

Er lächelte.

Als wenn ein Stück Beton einen Riss bekommen hätte.

Das sagte meine Oma immer, wenn Leute lächelten wie der Seifert. Meine englische Oma. Bei ihr klang das natürlich anders, mit dem englischen, gerollten R.

»Doch Floriane langweilt sich schnell«, fuhr er fort.

»Sie kann sich nicht lange konzentrieren und stört den Unterricht.«

»Wie?«

Ich hatte nicht aufgepasst. Was hatte er gesagt?

»Sie stört den Unterricht.«

»Ja, aber wie? Wie macht sie das?«

»Sie steht auf, turnt herum, macht einen Handstand. Sie schneidet Grimassen und macht etwas mit ihren Ohren, das alle lustig finden, sie steckt die ganze Klasse an. Das Schlimmste ist, dass sie sich nichts sagen lässt. Man versucht es mit Geduld, mit Nachsicht, dann mit Strenge und Strafarbeiten, ich habe sie schon zur Direktorin geschickt. Floriane hat nur zu diskutieren angefangen.«

»Mit der Direktorin? Worüber?«

Er schnaufte tief. »Über das Schulsystem. Sie hat irgendwo mitbekommen, es sei nicht gut für Kinder, lange stillzusitzen.«

»Oh. Das hat sie von mir. Es tut mir leid.«

Sein Lächeln. *Als wenn …*

»Ich muss Ihnen leider sagen, dass Ihre Tochter nicht zu bändigen ist.«

»So kenne ich sie gar nicht«, sagte ich kopfschüttelnd. »Also bei mir macht sie das nicht!« Es rutschte mir einfach so heraus.

Der Seifert schob seinen Hut etwas nach hinten. »Zu Hause verhalten sich Kinder häufig anders als in der Schule«, meinte er.

»Das war ironisch gemeint, Herr Seifert. Ein Scherz. Ich kenne meine Tochter seit sieben Jahren, wenn Sie verstehen. Sie ist ein kleines Monster.«

Er blickte kurz auf, hielt inne und seufzte dann. Es musste hart sein, mit einer wie mir zu reden. So hart. Aber er gab nicht auf, der Herr Seifert, noch nicht. »Es war ein Fehler, ihr schon vor der Einschulung das Lesen beizubringen«, sagte er.

Er ging also zum Angriff über. Na gut. Der würde schon sehen. Ich bekam richtig Lust, mit ihm zu streiten. Aber wie sollte man streiten, wenn man als erwachsene Person auf einem Kinderstühlchen saß?

»Sie hat es sich selbst beigebracht«, sagte ich also nur möglichst gelassen, aber ich merkte, dass ich gereizt klang. »Was hätte ich tun sollen? Sie hat mich gelöchert, was heißt dieses, was heißt jenes, was ist das für ein Buchstabe? Hätte ich es ihr verheimlichen sollen, das Wissen um die Buchstaben?«

»Frau Fux, wir wollen doch ruhig bleiben. Das hier richtet sich nicht gegen Sie als Mutter. Wir suchen die Zusammenarbeit, wenn es Schwierigkeiten gibt. Sie haben es schwer genug und Floriane auch. So ganz ohne Vater.«

Wir wollen doch ruhig bleiben. Wer war dieses wir? Etwa ich und der Vogel vor mir mit seinem lächerlichen Hut? Ich sah mir die Bilder an der Wand an. Die Kinder hatten sie mit Wasserfarbe gemalt, es gab Planeten, die Milchstraße, die Sonne, die Erde. Ich dachte, dass es mit Wachsmalkreide oder Buntstiften sicher besser geklappt hätte. So sahen die Bilder aus wie von Dreijährigen.

Mir war zum Schreien zumute. Ich war hier gefangen, eingesperrt in einem Klassenzimmer, ich konnte nicht weg. Ich musste brav sitzen bleiben und dieses

Gespräch führen. *So ganz ohne Vater*. Ich durfte auf keinen Fall ausflippen. Der Seifert sollte mich nicht für labil oder gestört halten.

»Letzte Woche kam es zu einer Eskalation«, sagte er.

Er hatte also noch etwas in petto, und ich – ich musste gähnen. »Entschuldigung.«

Er lächelte wieder. Wenn er noch einmal so lächelte, würde ich doch noch davonlaufen. Sollte er denken, was er wollte. Ich würde aufstehen, zur Tür rausgehen und abhauen. Das hier war kein Gefängnis. Das war nichts als eine verdammte Schule.

»Es gab Streit zwischen Floriane und einer Mitschülerin.«

»Warum?«

»Es ging um das Pausenbrot von Floriane. Die Mitschülerin hat es sich geschnappt und hineingebissen.«

»Hey, das geht nicht!«, sagte ich laut. Zu laut.

»Da haben Sie recht. Aber die Geschichte geht noch weiter, nur damit Sie eine Vorstellung von den Problemen bekommen. Floriane hat in der Folge den Pullover des Mädchens an sich gerissen und ihn hoch zu einer Lampe geworfen, mehrmals, also in voller Absicht, bis er oben an der Lampe hängen blieb. Wir mussten den Hausmeister holen, und der musste mit einer Leiter anrücken. Verstehen Sie mich, Frau Fux?«

»Hatte das Mädchen den Pullover denn noch an?«

»Nein.«

Ich sah den Seifert jetzt direkt an. Seine Augen waren mattgrau und irgendwie wässrig. Ob er trank? Floh musste es jeden verdammten Tag mit diesem Typen aushalten. Also nicht sagen: *Wir sind arm, Sie Pseudo-Lucky-*

Luke, da ist Essen wichtig, verstehen Sie? Der Pullover hing an einer Lampe? Du meine Güte!

»Das ist ja wirklich nicht zu fassen«, sagte ich stattdessen.

Er stutzte kurz, dann fing er sich und meinte: »Gut, wenn Sie es einsehen.«

»Das war auch ironisch.« Ich zwinkerte ihm zu. Jetzt hasste er mich richtig.

Er rutschte auf seinem normal großen Stuhl hin und her und bekam rote Flecken am Hals. »Sie nehmen das hier nicht besonders ernst, was?«, fragte er spitz.

»Doch. Wirklich.«

Er schnaufte. »Es ist nicht gut für ein Kind, wenn es nur mütterliche Zuwendung bekommt. Es fehlen die Grenzen. Es fehlt einfach der Vater.«

»Und? Soll ich mir einen backen?« Es reichte mir jetzt. Die Zeit war sowieso um. Was wollte der noch von mir, der Herr Seifert?

»Sie müssen Grenzen setzen. Grenzen, Grenzen, Grenzen!«

»Aber wie? Wie, bitte schön?«, rief ich und schlug dabei mit der flachen Hand auf den Tisch.

Er richtete sich auf. Irgendwie triumphierte er. Jetzt hatte er also den Beweis. Wie labil und gestört ich war. Er lächelte. Ich hatte Lust, ihn zu schlagen. Ich war groß und ziemlich stark, aber ich sah mir stattdessen die Bastelarbeiten an, die auf schmalen Tischen an der Wand aufgereiht standen. Pappe, Herbstblätter, Kastanien. Floh würde diesen Lehrer auch noch im nächsten Schuljahr haben, außer sie wechselte die Schule. Das ging aber nicht, wenn man sich keine Privatschule leisten konnte.

»Wir sind der Meinung, Sie brauchen Unterstützung, Frau Fux«, sagte der Seifert jetzt auf eine eklige, pseudoverständnisvolle Art. »Wir empfehlen Ihnen die Schulpsychologin. Sie kann Floriane testen und mit Ihnen überlegen, was das Beste ist. Haben Sie schon von ADHS gehört? Es gibt Medikamente im Fall des Falles.«

Ich stand von dem Stühlchen auf, nahm meinen Rucksack und meine Jacke.

»Wer ist wir?«, fragte ich.

»Das Kollegium und die Direktorin.«

Sie mussten zusammengesessen und sich beraten haben. Wegen Floh, wegen mir, Ina Fux, dieser Mutter so ganz ohne Vater.

»Ich denke darüber nach«, sagte ich eklig pseudovernünftig.

»Hier.« Er gab mir ein Kärtchen in die Hand. *Dorothe Ferch. Schulpsychologischer Dienst.*

»Danke.«

Ich ging den Gang entlang. Die Treppe hinunter. Nicht weinen. Nicht vor allen Leuten. Eine Gruppe Mütter stand im Eingangsbereich zusammen. Sie lachten. Ich konnte mir nicht vorstellen, was es an einem Elternabend zu lachen gab. Sie grüßten, ich grüßte zurück und öffnete die Tür zu den Toiletten. Die Schüsseln waren genauso klein wie die Stühlchen im Klassenzimmer. Ich steckte zwei Rollen Klopapier in meinen Rucksack und entdeckte noch eine Flasche WC-Reiniger. Er schien nicht oft benutzt zu werden, es stank fürchterlich.

Raus hier, dachte ich, nur nach Hause.

»Frau Fux?«

Eine Frau kam mir im Gang entgegen und winkte. Was denn noch? ADHS, Medikamente, Schulpsychologin. Meine Mutter wartete daheim.

»Ja?«, fragte ich lustlos.

»Steinke. Sport und Handarbeiten!«

Die Frau lachte. Sie trug einen Trainingsanzug und wippte auf und ab, auf und ab, und sie strahlte. Sport und Handarbeiten mussten die wunderbarsten Fächer der ganzen Welt sein.

»Nur ganz kurz, ich will Sie nicht aufhalten«, sagte sie. »Aber Floriane macht sich im Turnen so gut.«

Hoffentlich hörten das die anderen Mütter, die sich so viel zu erzählen hatten. Von ihren Urlauben, von ihrem Tennisclub und allem. Das war leider eine ziemlich versnobte Schule hier im Viertel.

Vielleicht war diese Frau Steinke ja ein netter Mensch. Konnte sein. Ich setzte ein freundlicheres Gesicht auf.

»Ich wollte Ihnen nur sagen, Floriane ist ein sehr kluges, begabtes Kind. Nicht nur im Turnen. Sehr lebendig!«

»Oh ja. Ich soll mit ihr zur Schulpsychologin. Sie stört den Unterricht. Sie lässt sich einfach nichts sagen.«

»Lassen wir uns denn gerne etwas sagen?«, meinte Frau Steinke lachend und warf den Kopf nach hinten. »Aber unsere Frau Ferch ist großartig, ganz großartig!«

Sie stand nun wieder da, wippend, federnd, die Frau Steinke, es konnte einen ganz nervös machen, ihre Locken wippten auf dem Kopf mit.

»Ich wollte Ihnen nur sagen …«, fing sie wieder an, »was für ein tolles Mädchen Floriane ist. Sie braucht viel Bewegung, das ist alles. Immer schön austoben.

Und viel Futter fürs Gehirn, das braucht sie natürlich auch. Hat sie Bücher?«

»Sie verschlingt Bücher. Wir holen sie im Bücherbus.«

»Großartig! Lernt sie ein Instrument? Sie hat so ein Rhythmusgefühl.«

»Das ist leider zu teuer.«

Das ewige Lachen verschwand aus dem Gesicht. Frau Steinke sah auf einmal bekümmert aus, sie richtete den Blick zu Boden und hörte sogar auf zu federn und zu wippen. »Hm, was machen wir denn da?«, fragte sie.

»Sie würde auch gerne ins Ballett gehen. Das ist ein Traum von ihr. Sie hat einen Ballettfilm gesehen über Mädchen in einem Ballettinternat. Aber der Unterricht allein kostet fünfzig Mark im Monat. Und die Schuhe obendrauf.«

»Hm, verstehe, das ist natürlich ein Grund. Hm …« Sie fing an, an ihrem Daumen zu knabbern.

»So schlimm ist es auch nicht«, sagte ich schnell. »Sie hat ihre Bücher, und wir gehen jeden Tag raus.«

»Turnverein! Ich rede mit dem Vorstand, ich kenne ihn! Floriane kann in den Turnverein und später ins Ballett!« Frau Steinke kam ganz nahe an mein Ohr, wie um mir ein Geheimnis zu verraten. »Es ist ein riesiger Schwamm, das Gehirn Ihrer Tochter«, flüsterte sie verschwörerisch. »Es braucht Nahrung, viel Nahrung. Und Bewegung, glauben Sie mir.«

»Keine Schulpsychologin?«, flüsterte ich genauso und kam mir blöd dabei vor.

»Unsere Frau Ferch ist großartig«, rief die Steinke plötzlich wieder laut, »ganz großartig!« Sie geriet wieder in Bewegung, joggte fast auf der Stelle, die Arme angewinkelt. »Vielleicht schenken Sie ihr ein Tagebuch? Sie hat so viel im Kopf, die Floriane, da muss auch wieder etwas herausfließen. Hatten Sie ein Tagebuch?«

»Erst später, mit dreizehn vielleicht.«

»Mir hat es wahnsinnig geholfen!«

»Meinen Sie?«

»Unbedingt!«

»Ich muss jetzt los. Meine Mutter wartet.«

»Oh ja. Mütter darf man nicht warten lassen. Sie machen einem ohnehin dauernd Vorwürfe, nicht wahr?«

Jetzt musste ich lachen. Zum ersten Mal an diesem Abend.

Frau Steinke tänzelte davon in Richtung Lehrerzimmer. Dann drehte sie sich noch einmal abrupt um und zwinkerte mir zu. »Aber nicht drin lesen!«

»Nein, bestimmt nicht. Vielen Dank, Frau …«

»Nichts zu danken!«

Weg war sie, die Lehrerin für Sport und Handarbeiten.

»Und?«, fragte meine Mutter, als ich daheim zur Tür hereinkam.

»Alles in Ordnung. Die Noten sind toll.«

»Siehst du. Mit Floh ist alles in Ordnung«, sagte sie.

»Sie braucht viel Bewegung. Vielleicht geht sie in einen Turnverein. Am besten wäre Ballett, hat die Lehrerin gesagt.«

»Und wie willst du dir das leisten? In deinem Kühlschrank herrscht mal wieder Hungersnot. Ich hab euch Obst mitgebracht.«

»Ich dachte, ihr könntet vielleicht … Wegen der Konzentration und der Haltung, weißt du. Wegen der Disziplin. Weil sie sich doch nichts sagen lässt.«

»Bei mir schon. Macht Ballett nicht die Füße kaputt?«

»Nein, es wird kindgerecht gemacht. Es wäre gut für Floh, sagt die Lehrerin.«

»Ich muss mit Papa darüber sprechen.«

Dann war es vielleicht schon geritzt. Mein Vater würde nicht Nein sagen. Und Floh kriegte endlich ihr Ballett. Mal sehen, ob sie durchhalten würde. Aber wenn sie sich etwas in den Kopf setzte, funktionierte es meistens auch.

»Danke«, sagte ich, umarmte meine Mutter und meinte es diesmal ernst. Dann schloss ich die Wohnungstür hinter ihr und ging nach Floh sehen. Sie schlief fest, lag fast quer im Bett, ein Bein ins Zimmer gestreckt, die Decke an die Wand gestrampelt, Hund Sam mit einem Arm fest an sich gedrückt. Ich schob sie vorsichtig zurück ins Bett und deckte sie zu. Floh wachte nicht auf. Ich schaute sie mir an, das kleine Monster, es atmete regelmäßig, schnarchte leise und war so klein, so lieb und roch so süß nach Floriane, dass man denken konnte, ein Engel liege da im Bett, ein zartes Mädchen mit Feenflügeln. Und das kleine Ding sollte jetzt Medikamente bekommen? Auf keinen Fall.

Ich würde mir beim Frühstück die Geschichte vom Pullover an der Lampe erklären lassen und ein wenig schimpfen. Und wenn sie in der Schule war, würde ich ihr ein Tagebuch besorgen und sie am Mittag damit überraschen. Und ihr dann auch noch das mit dem Ballett eröffnen. Das würde ein schöner Tag für uns beide werden.

Ich ging hinaus und ließ die Tür angelehnt. Das Licht im Flur blieb an. Ich räumte mein Diebesgut ins Bad und rauchte auf dem Klo eine von Seiferts Zigaretten. Er hatte sie einfach aufs Pult gelegt. Schönes Vorbild! Ausgerechnet Menthol. Dafür war die Schachtel noch fast voll.

Am nächsten Morgen, als ich vom Einkaufen kam, war eine Nachricht auf dem Anrufbeantworter. Von meiner Mutter.

»Guten Morgen, ich bin's! Ina, mein liebes Kind, wir sind nicht der Meinung, dass Ballett für Floriane das Richtige ist …«

Dein schönstes Tagebuch

Floriane, 1993

Hallo Papa
Ich bin Flo
Ich lerne schreiben
Wie get es dir
Mir get es gut
Tschüs
Deine Flo

Dein schönstes Tagebuch

Floriane, 1993

Hallo Papa wie geht es dir?
Mir geht es gut.
Ute ist meine Freundin.
Ute ist 7.
Ich auch.
Floh

Dein schönstes Tagebuch

Floriane, 1993

Hallo Papa,
ich habe vieler Einser. Ute sizt neben mir. Sie darf von mir abschreiben. Ute ist meine Freundin. Sie hat lange Hare.
Ich habe keine Kaze und kein Hund.
Tschüs
Floh
Das kommt von Pipifloh und von Floriane.

Und du? Hast du ein Hund?

Dein schönstes Tagebuch

Floriane, 1993

Hallo Papa,
meine Mama ist schön und sehr sehr sehr lieb. Sie kann gut Spageti kochen und gut Farad fahren und gut Uno spielen. Leider raucht sie. Aber heimlich. Alle mögen meine Mama. Conni ihre Freundin. Unsere Nachbarn, nicht die oben, die gegenüber. Mein Opa. Der Vater von Ute. Ich natürlich! Alle. Sie hat dünne Beine, der Busen ist mittel. Mama hat keinen Freund. Sie kann gut Füse masieren. Aber pass auf manchmal kizelt es. Nur bei den Hausaufgaben hör lieber nicht auf sie. Sie erklärt es falsch leider. Sie weiß nicht das der Lehrer den Weg beim Rechnen haben will und der Weg mus so sein wie er es will nicht wie Mama denkt. Wir streiten deswegen und sie sagt der Lehrer ist ein Idiot.
Also Mama! Er ist ein L E H R E R!
Sie ist oft zuhause. Vor allem abends. Aber nicht anrufen wenn GZSZ läuft bitte sonst hat sie schlechte Laune.
Tschüs Papa
Deine Floh

Du kanst auch schreiben.

Die Anstalt

Christa, 1942

Marie war nun im Krankenhaus. Untersuchungen. Eine neue Behandlung. Endlich geschah etwas. Sie war im Krankenhaus der Universität, das war etwas ganz anderes. Schon das Gebäude. Das große Portal. Sie, Christa, war sich ganz klein vorgekommen mit Marie und Hans an der Hand. Das war ja auch nicht irgendein Arzt, das war der Doktor Fux, der Chefarzt und Direktor des Instituts, und er nahm sich extra die Zeit. Er besaß schon so eine Haltung, so ein Auftreten, das flößte einem Respekt ein, ganz automatisch. Er war sehr ernst und sachlich, in allem ein Experte, das merkte man gleich.

Marie weinte natürlich. Sie wollte nicht dableiben. Sie klammerte sich an die Mutter wie ein Äffchen und schrie und wand sich, die Schwester musste richtig grob werden, um sie fortzubringen. Marie verstand ja noch nicht, dass ihr jetzt endlich geholfen wurde. Auch der Hans, ihr kleiner Bruder, er verstand es nicht und weinte mit und wollte gar nicht mehr aufhören, noch in der Straßenbahn liefen ihm die Tränen herunter.

»Sie müssen hart durchgreifen«, hatte der Doktor gesagt. »Wie soll denn sonst etwas aus dem Jungen werden?« Dann strich er dem Hans übers Haar, aber der schob die Hand vom Doktor weg und verbarg sein Gesicht in ihrem Rock. Christa war es sehr unangenehm, richtiggehend peinlich.

»Er ist halt noch klein«, sagte sie nur.

»Er kommt doch schon bald in die Schule«, erwiderte der Doktor. »Sie tun ihm nichts Gutes, Frau König. Wer seine Kinder verzärtelt, setzt sie ins leichte Schiff.« Er wandte sich an den Jungen. »Ich hatte zwei Neffen, sie waren wie meine Söhne. Ich habe sie großgezogen. Der eine ist gefallen, der andere kämpft an der Ostfront. Für Deutschland, für uns alle. Und du …«, er bohrte einen Zeigefinger in die Brust des Jungen, »du hast es schön warm und gemütlich und bist eine Heulsuse?«

»Mein Mann ist auch an der Ostfront«, sagte Christa schnell.

Der Doktor nickte anerkennend und klopfte Hans fest auf die Schulter. Ein wenig zu fest, fand sie.

»Jetzt kümmern wir uns erst einmal um Ihre Tochter, die Marie«, sagte er. »Wir geben Ihnen Bescheid. Sorgen Sie sich nicht, sie ist nun gut aufgehoben.«

Es tat Christa trotzdem weh, Marie zurückzulassen, aber sie zeigte es nicht. Der Doktor sollte sie nicht auch noch für eine Heulsuse halten. Und jetzt zählte allein, dass Maries Anfälle aufhörten. Denn das Stöckchen, das sie ihr in den Mund steckte, bekam immer mehr Abdrücke von den kleinen Kinderzähnen, die sich im Krampf hineinbissen. Und neulich war Marie gegen die Anrichte gefallen und hatte eine Platzwunde gehabt, die genäht werden musste.

»Geben Sie besser acht«, hatte der Hausarzt nur gesagt, der Doktor Jurkewitz. Aber was wusste der schon, er behandelte Marie seit Jahren, und geholfen hatte es nichts. Er hatte Christa gesagt, sie solle bei einem Anfall das Kind auf den Boden drücken, ihr das Stöckchen in den Mund schieben, sie anschreien und ihr beherzt ein paar Schellen geben, um sie zurückzuholen. Das klappte alles überhaupt nicht, Marie war nur noch verwirrter, wenn sie wieder zu sich kam, kannte sich gar nicht mehr aus und war kaum mehr zu beruhigen. Es dauerte von Mal zu Mal länger, bis sie sich erholte.

Manchmal dachte Christa, Marie würde nie mehr ganz das Mädchen werden wie früher, so aufgeweckt, so klug und verständig. Sie kam in der Schule nicht mit, konnte sich schwer etwas merken.

Und trotzdem hatte der Jurkewitz, der Quacksalber, Christa abgeraten, zur Universität zu gehen. »Die Herren Professoren wissen auch nicht mehr«, hatte er gesagt, »die machen Ihre Marie nur zu einem Versuchskaninchen.«

Das stimmte nicht, der Doktor Fux wusste es bestimmt besser als der alte Jurkewitz. Jetzt hieß es warten. In etwa zwei Wochen wusste man mehr. So lange blieb Maries Bett zu Hause leer, und Hans heulte jeden Abend, weil sie nicht da war, und sie, Christa, musste stark sein, sie durfte die Zuversicht nicht verlieren, denn was blieb ihr denn als die Zuversicht, mit Hans allein am Tisch und mit nun schon zwei leeren Stühlen.

Es dauerte dann viel länger als zwei Wochen. Christa wartete. Auf die Ergebnisse der Untersuchungen. Auf die ersten Erfolge der Behandlung. Auf den Termin, an dem sie Marie endlich besuchen durfte.

Doktor Fux hatte das Kind inzwischen verlegt, in eine andere Anstalt, wie er sagte, mit einer Fachabteilung, weit weg im Allgäu. Es war schwer hinzukommen, es dauerte fast einen Tag, und als es endlich so weit war und Christa fahren konnte, weil sie beim Doktor partout auf der Erlaubnis bestanden hatte, konnte sie nicht lange bleiben. Sie musste den letzten Zug zurück erwischen. Doch die Anstalt war wunderbar gelegen, so richtig zum Gesundwerden, ein Park umgab das Gebäude, es war Sommer, die Luft roch nach der frisch gemähten Wiese, und die kranken Kinder konnten von den Stationen im ersten Stock den Vögeln und den Eichhörnchen zuschauen. Man hörte Kuhglocken bimmeln.

Aber Marie sah schlecht aus. Sie war abgemagert, das kleine Gesicht alt, die Augen wie Rosinen, wie eingetrocknet in den viel zu großen Höhlen, der Blick schwermütig, oder noch schlimmer, irgendwie leer. Christa traute sich nicht zu fragen, ob Marie genug zu essen bekam. Die Schwester schaute so streng, lächelte nicht und sprach kaum. Dabei gab es so viel zu klären. Ob Marie die neuen Medikamente vertrug. Ob sie auch anschlugen. Doch Christa fragte nur, wann Marie nach Hause durfte.

»Bald. Sorgen Sie sich nicht, sie ist in guten Händen.«

»Sie ist dünn geworden.«

»Das ist die Heilung. Der Körper kämpft.«

Die Heilung. Sie musste mit einem Arzt sprechen, doch es war nirgends einer zu sehen.

»Aber wann kommt sie endlich wieder heim?«

»Ich sagte doch: bald.«

Christa nahm Marie zum Abschied in die Arme. Der ganze Körper war seltsam kalt und fühlte sich an wie ein Gerippe in einem Nachthemdchen. Christa holte eine zweite Decke und breitete sie über dem Kind aus, das fast leblos in seinem Bett lag. In der Tür drehte sie sich noch einmal um. Marie winkte schwach, sie weinte nicht einmal.

Wie gut, dass Hans nicht dabei war. Wie gut, dass er seine Schwester so nicht sehen musste. Sie, Christa, würde Marie schon wieder aufpäppeln, wenn sie erst einmal wieder zu Hause war. Eine kräftige Hühnersuppe mit Kartoffeln und Möhren, das hatte die Anstalt im Allgäu sicher nicht zu bieten. Sie würde den Bauern fragen, der ihr noch immer die Eier brachte. Er schwärmte ein bisschen für sie. Ob er überhaupt noch Fleisch verkaufte? Sie würde etwas versetzen müssen, aber das machte nichts.

Die Wochen vergingen, die zwei Stühle am Esstisch blieben weiterhin leer. Beim Kachelofen lag noch das kleine Zirkuspferd, das Marie so mochte, der Vater, der Ernst, hatte es ihr zum Abschied geschenkt. Im Kinderzimmer schlief Hans in seinem Bettchen, und im anderen lag nur das Bettzeug, sorgfältig gemacht. Hans war jetzt ein Schulkind mit einem Schulranzen, der von Marie lag im Eck und verstaubte. Und im Badezimmer, da standen noch immer die kleinen Holzpantinen, mit denen Marie so viel Lärm machte, wenn sie durchs Haus rannte.

Überall jetzt diese Stille, diese Leere, diese Lücke, ein Stück Nichts. Hans fragte kaum noch nach Marie, er war so schweigsam geworden und so brav. Es war nicht gut, wenn ein Junge nie frech war, nie trödelte und stets »Ja, Mama« sagte.

Als der Brief von der Anstalt kam, ging Christa erst in den Keller, um zu weinen, dann brachte sie die Kartoffeln nach oben, schälte sie und kochte Suppe. Hans saß am Küchentisch und fragte, ob er wirklich mit auf die Fahrt mit der Klasse musste. Er wollte nicht, er hatte Angst, da würde man ihm das Muttersöhnchen schon austreiben, hatte der Lehrer gesagt, da mussten sie nachts im Wald marschieren, im Dunkeln, und das war nichts für den Hans, das war er nicht gewohnt.

Der Doktor hatte schon recht gehabt, sie durfte den Jungen nicht verzärteln.

»Alle fahren mit«, sagte sie müde. »Und du auch. Was würden sie denn sagen, wenn du als Einziger zu Hause bleibst?«

Ihre Augen brannten. Und sie dachte, dass es gut war, wenn Hans nicht mehr nach Marie fragte. Er würde seine Schwester irgendwann vergessen, dann brauchte Christa ihm nie zu erzählen, was Trauriges passiert war. Einfach nie.

Ihr blieben nur der Kartoffelkeller fürs Weinen und die Briefe von Ernst für die Nacht.

Ein paar Tage später traf sie die Gunda, die Mutter vom Peter. Sie kannten sich vom Doktor Jurkewitz. Der Peter war ein Schwachsinniger, aber ein lieber Kerl. Marie hatte im Wartezimmer mit ihm gespielt, sie hatten aus Bauklötzen einen Turm gebaut und wieder zusammengeworfen. Der Peter hatte so gelacht! Jetzt hatte Gunda auch einen Brief bekommen. Den gleichen. Lungenentzündung.

»Wie kann das sein?«, fragte Christa. »Da stimmt doch etwas mit der Hygiene nicht in diesen Anstalten! Das ist doch ein Missstand!«

»Nein, nein, es ist gut so«, sagte die Gunda.

»Was?«, rief Christa und lachte. Die Gunda war wohl auch ein bisschen schwachsinnig geworden. Der Kummer machte sie noch alle verrückt.

»Das Peterle, Sie wissen ja«, sagte Gunda und stellte ihre Einkaufstasche ab. »Jetzt wird Raum für neues Werden frei, hat der Doktor von der Universität gesagt.«

»Der Doktor Fux?«

»Ja. Das Peterle, es ist jetzt bei seinem Herrgott.«

Die Gunda, was redete sie nur. Das Geschwätz regte Christa auf, machte sie richtig wütend. »Aber der Herrgott hat ihm doch das Leben geschenkt«, rief sie. »Wie allen anderen Kindern auch! Und der Peter, das war doch ein kräftiger Junge!«

Es war, als ob sich ein Knoten löste. Christa spürte, wie etwas frei wurde in ihrem Inneren, wie etwas aufbrach. Der Doktor Fux, das war gar kein guter Arzt, auch wenn er der Herr Direktor war. Und die andere Anstalt im Allgäu mit der Fachabteilung, das war kein richtiges Krankenhaus, die kümmerten sich nicht um die Kinder, die achteten nicht auf das Essen und die Hygiene, die kannten sich nicht aus.

»Der Herrgott kann auch nicht überall hinschauen«, sagte die Gunda. »Manchmal entgeht ihm etwas, und dann kommt so ein Peterle dabei heraus.«

»Der Herrgott schaut ja nirgendwo mehr hin«, schrie

Christa. Sie mochte sich nicht mehr beherrschen. Immer diese Beherrschung, davon wurde man noch ganz irre. »Der Herrgott ist blind wie ein Maulwurf geworden, merkt das denn keiner?«

Sie stand mitten auf dem Gehweg der Königstraße und schrie die Gunda an. Die schüttelte nur den Kopf, nahm ihre Einkaufstasche und ging weiter, einfach weiter. Doch Christa rief ihr noch hinterher: »Der Peter, das war ein lieber Junge!«

Dann sah sie sich um, Leute waren aufmerksam geworden und starrten sie an.

»Ja, schaut nur. Die haben gesagt, der Marie wird geholfen, und jetzt ist sie tot. Und der Peter auch.«

Die Leute drehten sich weg und gingen weiter wie Gunda, einfach weiter.

Christa tat der Hals weh, so hatte sie geschrien. Auf dem Nachhauseweg kam sie an der Praxis vom Doktor Jurkewitz vorbei. *Hätte ich nur auf ihn gehört,* dachte sie. *Dann wäre Marie vielleicht noch am Leben. Bestimmt sogar.*

Sie wäre jetzt gerne hinaufgegangen und hätte dem Alten gesagt, dass er recht gehabt hatte. Dass sie ihn jetzt verstehen konnte. Aber der Jurkewitz war ja auch nicht mehr da.

Am Abend stellte sie sich mit Hans ans Fenster, und sie sahen beide hinaus. Wegen der Verdunkelung konnte man die Sterne besonders gut sehen, der Himmel funkelte richtig, und Christa zeigte Hans den Großen Wagen, den Orion und den Andromedanebel. Sie kannte die Sternbilder von Ernst. Er wusste so viel. Doch was nützte ihm das, wo er jetzt war? Wahrscheinlich überhaupt nichts.

»Ich habe es mir überlegt«, sagte sie dann. »Du brauchst nicht mit deiner Klasse mitzufahren. Wenn du nicht willst, dann musst du nicht. Du wirst eine Grippe haben, verstehst du? Sollen sie doch allein durch den Wald marschieren. Im Dunkeln!«

Hans drückte sich an sie.

»Und unsere Marie, die kommt nicht wieder, Hans. Sie war sehr krank, du weißt ja, die Anfälle. Und jetzt ist sie gestorben.«

Seine Augen wurden ganz groß. Ja, er erinnerte sich an seine Schwester, Christa sah es ihm an. Marie, es gab sie noch für ihn.

»Wo ist sie?«, fragte er nach einer Weile.

Christa deutete auf irgendeinen einzelnen, besonders hellen Stern.

»Da, siehst du? Der Stern da oben. Das ist unsere Marie. Sie ist im Himmel.«

Hans sah schweigend hinauf. Mit offenem Mund.

»Lass uns zumachen, es wird kühl«, sagte sie und zog das Verdunkelungsrollo herunter. Sie hoffte auf eine ruhige Nacht.

Dein schönstes Tagebuch

Floriane, 1994

Hallo Papa, eins musst du über mich wissen: Ich liebe Tiere über alles. Wenn eine Katze nur noch einen halben Schwanz hat und damit vor mir herläuft, weine ich schon. Weil ich mir vorstelle, was passiert ist. Wenn ich Fleisch essen soll, weine ich auch. Meine Mutter und alle sagen, ich kleiner Pipifloh soll nicht so ein Theater machen, aber ich ekle mich, weil es ja das Fleisch von einer Leiche ist. Würdest du das Fleisch von einer Leiche essen? Na gut, du musst kein Vegetarier sein. Auch wenn es eklig ist, ich verzeihe dir.
Weißt du, was ein Schowi ist, Papa? Meine Mama sagt, der Herr Seifert, mein Klassenlehrer, ist ein Schowi.
Ich frage sehr viel, ich frage den ganzen Tag, zum Beispiel habe ich die Metzgerin im Edeka gefragt, ob sie abends an die ganzen Leichen denkt und an die Eltern, an die Geschwister und Freunde. Sie hat gelacht und gesagt, nein, sie denkt nur daran, wie gut so ein Leberkäs schmeckt. Ich fand es nett, dass sie mir geantwortet hat und nicht gleich schlecht gelaunt war.

Ich muss zugeben, dass ich nicht alle Tiere mag, es kommt auf die Zahl der Beine an. Vier oder zwei Beine sind in Ordnung. Sechs Beine sind nicht so gut. Ich mag Wespen überhaupt nicht, leider. Weil mich eine gestochen hat, obwohl ich ihr nichts getan habe. Wespen sind dumm und fast blind. Sie sind für nichts gut. Wenn ich das schreibe, kriege ich schlechte Gefühle, weil sie sich nur wehren wollen, wenn sie stechen, wahrscheinlich haben sie Todesangst, so dumm und fast blind, sie blicken nicht durch und dann stechen sie. Schon gemein, aber okay. Sie machen mir halt Angst, wenn wir bei meiner Oma draußen essen. Meine Mama sagt, ich soll einfach stillhalten, aber das ist den Wespen egal, sie stechen trotzdem, weil sie nicht nachdenken. Du kennst ja meine Mama. Von früher. Ina. Erinnerst du dich an sie? Sie streitet oft mit meiner Oma. Ich weiß nicht warum, weil meine Oma ist sehr sehr sehr nett. Mein Opa zeigt mir alles im Garten, die Vögel, die Mäuse, die Tiere mit zu vielen Beinen und die Eichhörnchen. Mein Opa hat gesagt, den Pabst, den sollte man aufhängen. Nicht so nett, oder? Oma hat gesagt, jetzt ist aber gut vor dem Kind!
Du bist Jude, und Juden glauben nicht an den Papst, oder? Meine Mama hat erzählt, ihr habt keinen Papst und keinen Jesus. Dabei ist Jesus doch das Beste, finde ich. Naja. Sei nicht traurig. Du hast bestimmt dafür was anderes. Oder?
Ich muss jetzt mal schlafen. Ich muss um halbsieben aufstehen. Und du? Morgen nach der Schule darf ich zu Ute. Wiederholung: Sie ist meine beste Freundin.

Ihre Mutter muss nicht arbeiten und hat ein ganzes Haus. Sonst musst du auch gar nichts über mich wissen. Nur dass ich Tiere mag. Außer die mit acht Beinen. Die habe ich noch vergessen. Wenn ich nur von weitem, also von ungefähr zehn Meter entfernt, ein Buch sehe, einfach nur ein Buch, und ich weiß, in dem Buch ist ein Bild von einer Spinne, im Buch versteckt, nur ein Bild, dann schreie ich schon. Solltest du also vielleicht einen Beruf haben, in dem man dafür sorgt, dass es weniger Spinnen auf der Welt gibt, würde das gut passen mit uns. Ohne sie zu ermorden, meine ich. Auch Spinnen sind Lebewesen! Vielleicht bringst du sie ja nur in den Wald, wo sie in Frieden leben können, hoch oben auf den Bäumen, wo ich nie hinkomme, ich gehe im Wald sowieso nur auf dem Weg, weil Spinnen von den Bäumen herunterplumpsen können, oder sie lassen sich fallen, mit Absicht, wie Zäcken. Wusstest du, dass Zäcken auch Spinnentiere sind und acht Beine haben? Mich wundert das nicht. In der Zeitung war ein Bild von einer Zäcke unter einem Mikroskop. Ich habe fürchterlich geschrien. Ach ja, genau, ich kann sehr laut schreien, das habe ich noch vergessen. Du musst dir unbedingt die Ohren zuhalten, wenn ich damit anfange, sonst kann dein Trommelfell platzen. Und dann findest du vielleicht die Spinnen nicht mehr, um sie in den Wald zu bringen. Spinnen machen nämlich heimlich hässliche Geräusche, wusstest du das?
Jetzt muss ich wirklich schlafen. Hoffentlich träume ich von Tieren mit wenigen Beinen. Oder ich träume

von dir. Oder davon, dass ich einen Hund bekomme. Das wäre das schönste in meinem Leben. Er würde Bieber heißen. Weil Bieber fast ausgestorben sind. Oder Delfin.
Ich weiß von einem Foto, wie du aussiehst. Sehr hübsch, finde ich.
Gute Nacht,
deine Floh (Floriane)

Dein schönstes Tagebuch

Floriane, 1994

Hallo Papa,
ich hab noch was vergessen, meine Mama, meine Oma und mein Opa sagen, dass ich hübsch bin, weil ich dunkle Haare und blaue Augen habe. So wie du. Aber ich würde an deiner Stelle lieber selber nachschauen, ob das wirklich stimmt. Es könnte sein, dass sie es nur sagen, damit ich nicht traurig bin, und ich habe in Echt nur ein einziges Auge auf der Stirn und das ist rot, und meine Zähne sind schwarz, und meine Haare sind nur so fettige Strähnen, weil ich faul bin und Haarewaschen hasse. Vielleicht habe ich auch zwei Augen, aber dafür ein Horn auf dem Kopf und eine Mähne mit Glitzer drin, und wenn ich renne, fliegen Sternchen um mich herum. Das wäre schön, oder? Aber in Wirklichkeit habe ich nur drei Beine, sonst gibt es nichts Besonderes an mir, und das dritte benutze ich zum Hüpfen wie ein Känguru seinen Schwanz. Gibt es Kängurus in Israel? Also Papa! Ich weiß doch, dass es Kängurus nur in Australien gibt! Warst du mal dort? Ich liiiiebe Australien. Ich muss unbedingt mal hinfahren und kranke Koalas pflegen. Sie klettern auf Strommasten

und Laternen und kommen nicht mehr herunter, und dann müssen sie abgepflückt und gepflegt werden. Es gibt aber zu viele Spinnen in Australien, leider. Es gibt mehr Spinnen als Koalas und Kängurus und Menschen zusammen. Sie sitzen sogar in der Regierung, und wenn du zum Arzt musst, kann es sein, dass das Wartezimmer voll ist mit Spinnen. Sie brechen sich leicht die Beine, weißt du. Deswegen kann ich nicht nach Australien. Der Flug ist sowieso zu teuer. Er kostet mehr als ein Haus.
Auf jeden Fall kann ich sehr hoch und sehr weit hüpfen, aber bei Olympia darf ich nicht mitmachen, weil es ungerecht wäre wegen den drei Beinen.
Tschüss, deine Floh (Floriane)

Ich habe immer noch keine Katze und keinen Hund.

My secret diary

Floriane, 1996

Hallo Papa, heute ist alles schön, ich bin in den Ferien, auf einem Bauernhof in den Bergen. Conny hat uns mitgenommen und bezahlt unser Zimmer. Mama hat vor Freude geweint, es war an ihrem Geburtstag. Sie weint auch bei *König der Löwen*, also mach dir keine Sorgen, und bei *Ein Schweinchen namens Babe*. Ich auch!
Stell dir vor, direkt unter unserem Zimmer steht ein Pony auf der Weide, und das Pony hat ein Fohlen. Was sagst du dazu? Das Fohlen ist erst eine Woche alt und winzig. Ich sitze den ganzen Tag am Zaun und schaue es an. Ich habe es trinken gesehen. Echt! Heute hat das Pony nur im Gras gelegen. Ich dachte erst, es ist krank, aber keine Angst, es ist gesund. Es wollte nur ein bisschen liegen und nachdenken. Das ist normal, ich will das auch oft, in meinem Zimmer auf meinem Bett liegen und nachdenken. Und ganz plötzlich ist das Fohlen aufgestanden, hat sich kurz umgeschaut und den Kopf geschüttelt, ich weiß nicht warum, das weiß niemand, und dann hat es angefangen, im Kreis zu rennen. Ich hätte es dir so gerne gezeigt! Du hättest mich hochgehoben, damit

ich es noch besser sehen kann, und du hättest gesagt: Schau mal, wie süß, der kleine Pipifloh. Du hättest das Fohlen gemeint, nicht mich. Ich bin ja schon zehn! Wir wären lange einfach nur dagestanden und hätten nichts gesagt, wir hätten uns nur manchmal angeschaut und gelacht.

Hast du schon einmal ein Fohlen schlafen gesehen? Es sieht aus wie tot. Es hält ganz still. Nicht einmal die Ohren wackeln. Wahrscheinlich, damit Bären und Wölfe es nicht finden. Oder Jäger. Jäger sind gemein, weißt du.

Bald kommt das Fohlen in den Kindergarten. Es muss bis zum Nachmittag dableiben, leider. Es kriegt jeden Morgen eine Tasche gepackt mit einer Dose, da ist Gras drin, und alle Fohlen packen in der Pause ihre Essensdosen aus, und überall ist Gras drin, und dann mampfen sie es zusammen weg. Das macht schöne, knurpschige Geräusche. Nur die reichen Fohlen bekommen Hafer und Äpfel mit anstatt Gras und gehen mittags nach Hause. Niemand mag diese Fohlen, weil sie sich auf alles was einbilden und weil sie nie etwas abgeben, sogar nicht, wenn sie es selbst nicht auffressen. Sie gönnen niemandem was und gehen dann heim in ihren Reitstall, wo Pferde Dressur lernen müssen, das müssen die reichen Fohlen später auch, und das geschieht ihnen recht.

Schau, du hast gedacht, ich bin lieb, ein liebes Kind, aber das stimmt nicht. Ich bin in Wirklichkeit gemein. Das gehört sich nicht für ein Mädchen, aber ich kann nichts dagegen machen. Es ist in mir drin. Und dann gehe ich sogar auf ein armes Fohlen los, das ich gar nicht kenne. Jetzt weißt du es. Bitte sag es niemandem weiter. Es ist unser Geheimnis, okay? Dass Floh (Floriane) in Wirklichkeit nicht lieb, sondern gemein ist. Auch zu Mama. Nicht immer, aber es reicht schon. Ich kann sie zum Weinen bringen. Wenn du auch so gemein bist, würden wir uns gut vertragen und könnten zusammen eine Bank ausrauben oder Leute entführen.

Also Papa! Das war doch nicht ernst gemeint!

Wenn Mama mir das Foto von dir zeigt, dann kriegt sie immer so kleine Herzchen in den Augen und lauter Herzchen fliegen um sie herum wie in meinem *Lustigen Taschenbuch*. Das ist einerseits süß und andererseits peinlich. Sie ist ja schon alt.

Komm ruhig mal vorbei, Mama würde die Tür aufmachen und in Ohnmacht fallen. Zu viele Herzchen in den Augen! Du könntest mal ein neues Bild schicken, vielleicht bist du ja dick und alt geworden und ganz vernarbt und pickelig, und dann ist Mama endlich geheilt. Wenn du immer noch so hübsch bist, könntest du das Bild von einem hässlichen Freund oder Nachbarn nehmen.

Ich mache jetzt das Licht aus und denke an das Fohlen. Es liegt ganz still im Gras. Nur die Mutter schnaubt manchmal in der Nacht. Dann freue ich mich. Ferien auf dem Bauernhof sind am allerschönsten.

Gibt es Fohlen in deiner Nähe?

Das wäre praktisch.

Gute Nacht,

deine Floh (Floriane)

Noch eine Frage, Papa, könntest du mir vielleicht ein bisschen Geld schicken? So fünfzig Mark jeden Monat vielleicht? Für den Ballettunterricht?
Naja, ich weiß, dass es nicht geht, Mama hat es mir erklärt. Vielleicht später. Aber wenn man später anfängt, nützt es nichts mehr, weil die Knochen sich dann nicht mehr biegen.
Ich habe einen Film gesehen über ein Ballettinternat in Paris. Da wohnen die Mädchen und gehen in die Schule und sonst üben sie nur den ganzen Tag Ballett. Das wäre mein Traum. Ballett wäre mein Traum.
Oma und Opa schenken mir Geld, das kommt auf ein Konto. Mama sagt, ich brauche es, wenn ich mal studiere. Ich würde es lieber für das Ballett oder für einen Hund ausgeben, aber Kinder haben nichts zu sagen. Wie ist das im Kibutz, haben da Kinder was zu sagen, weil dann würde ich vielleicht umziehen?

Musst nicht traurig sein, das Ballettinternat würde mich sowieso nicht nehmen. Hallo, Ballett mit drei Beinen! Das sieht sehr sehr komisch aus!

Tschüss, deine Floh (Floriane)

You bloody fellow

Albert, 1941

Er war auf dem Postamt gewesen. Es schien, als hätten sich dort alle Europäer versammelt, die noch im Land geblieben waren. In der Halle herrschte Gedränge, vor den Schaltern bildeten sich lange Schlangen, in den Telefonzellen schrie man in verschiedenen Sprachen in die Hörer, und vor dem Gebäude standen die Menschen in Gruppen herum, rauchend, gestikulierend, schwitzend in ihren weißen Anzügen. Alle waren gierig nach Neuigkeiten, zu Hause herrschte Krieg. Und in Burma stand der Einmarsch der Japaner bevor, weit oben im Norden zwar, doch niemand wusste, wie weit sie kommen würden oder ob sie aufzuhalten waren.

Sie waren hier gestrandet, in Burmas Hauptstadt Rangun, Jane und er, Albert. Die Ladung war gelöscht, das Schiff konfisziert, und sie saßen fest. Noch war unklar, welches Land sie beide aufnehmen würde – er Deutscher, sie Engländerin. Im Augenblick kamen Singapur, Brasilien oder die Schweiz infrage, wo sie die wenigsten Schwierigkeiten zu erwarten hatten. Aber was war das für ein Land, ganz ohne Meer? Mit nichts als ein paar lächerlichen Seen? Und alle Welt wollte auf einmal in die Schweiz! Also überlegten sie hin und her und warteten. Auf die Heiratsurkunde, auf eine Bürgschaft aus Janes Heimat. Sich zu trennen zogen sie beide erst gar nicht in Betracht. Mit keinem Wort erwähnten sie jemals diese Möglichkeit. Er heim nach Deutschland und sie nach Cornwall, was würde das geben? Sollten sie am Ende aufeinander schießen? Und so saßen sie in den schattigen Gärten der Hotels herum, tranken Tee, abends Whiskey, und gingen am Fluss spazieren, um sich die Zeit zu vertreiben. Hin und wieder stiegen sie die Treppe zur Pagode hinauf und machten Fotos, es gab ja eine unerschöpfliche Fülle an Motiven, auch wenn die Einheimischen stets etwas skeptisch schauten, wenn nicht sogar feindselig. Sie hatten Angst um ihre Pagode in diesen kriegerischen Zeiten, wer wollte es ihnen verdenken. Es gab etwas zu holen da oben auf dem Hügel: all das Gold der Stupa, die Buddha-Statuen, die verzierten Glocken und Wandgemälde.

Er sah die Menschen diese Figuren anbeten, murmelnd und singend, kniend, die Füße Buddha abgewandt, die Hände vor der Stirn gefaltet, so beugten sie sich nieder und berührten den Boden, richteten sich wieder auf, um weiterzusingen in fremden, immer gleichen Tonfolgen, versunken, voller Hingabe.

Nachdem er das Postamt verlassen hatte, ging er ziellos durch die Straßen und wünschte sich, er könnte sich den Glauben dieser Menschen ganz einfach zu eigen machen und Trost darin finden. Oder einen Sinn. Wie sollte er es Jane sagen? Und wann? Er war nur froh, dass sie nicht dabei gewesen war. Sie ließ sich die Haare machen, das dauerte. Es verschaffte ihm ein wenig Zeit. Seltsam, dass er nur an Jane dachte. Dass sich sonst so gar nichts in ihm regte. Nur die Sorge um seine Frau. Wie würde sie es aufnehmen? Eine Szene war nicht zu erwarten. Die englische Erziehung. Auch wenn alles aussichtslos schien, Jane bewahrte Haltung, wie damals im Dorf der Eingeborenen vor Panama auf den Pearl Islands, man wusste nicht recht, wollten sie einen zum Abendessen verspeisen oder waren sie einfach nur freundlich und hilfsbereit. Oder als die Matrosen bei der Magellan-Passage kurz vor der Meuterei standen, das rätselhafte Fieber an Bord, Jane fiel immer eine höfliche Floskel und eine trockene Bemerkung ein, die allen den Wind aus den Segeln nahm. Sogar als die *Big Bill* im neuen Kanal auf Grund gelaufen und zerborsten war, sie hatten im Sturm vom Ufer aus zusehen können – fünf Lebensjahre, die krachend im Strom verschwanden –, und Jane hatte nicht einmal mit der Wimper gezuckt. »Sind wir froh to get rid of der alte Kahn«, hatte sie gesagt, rauchig gelacht und dabei ihren Hut festgehalten.

Sie steckte wirklich etwas weg. Aber jetzt?

Er beschloss, bis nach dem Ausflug zu warten. Ein Engländer, George, hatte sie beide eingeladen, ihn auf eine Fahrt ins Landesinnere zu begleiten. Er versprach ihnen etwas ganz Besonderes, was es nach dem Einmarsch der Japaner so vielleicht nicht mehr geben würde. Er hatte einen Jeep, genügend Benzin und zwei Burmesen organisiert; der eine sollte auf der Reise für sie kochen, der andere kannte sich aus und wusste wohin. Angeblich war die Gegend sicher, die Tage würden schneller vergehen, und George redete von nichts anderem mehr. »Sie werden staunen, Madam, die Augen werden Ihnen übergehen!«

Dabei brauchte er Jane gar nicht erst zu überreden. Gab es irgendwo ein Abenteuer zu bestehen, lockte etwas Unbekanntes, eine ferne, unberührte Gegend, sie war auf jeden Fall dafür zu haben.

»Sicherheit? What? In Sicherheit bin ich, wenn ich *cosy in the coffin* liege. Gemütlich im Sarg.«

»Erst dann, Jane? Im Sarg?«

»Genau, im Sarg, da werde ich in Sicherheit sein, vorher nicht«, sagte sie mit ihrem Akzent, sie pflegte ihn wie ihre englischen Kleider, ihre Hüte und ihr Haar, und sie dachte nicht daran, ihn sich abzugewöhnen.

Sie packten gemeinsam, wählten aus, was sie in der Wildnis brauchen und was sie im Hotel deponieren würden. Jane gab sich mit zwei Hüten und nur einer Hutschachtel zufrieden. Er entschied sich für lange und kurze Hosen, man konnte nie wissen, einerseits die Hitze, andererseits das Gestrüpp und das Getier.

Die Nachricht aus dem Postamt lastete bei all den Vorbereitungen auf ihm, als müsste er sinnlos einen Stein mit sich schleppen, und noch immer, als sie früh aufbrachen und durch die dunkle Stadt fuhren. Sie wollten die Strecke in zwei Tagen bewältigen, Jane war aufgekratzt und bester Laune. Er saß mit ihr hinten, die Hutschachtel stand zwischen ihnen. George fuhr mangels Fahrer selbst, und im Laderaum machten es sich die Burmesen zwischen dem Gepäck, dem Kochgeschirr, den Lebensmitteln und ihren eigenen Bündeln so bequem wie möglich.

Sie sollte ihre kleine Entdeckungsreise haben, Jane, seine Frau. Diese eine noch. Und dann?

Sie übernachteten bei einem Beamten, der die Steuern eintrieb. Ein Steinhaus mit genügend Räumen für die Gäste und sogar dem Komfort eines Badezimmers. Nach einem guten Frühstück – englisch mit Toast, Eiern und Bohnen – brachen sie endlich auf, um das Geheimnis zu lüften, das George um das Ziel ihres Ausflugs machte. Doch zunächst war nicht viel mehr zu sehen als flaches Land, staubig, heiß, in der Trockenzeit spärlich bewachsen, hier ein paar Bäume, dort verdorrtes Gestrüpp, einmal ein Bauer, der eine Herde Ziegen hütete. Der Jeep holperte über einen sandigen Pfad, sie wurden hin und her geworfen, das Kochgeschirr klapperte. Schließlich tauchte eine kleine Pagode vor ihnen auf, nichts Besonderes, oben eine Stupa, aus einfachen Ziegeln gemauert, unten ein viereckiger Bau mit einem finsteren Loch. Hier brachte George den Wagen zum Stehen und schaltete den Motor ab. Steifbeinig stiegen sie aus. Jane wischte sich mit einem ihrer feinen Taschentücher den Schweiß vom Gesicht. Mit den roten Wangen, dem leicht schief sitzenden Hütchen und den nicht mehr ganz einwandfreien Locken, die darunter hervorschauten, sah sie etwas lädiert, aber auch recht verwegen aus.

»Und?«, fragte sie. »Wofür jetzt dieser Höllentrip, Sir?«

George machte nur eine Handbewegung und bedeutete ihnen, ihm durch den pechschwarzen Eingang ins Innere der Pagode zu folgen. Er schaltete eine Taschenlampe an. Nichts als Stein im Lichtkegel, kein Buddha, keine Verzierungen. George leuchtete in einen Treppenaufgang, eng und niedrig, und natürlich war es Jane, die als Erste hinaufstieg und nach ein paar Stufen verschwunden war. Albert stieß sich ordentlich den Kopf an, als er ihr folgte, George rief noch »Vorsicht, Sir!«, aber nun war es ja schon zu spät. Über mehrere Absätze und Kehren ging es nach oben, es war stickig und roch modrig. Das würde eine schöne Beule am Kopf geben, dachte Albert. Dann hörte er Jane rufen.

»Albert! Come on! It's fantastic!«

Er stieg ins Freie auf eine kleine Plattform, groß genug, dass sie alle Platz darauf fanden. Jane stand vorne am Rand und rief wieder: »Albert!«

Er mochte es, wie sie seinen Namen aussprach. Als wäre er ein amerikanischer Filmstar.

Und sie hatte recht. Was sie sahen, war fantastisch. Sie hatten von oben einen Überblick über die riesige Ebene, und diese flache Landschaft war gespickt mit Pagoden, Stupas und Tempeln, es mussten Dutzende sein, bis weit zum Horizont, vielleicht sogar Hunderte. Sie ragten in den wolkenlosen blauen Himmel mit Spitzen und Türmchen, dazwischen nichts, keine Ortschaften, keine Behausungen, nur diese steinernen, stillen Zeugen einer vergangenen Zeit. Sie mussten uralt sein.

»Waren jemals schon Weiße hier?«, fragte er.

»Ja, ein paar«, antwortete George. »Sie haben Fresken aus den Wänden gehauen und mitgenommen. Es ist immer das Gleiche, Sir.«

»Wollen wir das Sir nicht weglassen?«, fragte Jane. Sie deutete auf einen großen Tempel in der Ferne, und einer der Burmesen sagte »Anandan, Anandan« und nickte.

»Der Anandan-Tempel«, erklärte George freudig, »und: Ja bitte, lassen wir das Sir weg!«

Jane strahlte. Und sah weiter in die Ferne, deutete hierhin und dorthin und war ganz selig.

Er hatte recht gehabt zu warten. Aber wann war der richtige Zeitpunkt? Zurück in Rangun?

Sie blickten sich um, schweigend, die ganze Landschaft schwieg, die Stille war fast unnatürlich, als würden auch Vögel und Insekten darauf achten, keinen Mucks zu machen, ein wahrhaft heiliger Ort.

»Ich will ihn sehen, George, den Tempel. Können wir hinfahren?«

»Natürlich! Es gibt noch so viel zu sehen. Wollen wir aufbrechen?«

Sie konnten sich nur schwer lösen, doch Jane stieg schließlich wieder als Erste hinunter durch den stickigen Gang und klopfte sich draußen Staub und Sand vom Kleid.

»Was hast du denn, Albert?«, fragte sie. »Du freust dich ja gar nicht. Ist dir nicht gut? Ist es dir zu viel?«

»Nein, nein, alles in Ordnung.«

Die anderen saßen schon wieder im Jeep. Jane fasste ihn am Arm und war nun ganz ernst. »Nothing's fine at all. Kommt das Fieber zurück? Oder hast du Sehnsucht nach deinem Kahn?«

Sie legte ihre Hand erst auf seine Stirn, dann in seinen Nacken. Ihre zarte Hand. Und da war es, als hätte sich eine Tür in ihm geöffnet. Das Postamt, die Fahrt, dieses Land voller Heiligtümer, Janes Hand. Ja, es war zu viel. Zu viel. Er hatte Jahrzehnte nicht geweint, doch jetzt liefen ihm Tränen salzig in den Mund.

»Albert«, flüsterte Jane.

Sie wusste nun, dass etwas passiert war. Sie wurde ganz bleich.

»Albert«, sagte sie wieder leise und wischte ihm mit ihrem Taschentuch über die Augen. Einen Moment standen sie so. Nur die Stille. Die Hitze. Er musste sich fassen. Er kämpfte. Er musste es mit fester Stimme sagen. Doch dann kam es einfach so aus ihm heraus.

»Beim Postamt, Jane … Gerd ist gefallen.«

Sie hielt immer noch ihre Hand in seinem Nacken. Ihre Augen waren ganz nah. Er hatte sich so sehr davor gefürchtet, doch Jane weinte nicht. Lächelte sie etwa?

»Albert«, sagte sie. »You stupid boy. Das kann doch gar nicht sein.« Sie löste sich von ihm und klopfte sich wieder den Staub vom Kleid. »Gerd ist doch in der Schreibstube in Bremerhaven. Nicht an der Front. Das hast du doch für ihn … gedeichselt, oder wie sagt ihr? Mit deinem Namen, an admiral's name, Fux, mit X! Dass er nicht an die Front muss.« Sie sah zum Auto hin. »Sie warten auf uns.«

»Lass sie warten.«

»Gerd, ein Soldat! Was würde das denn geben!« Nun lachte sie, nahm ihren Hut ab und fächelte sich damit Luft zu. Ihre Löckchen waren nass von Schweiß und kringelten sich ungestüm, was sie durch allerlei Techniken und viele Friseurbesuche zu verhindern suchte. Sie ging zum Wagen. Zögerte. Ihre Hand am Türgriff. »Er ist doch in der Schreibstube, nicht wahr?«, fragte sie.

Er antwortete nicht. Blieb einfach stehen. Was sollte er auch sagen.

»Albert?« Ihr Ton war nun scharf. Leise, aber scharf.

»Erst ja. Aber Johann, mein Bruder, er hat sich dafür eingesetzt, dass Gerd an die Front kommt. Es brauchte nur einen Anruf. Mein Wort gilt nicht mehr viel in Deutschland, und den alten Namen, den hat Johann doch auch.«

»Johann ist dein Bruder! Er würde doch nicht!«

»Du kennst ihn, Jane. Das Soldatische …«

Sie kam zurück und schlug ihn unvermittelt. Erst ein Mal kräftig auf den Arm, mit dem Hut in der Hand. Dann ließ sie den Hut fallen, ballte die Fäuste und trommelte auf ihn ein, wo sie ihn gerade erwischte. Und mitten in all der Stille schrie sie ihn an.

»Das hast du mir nicht gesagt! Warum nicht? Warum nicht, you bloody wuss?«

Er hielt ihr den Arm hin, dass sie wieder und wieder darauf schlagen konnte. Er wich ihr nicht aus, auch als sie seinen Kopf traf, sein Gesicht. Sie vergaß ihre Erziehung. Sie tobte.

»You beast«, schrie sie, »you beast of a German Nazi, you …«

George stieg aus.

»Was, Sir?«, herrschte sie ihn an.

Er kletterte wieder in den Wagen. Die Burmesen starrten aus dem Fenster auf die verrückte, schreiende Frau, sie machte ihnen Angst.

Jane hörte so plötzlich auf, wie sie zu toben begonnen hatte, und stand nun da, mit hochrotem Kopf, sie schnaufte vor Anstrengung, der Brustkorb hob und senkte sich, Arme und Schultern hingen herunter, der Hut lag im Staub. Als sie etwas zu Atem gekommen war, machte sie einen, nur einen einzigen Schluchzer, er hing in der flirrenden Luft über der flachen, heißen Landschaft mit ihren Tempeln und Pagoden. Die Burmesen sahen beschämt weg. George versuchte, ihnen mit Händen und Füßen eine Erklärung zu liefern. Sie verzogen kummervoll ihre Gesichter.

Jane raffte ihr Kleid zusammen und ging zurück zum Wagen.

»Fahren wir«, sagte sie.

Steif saß sie schließlich neben ihm im Fond und starrte geradeaus.

»Fahren wir, Sir«, sagte sie noch einmal, dann zündete sie sich eine Zigarette an und rauchte.

George ließ den Motor an.

»Anandan«, sagte einer der Burmesen wenig später und deutete nach rechts auf einen Feldweg.

So schaukelten sie eine Weile von Schlagloch zu Schlagloch, manchmal drehten im Sand die Räder kurz durch, fanden dann aber wieder Halt.

»Wir hätten die Jungs niemals dort lassen sollen«, sagte Jane plötzlich. Sie sah schrecklich aus, Staub nicht nur auf dem Kleid, sondern überall, auch im Gesicht. Die Lippen spröde, das Haar in Unordnung.

Er nahm ihre Hand, die auf der Hutschachtel zwischen ihnen lag. »Wir wussten es nicht besser.«

»Doch, Albert. We did. Dein Bruder war ein Nazi der ersten Stunde. Wir wussten es.«

»Wir waren so jung, Jane.«

Sie zuckte nur mit den Schultern und wischte sich mit dem Ärmel ihres Kleides über das schmutzige Gesicht. Das hätte sie sonst nie getan. Sie hätte auch nicht den

Hut zwischen ihren Fingern zerknüllt und sich so lange von ihm, ihrem Mann, die Hand halten lassen.

Doch plötzlich zog sie die Hand weg. »Ein Internat wäre besser gewesen. Cambridge, Oxford.«

Er hatte sich damals gegen das Internat ausgesprochen. Die Jungen sollten doch Deutsche werden. Jane hatte heftig mit ihm gestritten, was sehr selten vorkam. Deshalb erinnerte er sich so genau daran. Auch sie, Jane, musste sich daran erinnern. Er war es gewesen, der darauf bestanden hatte, dass die Jungen in Deutschland aufwuchsen.

»Wir waren so jung«, sagte er noch einmal, ohne sie anzusehen. »Wir wollten zur See fahren, die Welt sehen. Du solltest nicht allein zu Hause bleiben und warten, monatelang, wie die anderen Frauen. Wir wollten es besser machen.«

»Alles wäre besser gewesen als dein Bruder Johann.«

Sie fuhren an weiteren Pagoden vorbei, ansonsten Gestrüpp, hagere Bäumchen und der unbarmherzig blaue Himmel. Albert wünschte sich, sie wären im Hotel in Rangun, könnten im Schatten einen Whiskey trinken, und das Postamt und dieser Ausflug wären nichts als ein Fiebertraum gewesen, aus dem er schwitzend erwacht war. Die Malaria war noch nicht überstanden, sie konnte jederzeit erneut ausbrechen. Vielleicht war die Schweiz trotz allem die beste Lösung, dort gab es Ärzte, und wenn der Krieg aus war, würden sie Paul besuchen.

Ob Paul es schon wusste?

»Anandan«, sagte hinten der Burmese, George brachte den Jeep zum Stehen und öffnete Jane eilig die Wagentür. Sie stieg aus, hatte sich wieder im Griff. Er, Albert, würde heute Abend mit ihr reden. Wenn sie erst unter sich waren, würde er mit seiner Frau sprechen. Was jetzt zu tun war. Es nutzte nichts, nach Deutschland zu reisen. Es würde keine Beerdigung für Gerd geben, und Paul war an der Ostfront. Sie würden das Risiko umsonst eingehen.

Vor ihnen erhob sich der Tempel, ein grauer Monolith, ein Fels, verwittert und verwunschen. Die beiden Burmesen zogen ihre Schuhe aus, George, Jane und Albert machten es ihnen nach. Dann traten sie ein. Zuerst schritten sie einen Gang ab, der sie um das Innerste des Tempels herumführte, massive Mauern links und rechts, Kühle, manchmal Ausblicke und Öffnungen, durch die das Sonnenlicht eindrang. Dann tauchte vor ihnen eine Wand mit unzähligen Nischen auf, in denen Buddha-Figuren mit verschiedenen Handhaltungen standen, teils mit verzierten Stoffen ummantelt, teils mit Blumen geschmückt. Jane besah sich jede einzelne Figur, legte den Kopf in den Nacken und schaute nach oben, wo die Nischen und Buddhas kein Ende zu nehmen schienen, bis die Wand in der Höhe in einer tiefschwarzen Finsternis verschwand. Ein Stück weiter erreichten sie das Zentrum des Gebäudes. Ein riesiger Buddha stand dort und sah auf sie herab, milde wie es schien und zugleich verständig. Als wüsste er um all das Leid unter den Menschen und wollte ihnen sagen, dass es nichts bedeutete.

Tausende glitzernde Steine und Spiegelscherben brachten den Raum zum Leuchten. Jemand hatte der Statue Blumengirlanden umgehängt. In einer Vase lagen Geldspenden.

Die beiden Burmesen falteten die Hände vor der Stirn, knieten sich nieder, die Füße Buddha abgewandt, sie widmeten sich nun ganz ihrem Gebet. Der kleine Trupp Europäer war hier unwichtig für sie, im Tempel erlosch ihr Auftrag.

Oder beteten sie für Jane?

Albert suchte ihren Blick. Sie sah ihn an, ratlos und irgendwie fragend. Er nickte ihr zu. Nun kniete sie sich ebenfalls hin, mit etwas Abstand zu den Burmesen, und wie sie faltete Jane ihre Hände vor der Stirn und beugte sich zum Boden nieder. So verharrte sie eine lange Zeit. Er hätte so gerne gewusst, was in ihr vorging und was sie betete. Ob sie Gerd das Nirwana oder doch den Himmel wünschte. Ob sie ihm, Albert, je würde verzeihen können.

Er wartete und dachte bitter an all die Geister und Buddhas, an Gott und Jesus Christus, sie alle vermochten das Schlachten und Morden nicht zu verhindern. Oder sie erfreuten sich noch daran. Ein neues Menschenopfer. Ihr habt wohl nie genug! Am liebsten hätte er es in die Höhe gerufen und in die kühlen, dunklen Gänge hinein. Aber er wollte Jane auf keinen Fall stören. Sie kniete noch immer mit dem Gesicht zum Boden. Die Zeit verging. Durch den Eingang des Tempels sah Albert nach draußen. Der Himmel färbte sich rötlich.

Alles Lüge

Paul, 1948

Ich war mit dem Zug angekommen, und niemand wartete auf mich. Die Kameraden wurden umarmt und geküsst. Ein einziges Winken und Hochhüpfen und Rufen. Ich machte mich schnell davon. Streifte umher, schaute mir die kaputte Stadt an, ging die freigeräumten Fahrwege entlang, über den Hauptmarkt, wo wieder Waren angeboten wurden, Äpfel, Zwiebeln, Rüben, Eier, dann weiter durch die Steppe, wie sie es nun nannten, ein kahles Feld, einst das Herz der Altstadt mit der Kirche, dem Rathaus, den Fachwerkbauten. Nichts übrig davon als verstümmeltes Mauerwerk, lose Steine, Schutthaufen, tiefe Krater und all der Staub und Dreck.

Ich zögerte es hinaus und wusste nicht warum. Denn mein Entschluss stand fest, seit ich den Brief von der Mutter gelesen hatte. Es war schon Nachmittag. Wollte ich etwa kneifen?

Nun schritt ich beherzt aus. Ich überquerte den Fluss, die Brücke war beschädigt, aber sie stand noch. Ich ging weiter und kam rasch voran. Bald bog ich in die Straße ein. Wie lange war es her? Acht Jahre? Die Birken waren gefällt, die Leute brauchten Brennholz. Sonst war alles beim Alten: die Häuschen, die Vorgärten, in denen die ersten Krokusse blühten. Kein Mensch war zu sehen.

Die Haustür war abgeschlossen. Ich klingelte, doch niemand öffnete. Ich hatte den Schlüssel den ganzen Weg lang in der Jackentasche fest in der Hand gehalten, sodass er warm geworden war. Ich schloss auf.

Onkel!«, rief ich. Niemand antwortete.

Der Flur, auf dem Boden der rote Läufer, links die Garderobe mit dem Spiegel, rechts ein Tischchen, darüber ein Schlüsselbrett, es war leer.

»Onkel!« rief ich noch einmal. »Bist du da?«

Es blieb still. Nur die Dielen knarzten genau wie damals bei jedem Schritt.

Die Küche. Sieh an, der Onkel hatte sich einen neuen Herd leisten können. Es schien ihm nicht schlecht zu gehen. Die Universität hatte er verlassen müssen, aber die neue Praxis lief wohl recht gut. Kranke Kinder gab es immer, und wenn die Leute keine Versicherung hatten, gaben sie auch ihr letztes Hemd. Der Herd war das Einzige, was neu war in der Küche. Der Holzboden, das Buffet mit Töpfen und Geschirr, nichts hatte sich verändert, auch der Tisch stand noch genau so da.

Ich hatte es wieder in den Ohren. Das *Liiinksum* und *Rühren! Stillgestanden! Gut gemacht!* Um den Küchentisch herum, ich ein Pimpf, wie lange war das her? Ich dachte an den Erbseneintopf mit Speck, den hatte ich gerne gegessen. Und natürlich den Apfelstrudel. Eine Frau aus der Nachbarschaft hatte regelmäßig gekocht. Er hatte ja nie geheiratet, der Onkel. Nur die Kinder seines Bruders, die hatte er sich unter den Nagel gerissen. *Ruhe beim Essen! Wenn der Vogel frisst, singt er nicht. Halte dich gerade. Nimm den Löffel ordentlich. Die Ellenbogen angelegt. Du stehst auf, wenn alle aufgegessen haben. Zappel nicht herum! Gleich komm ich rüber, na warte!*

Das Herrenzimmer, da durften wir als Kinder praktisch gar nicht hinein. Das war das Reich des Onkels. Dort rauchte er, las Zeitung und hörte Radio, dort durfte er nicht gestört werden. Natürlich hatten wir uns heimlich hineingeschlichen, aber nichts Interessantes gefunden, nur eine Schreibmaschine, eine Kiste Zigarren und eine Flasche Branntwein, halbleer. Auch hier: Nichts hatte sich verändert. Alles war penibel sauber und aufgeräumt, die Schreibmaschine stand an ihrem Platz auf dem Schreibtisch, sogar der Volksempfänger war noch da. Nur das Hitlerbild war verschwunden, dort hing jetzt ein großes, schwarz gerahmtes Gemälde, darauf ein Feldweg zu schneebedeckten Bergen hin. Warum bei dem Onkel wohl keine Flüchtlinge einquartiert waren? Wie konnte er allein in einem ganzen Haus wohnen, wo es doch überall von Menschen ohne Obdach wimmelte?

Das Badezimmer mit dem Waschbecken und dem Spiegel darüber, für uns Kinder hing er damals viel zu hoch. Die Wanne war auch noch die gleiche, mit ihrem Ungetüm von einem Boiler. Unten im Ofen schürte man Holz an, weiter oben kam das Wasser heraus, kochend heiß, wenn man nicht aufpasste. Man musste unbedingt zuerst das kalte Wasser aufdrehen und dann das heiße dazugeben, sonst verbrühte man sich. Hatten wir uns schmutzig gemacht, als Kinder, beim Essen gekleckert oder draußen beim Spielen nicht aufgepasst, ausgerechnet an einem Sonntag zum Beispiel, dann schürte der

Onkel den Boiler an. Und wenn das Wasser fast kochte, setzte er uns beide in die Wanne und drehte den Hahn auf, nur den mit dem heißen Wasser, und wir schrien wie am Spieß und hatten rote Stellen am nächsten Tag. Die schmerzten wie die Hölle, wenn die Hose daran rieb. Ich hatte einmal gar nicht mehr sitzen können und dann in der Schule noch einmal Haue bekommen, weil ich dauernd auf meinem Stuhl herumgerutscht war. Der Pfarrer war das gewesen. Der verteilte gerne Kopfnüsse und verdrehte die Ohren. Später hing an seiner Kirche die Hakenkreuzfahne.

Es gab noch eine weitere Tür. Ich stand davor und zögerte. Meine Hand, fast an der Klinke, blieb in der Luft hängen. Das Holz, das metallene Schloss. Dahinter die Kammer. Das Bett, das wir teilten, Gerd und ich. Sleep well …

Ich ging nicht hinein. Ich wandte mich ab, blieb weiter im Flur stehen. Meine Entschlossenheit ließ mich fast im Stich. Denn eigentlich wollte ich nur weg hier. Noch konnte ich einfach wieder gehen.

Die Kellertreppe, sie führte ins Dunkle hinunter. Ich knipste das Licht an. Die Stufen waren immer ein wenig sandig, man konnte gar nicht so viel kehren, der rötliche Sand bröselte von den Wänden. Er knirschte unter meinen Stiefeln.

Später saß ich am Küchentisch. Ich hatte mir ein Glas Wasser eingeschenkt. Ich kannte mich aus, alles war an seinem Platz. Ich wartete. Trank einen Schluck, wartete weiter. An der Wand die Uhr, die so laut tickte.

Dann hörte ich draußen auf der Straße Schritte, einen Schlüsselbund, jemand nestelte an der Haustür, drückte dann die Klinke hinunter und merkte, dass schon aufgesperrt war, hielt kurz inne und ging hinein. Der Schlüssel wurde laut auf das Tischchen gelegt.

»Jemand da?«

Die Stimme des Onkels. Klar, herrisch, bestimmt. Ich hörte ihn durch den Flur gehen, die festen Schritte, die Dielen knarzten, der Onkel stand schließlich in der Tür zur Küche. Er war klein, ein kleiner Mann, aber in Saft und Kraft, wie es schien, er hatte sogar einen Bauch angesetzt. Wer konnte sich in solchen Zeiten einen Wanst anfressen?

»Paul? Na so was!« Er kam auf mich zu, der Onkel. »Dünn bist du geworden, Paul, Haut und Knochen. Haben sie dich nicht gefüttert, die Russen?«

»Ich hatte Glück, ich war bei den Amis. Aber zu fressen kriegten wir auch nichts.«

Der Onkel stellte sich mir gegenüber an den Tisch und stützte die Hände auf. »Was hast du denn mit meinem Gewehr vor?«

Es lag zwischen uns auf dem Tisch. Es war geladen. Im Keller waren auch die Patronen noch an ihrem Platz gewesen.

»Du hast Gerd auf dem Gewissen«, sagte ich ganz ruhig.

Der Onkel nahm sich einen Stuhl und setzte sich so energisch hin, dass es krachte.

»Blödsinn. Den Floh hat dir deine Mutter ins Ohr gesetzt. Es war Krieg, Gerd war Soldat, Ende der Geschichte. Er hat nicht mal drei Wochen durchgehalten.« Der Onkel lachte. Er hatte keine Angst. Er lachte. Über mich. Über Gerd.

»Die hatten ganze neun Divisionen, das dauerte keinen halben Tag, aber der Gerd lässt sich von einem Holländer abschießen.« Der Onkel grinste.

Ich nahm das Gewehr. »Steh auf.« Ich legte an. Zwischen mir und dem Onkel nur der Küchentisch. »Steh auf!«, befahl ich noch einmal, und jetzt stand der Onkel auf.

»Und? Willst du mich erschießen?«, fragte er. »Das Ding funktioniert wahrscheinlich nicht einmal mehr.«

»Doch, ich habe es auseinandergebaut und gereinigt und wieder zusammengesetzt. Das hast du mir doch beigebracht.«

»Hör auf mit dem Unsinn. Der Krieg ist vorbei. Deine Mutter hat es nicht verkraftet, deshalb reimt sie sich was zusammen. So sind sie, die Weibsbilder, das solltest du wissen. Bist doch ein Mann geworden im Krieg, oder nicht?«

Das Grinsen. Er nahm mich nicht ernst, der Onkel, für ihn war ich immer noch ein Junge. Der alles tat, was man ihm sagte. Alles. Kadaver-Gehorsam, so nannten wir das in meiner Einheit, später, als schon klar war, dass keiner mehr lebend herauskommen würde. Nur ich, Paul Fux, ich kam dann doch davon. Kadaver-Gehorsam. Das ist der Gehorsam von einem Hund, der sich in den Dreck duckt mit eingezogenem Schwanz.

Schlag den Gerd, hatte der Onkel damals gesagt, *schlag ihn*. Wie alt waren wir gewesen? Vielleicht zehn und dreizehn? Neun und zwölf? Ich schaffte es nicht gleich, lange hatte ich einfach nur dagestanden mit dem Gürtel in der Hand, und geheult hatte ich auch, aber das zählte alles nicht, das hatte dem Gerd damals nicht geholfen, und heute half es ihm auch nicht mehr. *Schlag ihn, Paul, es muss doch etwas werden aus ihm. Wenn du ihn liebst, deinen Bruder, dann zeigst du ihm, dass man nicht nur an sich denkt. Du meinst vielleicht, es ist doch nur ein Stückchen Schokolade, aber er hat es dir gestohlen, er hat es ganz allein aufgegessen und es sich schmecken lassen. Das ist ein schädlicher Geist, Paul. Das muss man im Keim ersticken, hörst du? Ohne Pardon. Oder soll dein Bruder als Soldat die Rationen der anderen stehlen und allein aufessen? Ja? Und dann gehen sie hungrig ins Gefecht und haben die Kraft nicht, und die ganze Einheit wird aufgerieben. Nur dein Gerd steht noch da, schön satt, aber die Reue, die wird ihn auffressen, glaube mir. Er muss es vorher lernen, heute, von dir, seinem großen Bruder, dann merkt er es sich. Sei ein guter Kamerad. Im Gefecht gibst du auch dem Feigling neben dir einen Tritt. Schlag ihn, oder ich tue es!*

Und ich hatte ausgeholt.

»Gehen wir«, sagte ich jetzt, das Gewehr im Anschlag, und der Onkel ging vor mir her, in den Flur und zur Haustür hinaus. Noch immer war kein Mensch auf der Straße. Das ganze Viertel war unzerstört geblieben, alles sah friedlich aus.

»Wir gehen runter zum Fluss«, sagte ich, und der Onkel schlug die Richtung zum Fluss ein.

»Jemand wird dich sehen, Paul, und du kriegst eine Anzeige.«

»Ha!«, antwortete ich nur. Ich fühlte mich dumpf. Um mich herum eine Hülle, wie Watte, die Sicht verengt, getrübt, die Ohren zu. Ich kannte das schon. Es kam und ging. Eine Taubheit im ganzen Körper, die eigenen Hände, die eigenen Gliedmaßen fremd, und diese Dumpfheit im Kopf. Ich spürte dann nichts mehr, keinen Schmerz in der Narbe am Bauch, nicht einmal mehr der Zorn war noch da, nichts mehr, nur Watte um mich herum und eine Art Nebel. Manchmal zitterte ich, manchmal wurde ich starr und bewegte mich minutenlang nicht, es konnten auch Stunden vergehen, so kam es mir vor.

Am Fluss stand die Weide.

»Such dir einen Ast aus«, befahl ich dem Onkel.

Er drehte sich um. Wenigstens war ihm das Grinsen vergangen. »Schluss mit dem Spektakel«, sagte er. »Leg das Gewehr weg, Junge.«

Ich zielte direkt auf den feisten Kopf. »Ich bin kein Junge mehr«, sagte ich, hob das Gewehr etwas an und gab einen Schuss in die Luft ab. Der Onkel zuckte zusammen und hielt sich die Ohren zu. Der war kein Soldat, der erschrak wie ein Mädchen! Der Schuss hallte lange nach.

»Such dir einen Ast aus, oder ich drücke ab.«

Oben auf der Böschung tauchte ein Junge auf. Er trug kurze Hosen und eine Uniformjacke, die ihm zu groß war. »Verzieh dich!«, schrie ich zu ihm hoch.

Aber der Junge blieb stehen. Das Gewehr schien ihm keine Angst zu machen, er war wohl an der Front gewesen. Zum Schluss hatten sie ja die Kinder die Flaks bedienen lassen.

»Ich hab den Schuss gehört«, rief der Junge.

»Hol die Polizei!«, befahl ihm der Onkel.

Aber der Junge regte sich nicht. Er kam mir jetzt älter vor. Er war spindeldürr, aber erwachsen. Ein junger Mann in Kinderhosen.

»Das ist doch der Doktor Fux!«, rief er und lachte seltsam.

»Geh weg. Das geht dich nichts an hier!«, schrie ich.

»Er hat Kinder töten lassen, wissen Sie das?«

»Hau ab!«

»Meine Schwester. Sie hieß Marie. Anstatt sie zu heilen, hat er sie töten lassen. Er muss seinen Prozess bekommen, denken Sie nicht?«

Jetzt verging das Gefühl, und die Welt klarte sich auf. Der Himmel, blau mit weißen Wolken, die Wiese, saftig grün, der Fluss, braun und träge. Mein Körper war wieder mein Körper, meine Hand am Gewehr meine Hand. Ich musste blinzeln wegen der Sonne. Die Narbe am Bauch pochte.

»Niemand wird Doktor Fux den Prozess machen«, sagte ich. »Er hat eine Praxis. Sie brauchen ihn.«

»Doch! Die Zeiten ändern sich!«, rief der Mann. »Hier beim Gericht sind schon Ärzte verurteilt worden.« Er machte eine Geste, als würde er aufgehängt.

Ich hatte davon gehört. Vom Prozess und von den Menschenversuchen. Ich ließ das Gewehr sinken und sah den Onkel an. Der hatte einen hochroten Kopf. Hätte wohl gerne zugeschlagen, jetzt, uns beide richtig vermöbelt, den jungen Mann und mich. Aber er war nicht mehr stark genug, er besaß die Macht nicht mehr, der Onkel. Erst jetzt war es wirklich vorbei.

»Alles Lüge«, sagte er. »Ich habe Kinder gerettet, dafür gibt es Zeugen.«

»Marie König!«, rief der junge Mann. »Sie hatte Anfälle. Erinnern Sie sich?«

»Ach, die Marie. Und du bist ihr Bruder? Hans, das

Muttersöhnchen? Eine fesche Frau, deine Mutter. Tapfer. Die Marie ist an einer Lungenentzündung gestorben, du Schlaumeier. Die Arme war zu schwach, nicht lebensfähig. Schau dir den Totenschein an.«

Der Onkel war ganz der Alte geblieben, man kam nicht gegen ihn an. Der Richter würde ihm glauben. Niemand würde ihn verurteilen. Solche Leute schwammen immer oben auf der Suppe, wie Fettaugen. Die bekamen nie, was sie verdienten.

Doch! Dieser eine schon, Johann Fux, es war so weit. Das hatte mich angetrieben, mich, Paul Fux, vorwärtsgejagt, das war alles, was ich noch wollte. Gerd war tot, es würde kein Wiedersehen geben, keine Wanderung mehr den Heimgarten hinauf, nichts davon.

»Ich knall dich ab«, sagte ich und zielte. In das Gesicht, das ich nur wütend kannte, zähnefletschend, brüllend oder dann wieder grinsend, höhnisch, überlegen. Dieses Gesicht sollte zerplatzen, ich hatte es im Gefecht gesehen, die Kopfschüsse, wenn nur noch ein Loch klaffte, wo Augen gewesen waren, eine Nase, ein Mund. Dafür war ich hergekommen, dem Onkel das Grinsen wegzuschießen, für Gerds Tod, für die Prügel, hier bei der Weide mit dem groben Ast, den Gerd hatte aussuchen müssen, und dafür, dass ich Gerd geschlagen hatte, meinen Bruder, mit dem Gürtel. *Wenn du ihn liebst, deinen Bruder, dann schlägst du ihn.*

Der junge Mann kam die Böschung heruntergerannt, und ich richtete das Gewehr auf ihn. »Hau ab, oder du bist der Erste!«

Er rannte trotzdem weiter, der Hans, und stand dann ein paar Meter entfernt vor mir. Er deutete auf den

Onkel, der sich schon wieder sicher fühlte, der schon wieder grinste.

»Das da ist ein Schwein«, sagte der Hans, »meinetwegen knall ihn ab. Ich spucke auf sein Grab. Aber hat er nicht schon genug zerstört? Meine Schwester, die anderen, deinen Bruder, soll er dein Leben jetzt auch noch haben?«

»Sprich nicht von Gerd!«

»Der Rotschopf, nicht wahr? Er war auf meiner Schule.«

Ich schoss. Noch einmal in die Luft, ich hatte ein paar Zentimeter über den Kopf vom Hans gezielt, der nicht einmal zuckte. Vielleicht war das gar kein Mensch aus Fleisch und Blut, dieser Hans, sondern ein Geist, einer, dem der Hinterkopf fehlt oder eine halbe Brust, es gab so viele von ihnen, unendlich viele, zerschossene Gespenster, sie fanden keine Ruhe, sie streiften durch die Trümmer, die Wälder, hingen in den russischen Birken, schwebten über den Weiten, den Feldern, ihre Gebeine arbeiteten sich aus den tauenden Böden, ragten in kalte Himmel, ihre Zähne in der Erdkrume, sie kamen mit den Steinen zum Vorschein, wenn die Bauern im Frühjahr das Land pflügten mit ihren Ochsenkarren. Doch es gab dort keine Ochsen und keine Bauern mehr, und nur die Geister hungerten nicht, wenn die Scheunen abgebrannt, das Vieh vernichtet und die Vorräte geplündert waren.

Der Nebel war wieder da, die Dumpfheit in meinem Kopf, die Donnergeräusche im Ohr, das Pfeifen und die Einschläge, wie vom Ast der Weide, damals, als wir so gelacht hatten über Gerd und seine Haarspange.

Ich bewegte das Gewehr hin und her zwischen dem Onkel und dem Hans.

»Das Schwein wird vor Gott stehen, und der wird ihn richten.«

»Sei still oder ich schieße.«

»Gott wird ihn fragen, nach deinem Bruder, nach meiner Schwester.«

»Pah! Gott!« Ich nahm den Onkel ins Visier, der auf die Knie fiel und mit den Händen fuchtelte. Jetzt hatte er also wirklich Angst. Er war so ein Feigling, so eine Memme. Das zu sehen, das hatte ich mir doch gewünscht, all die Monate und Jahre. Es war so weit. Einen Toten brauchte dieser Krieg noch, nur einen, vorher gab es keinen Frieden. Ich musste es zu Ende bringen, sonst würde auch aus mir ein Geist werden wie aus meinen Kameraden, die einen waren in Russland geblieben, die anderen saßen daheim am Küchentisch und schwiegen nutzlos vor sich hin; verstümmelt, verkrüppelt, durchsichtig.

»Denk an deinen Bruder!«, schrie der Hans. »Er hat sich nie gewehrt.«

Ich hatte den Finger am Abzug. Er wurde ganz klamm und steif, mein Finger, wie steifgefroren, im Bauch das Loch, das jetzt nicht schmerzte, es war nur da, ein Loch im Körper, das Blut war nur so herausgesuppt, irgendwer drückte mit aller Kraft dagegen, schrie, es schaukelte auf der Trage, die Köpfe über mir schwankten hin und her, der Lazarettzug ratterte auf den Schienen, der Gestank, das Geschrei, der Verband, nass, braun und eitrig.

Ich zitterte jetzt so stark, dass ich das Gewehr kaum noch halten und schon gar nicht zielen konnte. Ich richtete es irgendwohin, schießen, ich brauchte doch nur abzudrücken. Da packte jemand meine Schulter.

»Du hast noch ein Leben, Mensch, das willst du doch nicht im Kittchen verbringen.«

Eine Stimme, fremd, von weit her.

»Schluss jetzt mit dem Affentheater!« Das war der Onkel. Er kam auf uns zu. Es waren nur ein paar Schritte. Er packte das Gewehr, riss es mir aus der Hand und stapfte davon, die Böschung hoch. Ich stand kurz da, überrascht, aber ich war wieder da, ich schubste den Hans zur Seite und rannte dem Onkel hinterher. Ich warf mich von hinten auf ihn, wir stürzten, das Gewehr flog zur Seite. Und ich drehte ihn um, den Onkel, sodass ich ihm ins Gesicht schauen konnte, setzte mich auf ihn mit ganzem Gewicht, es war jetzt wehrlos, das Schwein, ich packte es am Kragen und schlug zu, mit der Faust, noch einmal und immer wieder, ich schlug in das blutende Schweinsgesicht, erst schrie es noch, das Schwein, dann wimmerte es, dann war es still. Ich schlug noch einmal mit der Faust mitten hinein ins Blut, ich keuchte und ließ dann die Hände sinken.

Irgendwann packte mich jemand, zog mich hoch und stellte mich hin. Es war Hans, der junge Mann. Kein fehlender Hinterkopf, keine halbe Brust, er war kein Geist, er war ein Mensch. Der Mensch nickte. »Es ist gut jetzt«, sagte er. Dann umarmte er mich und schlug mir auf den Rücken, wie Gerd es getan hatte, wann war das gewesen, noch vor dem Krieg, es war so lange her, viel zu lange.

Wir gingen zusammen weg. Ich sah mich noch einmal um. Der Onkel krümmte sich im Gras und stöhnte.

Da stand die Weide, sie war größer geworden mit den Jahren, die Äste hingen schwer in den Fluss.

So viele hatte ich getötet, aber diesen einen nun doch nicht.

»Was hast du jetzt vor?«, fragte Hans neben mir.

Ich blieb stehen und zuckte nur mit den Schultern. Über das Danach hatte ich mir nie Gedanken gemacht. Hier in der Stadt konnte ich nicht bleiben. Es war die Stadt des Onkels, der würde hier weiterleben als angesehener Mann. Zur Mutter nach England? Die würden sich freuen, die Tommys, über einen Deutschen in Cornwall! Der Vater war tot. Die Malaria. Überall herrschte Krieg, aber der Vater starb an einem Mückenstich. War das nicht alles ein Witz?

»Meine Mutter und ich sind im Knoblauchsland untergekommen«, sagte der Hans. »Der Hof braucht dringend jede helfende Hand. Wir schaffen es nicht allein. Fast fünfzig Hektar Land. Rüben, Zwiebeln, Kohl.«

Ich hörte gar nicht richtig zu. Mein Herz klopfte immer noch wie wild, und die Hand tat mir weh. Ich konnte nicht denken. Was war das mit einem Hof im Knoblauchsland?

Der Hans streckte mir die Hand hin.

»Ich bin Hans.«

Ich ergriff die dargebotene Hand. »Ich bin Paul.«

»Gehen wir«, sagte Hans.

Ein letzter Blick zur Weide. Dann machten wir uns auf den Weg.

Oh my goodness

Paul, 1995

Ina und Floriane fallen hier ein wie die Jagdbomber und lassen keinen Stein auf dem anderen. Wie schnell sie Chaos anrichten und all die Sachen herumliegen, der Tee umgeschüttet ist und Floriane mit ihren Straßenschuhen dunkle Flecken auf dem Teppich hinterlassen hat. Und dazu das Geschrei. Zuerst Floh, dann Ina, dann beide zusammen, bis eine hinausstapft und die andere heult.

Trotzdem, es sind die schönsten Stunden auf meine alten Tage, wenn sie da sind. Floriane nimmt mich bei der Hand und zieht mich in den Garten, wo wir nach dem Vogelhaus, der Tränke und nach der Lebendfalle für die Mäuse sehen. Floriane würde es mir nicht verzeihen, wenn auch nur eine kleine Maus zu Schaden käme. Wir bringen sie über die Brücke zur anderen Flussseite, damit sie nicht zurückfinden.

Dass ich noch einmal so ein Glück habe im Leben mit meiner Enkelin!

Heute hat sie eine Aufführung für uns gemacht. Sie hat ein Trainingsvideo, um zu Hause Ballett lernen zu können, und das hat sie eingeübt und uns im Wohnzimmer vorgeführt. Es war wunderbar, sie tanzen zu sehen.

So ernst und mit einer Zartheit, die ich gar nicht von ihr kenne. Sie ist doch immer so ein Rabauke, die Floriane. Ich war ganz gerührt. Man wird weich im Alter, auf einmal ist man nah am Wasser gebaut.

Ich weiß nicht, warum Anne die Ballettstunden nicht bezahlen will. Fünfzig Mark im Monat, das wäre doch zu stemmen. Aber Anne trifft die Entscheidungen und kümmert sich um alles, das hat sie schon gemacht, als Ina noch ein Baby war und all die Jahre hindurch, und sie hat es gut gemacht, oder etwa nicht?

Wir machen uns allerdings Sorgen um Ina. Sie hat noch immer keinen Beruf erlernt, dabei hat sie doch Abitur. Sie hat es schwer, allein mit dem Kind. Dem Hallodri da in Israel, dem würde ich gerne mal … dem ganzen Kibbuz. Zahlen keinen Pfennig. Man bräuchte einen Anwalt. Es gibt doch ein Abkommen. Aber Ina ist stur, sie will nicht, sie lässt auf ihren Hallodri nichts kommen. Über einen Juden darf man nichts sagen, und über ihren Ariel schon gar nicht. Verdient hat er's nicht. Ina schaut noch immer keinen anderen an. Auch das Kind bräuchte doch mal einen Mann im Haus. Die Floriane. Was für eine Wildheit. Was für ein freches Mundwerk. Der Onkel hätte mich …

Warum soll sie ihr Ballett nicht bekommen? Es würde ihr sicher guttun. Die Kräfte ein wenig zügeln. Wenn es doch ihr Traum ist? Aber was kann ich schon ausrichten. Ich überlasse Anne das Feld. Wie immer. Auch wenn sie manchmal zu hart mit Ina ist. Sie bittet so selten um etwas, unsere Tochter. Anne denkt, wenn man es ihr zu einfach macht, kommt Ina nie mehr auf die Füße. Vielleicht stimmt das. Aber Floriane?

Anne kommt jetzt die Treppe herunter. Sie war oben bei der Mutter. »Alles in Ordnung«, sagt sie. »Sie hat ihr Abendessen bekommen und die Medikamente.«

Ich gebe ihr einen Kuss. Das mache ich immer noch, auch wenn sie mich manchmal damit aufzieht, ich wäre ein alter Knacker, oder mich einfach wegschiebt, wenn sie verärgert ist. Diesmal lässt sie es sich gefallen.

»Ist es nicht zu viel?«, frage ich. »Mit der Mutter?«

»Nein«, antwortet sie nur. »Alles ist gut.« Sie hört sich fast sanft an. Sie hat so eine sanfte, liebe Seite, meine Anne. Die ist nur für mich, diese andere Anne, für mich ganz allein.

Sie war es, die meine Mutter ins Haus geholt hat. Sie hat ja keine Rente, nichts, die Ländereien in Cornwall lassen sich nicht zu Geld machen, Mutters Geschwister weigern sich. Und ein billiges Heim, ein Mehrbettzimmer, lauter Kranke und Sterbende, das wollte Anne auf keinen Fall. Obwohl es meine Mutter ist, nicht ihre. Also haben wir das Apartment ausgebaut, den Treppenlift und den Badewannenlift angeschafft und das Pflegebett. Noch kann sie selbstständig aufstehen, meine Mutter, aber von Tag zu Tag fällt es ihr schwerer. Wird sie bettlägerig, bestellen wir eine Pflegerin, das haben wir besprochen.

Ich nehme mir die Zeitung. Anne ist in ein Kreuzworträtsel vertieft, und manchmal fragt sie mich nach einem Wort. Da hören wir das Summen des Treppenliftes. Wir sehen uns an. Was kann sie noch wollen, meine Mutter? Sie ist nie aufdringlich. Die Abende verbringt sie vor dem eigenen Fernseher. Vielleicht war es nur die Hydraulik vom Lift, er gibt manchmal ganz von allein puffende Geräusche von sich.

Es folgt jedoch ein Stöhnen, danach ein »Oh my goodness« und ein Klackern des Gehstocks. Und bevor wir aufstehen und nachsehen, steht sie schon in der Tür, meine Mutter, klein und krumm, mit ihrem Buckel, auf ihren Stock gestützt, in grauer Bluse und schwarzem Rock. Sie muss sich umgezogen haben. Wie hat sie das nur geschafft? Die Strumpfhose hat sie weggelassen, ich kann ihre dünnen weißen Waden sehen, die Knöchel, ein Netz aus blauen Adern. Die Füße stecken in Hausschuhen aus Lammfell.

»Jane?«, fragt Anne besorgt.

»Mama? Stimmt etwas nicht?«, setze ich nach, ebenfalls besorgt. Ist es jetzt so weit, und die Mutter weiß nicht mehr, was sie tut?

Sie schüttelt den Kopf. Ihr Haar ist ein wenig eingedrückt, wohl vom Sofakissen. Es ist noch immer flammend rot. Die Friseuse kommt ins Haus, ich bezahle dafür, meine Mutter mit grauem Haar, das kann ich mir einfach nicht vorstellen, auch wenn sie fast einhundert Jahre alt ist, diese Frau, sie hat doch immer so großen Wert auf ihr Äußeres gelegt.

Sie macht nun ein paar winzige Schritte, Anne springt auf und stützt sie, bis sie sich mühsam zu mir auf die Couch setzt, meine Mutter, seufzend. Sie lächelt. Sie hat sich die Lippen geschminkt und etwas darüber hinaus gemalt. Auch an den Zähnen hat sie Lippenstift. Trotzdem schafft sie es, irgendwie vornehm auszusehen. Ihre Wangen rot vom Rouge, das zu üppig aufgetragen ist.

»Mama, alles in Ordnung?«

»Yes.« Sie lächelt wieder. »Could you call a taxi, Paul? For me, Paul?«

Ich mag es, wie sie meinen Namen ausspricht, Paul wie Paul Newman. Ich mag es immer wieder. Ein Mann wird rührselig im Alter, aber das sagt einem keiner. Und plötzlich denke ich, dass ich viel zu selten hochgehe zu meiner Mutter. Ich besuche sie nicht in ihrem Apartment, ohne dass ich den Grund dafür sagen könnte. Etwas hält mich davon ab. Vielleicht habe ich Angst, sie läge tot da, und ich würde sie finden. Oder sie wäre gestürzt und hätte sich etwas gebrochen.

Nein, das ist nicht der Grund. In Wahrheit stört mich der Geruch. Es tröpfelt immer etwas heraus aus der alten Frau. Der andere Gestank ist noch schlimmer, wenn sie Durchfall hat und es einmal nicht rechtzeitig zur Toilette geschafft hat. Sie weigert sich standhaft, Windeln zu tragen, und Anne pflichtet ihr bei. Also kann jederzeit ein Malheur passieren. Ich brauche so ein Malheur nicht, und ich kann den Verfall meiner Mutter nicht riechen. Deshalb tut Anne Dienst, sie mag die alte Dame, sie macht kein Aufhebens, und meine Mutter dankt es ihr, indem sie stets gutmütig, freundlich und niemals aufsässig ist. Alles ist gut, genau wie Anne sagt.

»Paul, a taxi?«, sagt meine Mutter jetzt und schaut mich an. Das Lächeln ist weg. Sie versucht, meine Gedanken zu lesen. Ich fürchte mich davor, dass sie es kann, denn manchmal habe ich böswillige Gedanken.

Sie sitzt da mit ihrem Buckel, zurechtgemacht und geschminkt, dazu eine Wolke süßen Parfüms um sich herum, und sie hat uns noch nicht einmal verraten, wo sie gedenkt hinzufahren, jetzt am Abend. Ich will schon aufstehen, um das Telefon zu holen, will im Plauderton fragen, wohin es denn gehen soll, so fein gemacht, aber ich rühre mich nicht. Die böswilligen Gedanken. Einer davon setzt sich gerade fest in meinem Kopf, ich erschrecke vor mir.

Rache.

Wirklich? Räche ich mich an meiner Mutter, alt und gebeugt wie sie ist? Aber hat sie sich denn je um *mich* gekümmert? Damals? Sie blieb fort, über Monate und Jahre, und ich schrieb ihr flehende Briefe, dass sie Gerd holen muss, wenigstens Gerd, und dann, wenn sie aufkreuzte, an Weihnachten oder unvermutet mitten im Jahr, wenn sie exotische Geschenke mitbrachte, eine riesige Muschel, in der man das Meer rauschen hörte, oder einen ausgestopften Leguan oder das stinkende Fell eines Faultieres, wenn ihr Lachen durch das ganze Haus zu hören war, dann war der Onkel freundlich und holte Wein aus dem Keller und verbarg seinen Zorn wie ein wildes Tier, das eingesperrt ist. Und dann kletterte sie ja doch wieder ins Auto mit ihren Stiefelchen und dem feinen Hut auf den roten Locken, sie winkte, die Hand in einem weißen Handschuh aus gehäkelter Spitze, und dann fuhr sie einfach wieder los. Zuletzt sah ich immer diesen Handschuh, aus dem Autofenster gestreckt, winkend, und nur mit größter Härte zu mir selbst, einer unmenschlichen Härte, die ich mir abverlangte, weinte ich nicht, kein einziges Mal. Nur Gerd heulte ins Kissen neben mir im Bett, ganz leise, damit der Onkel es nicht hörte, und ich versuchte, ihn zu trösten, aber es ging nicht, an diesen Abenden ging es nicht, er heulte sich in den Schlaf, und ich war so erleichtert, wenn sein Atem endlich ruhig wurde und sein Rücken nicht mehr bebte.

Warum also soll ich die Treppen hochsteigen in das schöne Apartment? Es fehlt ihr an nichts, von mir aus hätte es auch ein Heim getan. Allein Anne hat sie es zu verdanken, dass sie hier in meinem Haus lebt, meine Mutter, und das weiß sie auch. Ob sie es merkt, dass ich sie meide? Ob es sie schmerzt? Vorwürfe macht sie mir nie.

»Ihr werdet doch wissen, was ein Taxi ist?«, fragt sie jetzt und lacht rauchig. All die Zigaretten in ihrem langen Leben. Ein Wunder, dass sie noch atmen kann.

Endlich, ich kann den Gedanken abschütteln, die Erinnerungen, weg damit. Meine Mutter sitzt bei uns, sie lebt, mit fast einhundert Jahren, sie sieht wunderbar aus, und ich sollte mich jeden Tag darüber freuen, dass sie noch da ist.

»Wo willst du denn hin, Mama?«, frage ich.

»Zu Ina.«

»Aber das schaffst du nicht«, mischt sich Anne ein. »Ina wohnt im ersten Stock. Du kommst die Treppe nicht hoch.«

»Papperlapapp. Sie wird mir schon helfen.«

Meine Mutter sieht mich an, das Kinn leicht in die Höhe gestreckt, die Augenbrauen hochgezogen. All die Runzeln und Falten, die kleinen, wässrigen, graublauen Augen. Und dazu das flammend rote Haar.

»Ich kann sie fahren«, sage ich zu Anne und dann zu meiner Mutter: »Was willst du denn bei Ina?«

»Ich möchte ihr Geld geben.«

»Aber du hast kein Geld«, sagt Anne spitz.

»Not at all.« Sie holt einhundertfünfzig Mark hervor und legt sie auf den Tisch. »For the ballet lessons. You know. Mehr habe ich nicht. Es reicht für drei Monate, bis dahin kann ich weitersparen.«

Anne starrt auf das Geld. »Willst du mich beschämen?«, fragt sie.

»No, my dear, no!« Sie tätschelt Anne den Arm. »Florianes Auftritt. Wunderbar, no? Sie hat Talent. Ich hatte auch Talent, ich war auch im Ballett, weißt du das nicht? In England, als junges Mädchen. Ich war ein Wirbelwind, ich war ungezogen, das war ich, ungezogen, und meine Mutter dachte, es wäre gut für mich, some discipline, you know? Englische Schule natürlich, nicht russische, please! It was wonderful! Ich ging über zehn Jahre hin, habe sogar einen Preis gewonnen. Aber dann kam der Krieg, irgendwann kommt ja immer irgendein Krieg.« Sie winkt ab. »I'm sorry, Anne, ich wollte dich nicht verletzen«, sagt sie, und sie sagt es so leise und so warm, fast zärtlich, dass Anne sie anschaut, und es ist wieder in Ordnung, einfach in Ordnung zwischen den beiden, so hoffe ich inständig. Bitte, Anne, sei nicht gekränkt.

»Also gut«, sagt sie. »Pack dein bisschen Geld wieder ein, Jane, du wirst es für deine Medikamente und ein neues Nachthemd brauchen. Und wir bezahlen Florianes Ballett. Ich bin schließlich kein Sturkopf, nicht wahr?«

Meine Mutter packt ihr Geld ein und nickt feierlich. Ich denke kurz, ob sie das genau so geplant hat. Zuzutrauen wäre es ihr.

»Eine Tasse Tee?«, fragt Anne.

»Lieber ein Likörchen.« Meine Mutter lächelt mit ihrem Lippenstift an den Zähnen. »Aber ich übernehme die Schuhe. Die Schuhe sind wichtig, you know.«

Anne seufzt und wirft mir einen Blick zu, als wäre ich an allem schuld. Aber ich habe nichts damit zu tun. Ich wusste nicht, dass meine Mutter Ballett getanzt hat, damals in England, und sogar einen Preis gewonnen hat. Ich weiß so vieles nicht, denn meistens will ich nichts hören.

Ich könnte es doch wenigstens versuchen. Öfter hochzugehen, in das schöne Apartment, um ein paar Fragen zu stellen. Nach dem Leben meiner Mutter ohne mich. Nach ihrer Kindheit in England. Nach ihren Abenteuern da draußen in der Welt. Wie war das mit dem Häuptling und der Insel? Bald wird sie nichts mehr erzählen können, und all die Geschichten gehen verloren. Es kann jeden Tag so weit sein.

Aber ich weiß nicht, ob ich es schaffe. Die böswilligen Gedanken, sie gehen nicht weg.

My secret diary

Floriane, 1996

Hallo Papa, weißt du schon, dass ich jetzt ins Ballett gehe? Ich habe sooo lange gebetet. Danke, lieber Jesus!
Beim nächsten Mal kann er ein bisschen schneller machen, finde ich, zum Beispiel bei der Sache mit dem Hund. Das dauert auch schon sehr sehr sehr lange. Ist dein jüdischer Gott auch so langsam? Vielleicht hören die Götter alle nicht mehr so gut, weil sie schon alt sind, älter als meine Uroma.
Die anderen Mädchen sind schon länger da und haben schon länger geübt, aber Frau Komarowa hat gesagt, dass ich gute Füße habe. Sie hat sie untersucht. Und jetzt darf ich schon ganz vorne an der Stange stehen. Das musst du dir mal vorstellen. Ich schwätze nie und strenge mich an, immer gut aufzupassen. Frau Komarowa hat nämlich zu einem Mädchen gesagt, sie soll sofort nach Hause gehen und nachdenken, ob sie lieber herumhampeln will, als zu tanzen. Und zu einem anderen Mädchen hat sie gesagt, dass sie kein Schwan, sondern eine Ente ist, weil sie den Po herausstreckt. Frau Komarowa ist wahnsinnig streng, wir haben alle Angst vor ihr.

Aber ganz am Ende von der Übung, wenn wir fertig sind und wieder schön dastehen, Schultern runter, Bauch rein, Po rein, langer Hals, Füße nach außen, Knie durchstrecken, wenn sie dann nickt und zu mir sagt, zu mir ganz allein: »RICHTIG!«, dann fliege ich einen Meter über dem Boden, ein Mal um den ganzen Ballettsaal herum und bin sehr sehr sehr glücklich. Aber ich lasse es mir nicht anmerken, weil Frau Komarowa sonst sagt: »Wirst besser nicht übermütig, Ballerina du bist noch lange nicht!« Wahrscheinlich merkt sie es trotzdem ein bisschen, dass ich mich freue. Sie mag mich halt, weil ich immer gut aufpasse und auch meistens an die Ellenbogen denke, weil wenn man nicht an die Ellenbogen denkt, sieht man auch nicht aus wie ein Schwan, sondern wie eine Krähe.

Das wollte ich dir nur sagen. Dass deine Tochter wahrscheinlich eine Ballerina wird. Gibt es in Israel auch Ballett? Das wäre schön für dich. Dann könntest du dir Schwanensee ansehen. Aber Vorsicht, traurig!

Bald habe ich Prüfung, da dürfen die Eltern kommen. Mama kommt, Oma und Opa kommen und Conny auch. Für dich ist es wahrscheinlich zu weit, aber man kann ein Video kaufen. Das wäre sooo schön, wenn du zuschauen könntest! Ich werde mir vorstellen, dass du in der ersten Reihe sitzt. Extra aus Israel gekommen. Dann strenge ich mich noch mehr an und bekomme eine Eins. Oder ich bin so aufgeregt, dass ich lauter Fehler mache und keine Urkunde bekomme, und dann ist es besser, du bist

nicht da und schaust nicht zu. Das wäre zu peinlich. Ich glaube, ich würde sterben.
Meine Uroma hat früher auch Ballett getanzt und sogar einen Preis bekommen. Sie ist fast einhundert Jahre alt. Sie stinkt ein bisschen, dafür erzählt sie die gruseligsten Geschichten, zum Beispiel die: Sie fuhren mit dem Schiff von Südamerika nach Hause (sie lebten die meiste Zeit auf einem Schiff, meine Uroma und mein Uropa, er war der Kapitän, ja wirklich!). Und ein Matrose hatte sich eine Vogelspinne mitgenommen, als Haustier! Auf das Schiff! Matrosen haben oft dumme Ideen, weil das Meer einen verrückt macht, sagt meine Uroma, und keiner wusste, ob das Viech, also die Spinne, giftig war oder nicht. Sie war so groß wie eine Hand und hatte einen fetten Körper und behaarte Beine. Eklig, gell? Und dann ist die Spinne ausgebüxt aus ihrer Schachtel, weil der Matrose sie nicht gescheit zugemacht hatte. Alle haben sofort gesucht, aber auf einem Schiff findet man eine Spinne schlecht wieder, weil es lauter Ritzen und Löcher gibt und weil die Spinne auf keinen Fall zurück in die Schachtel will, sondern lieber herumlaufen und jemanden beißen. Also, alle hatten Angst und haben sich geekelt und den Matrosen ein bisschen verhauen. Ein paar Tage später hat meine Uroma Leintücher gewaschen und getrocknet und gebügelt. Das ist wichtig wegen des Ungeziefers und weil Offiziere gerne in gebügelten Leintüchern schlafen. Und da sieht sie so eine Beule in der Wäsche, und sie denkt sich nichts und fährt mit dem Bügeleisen drüber, und dann gibt es ein

ganz furchtbar hässliches Geräusch, ein PFLATSCH oder so ähnlich, und sie schaut unter das Tuch, und da ist die Vogelspinne, zerquetscht und gebügelt und matschig, und meine Uroma hat zu mir gesagt: »Oh, what a ekliges thing, Floriane!« Sie ist ja Engländerin, und dann hat sie gelacht.
Du kannst mir das ruhig glauben. Meine Uroma war überall auf der Welt. Sie lügt nicht, alle Geschichten stimmen. Jetzt muss ich aber meine Sachen packen und zum Ballett. Wenn man zu spät kommt, sagt Frau Komarowa, hört man am besten ganz auf mit Ballett, weil man auf die Bühne auch nicht zu spät kommen kann, und deswegen soll man es gleich bleiben lassen und in die Gymnastik für Hausfrauen gehen. Ich war erst ein Mal zu spät, und das hat mir gereicht.
Tschüss, Papa
Deine Floh.

PS Bin wieder da, weißt du eigentlich, wie meine Uroma nach Deutschland gekommen ist? Das war so: Mein Uropa war mit seinem Schiff in der Südsee und dort ist er von einer Insel zur anderen gefahren, das waren Millionen von Inseln, und auf einer besonders schönen voll mit Palmen und Kokosnüssen und mit lauter weißen Sandstränden, ein Traum, sage ich dir, auf dieser Insel waren die Bewohner sehr sehr sehr traurig. Sie lachten überhaupt nicht und aßen nichts mehr und schliefen nicht mehr und ließen die ganze Zeit ihre Köpfe hängen, es war nicht zum Anschauen, so hat es mein Uropa meiner Uroma später erzählt. Er hat natürlich gefragt, ey Leute, was ist los mit euch, das ist ja nicht zum Anschauen? Und die traurigen Leute brachten ihn in eine Hütte, da lag der Häuptling, und er war wahnsinnig krank. Er hatte Fieber und fantasierte irgendwelche Sachen von einem blauen Riesenvogel, der war schon fast beim lieben Gott, der Häuptling, und gar nicht mehr richtig da. Die Leute von der Insel hatten mal einen weißen Doktor kennengelernt, und jetzt dachten sie, ein weißer Mann ist halt immer ein Doktor, er muss wissen, was da zu machen ist, und sie legten alle Hoffnungen in meinen Uropa und baten ihn, den Häuptling gesund zu machen. Mein Uropa wusste aber überhaupt nicht, was er tun sollte. Sie hatten keine Medikamente mehr an Bord, sie hatten sie alle selber gebraucht. Er kannte sich auch mit Krankheiten nicht aus. Er wollte die Leute nicht enttäuschen, sie waren total verzweifelt und dachten, er müsste ja nur wollen, dann könnte er den kranken Häuptling heilen. Es war kompliziert und auch ein bisschen gefährlich, glaube ich. Also nickte mein Uropa schließlich und ging zurück zu seinem Schiff. Da war aber nichts außer einer alten Schildkröte, die sie noch aufessen wollten. Da habe ich natürlich geweint, Papa, die arme Schildkröte, die kriegte nichts zu essen und zu trinken und irgendwann wurde sie aufgegessen, das ist nicht normal, das ist sehr sehr sehr grausam. Mein Uropa hat die Schildkröte angeschaut, aber sie hat ihm nicht geholfen, das hätte ich an ihrer Stelle auch nicht, und weil ihm überhaupt nichts Besseres einfiel, hat

er dann einfach Wasser aus einem Fass geschöpft, es war altes, halb verfaultes Wasser und muss fürchterlich geschmeckt haben, aber egal. Er brachte es in einer Schüssel zum Häuptling und gab es ihm löffelweise in den Mund. Der schluckte es gierig. Dann passierte erst einmal überhaupt nichts, es war ja nur Wasser und außerdem halb verfault, aber am nächsten Tag ging das Fieber vom Häuptling herunter, stell dir vor, und am übernächsten Tag war er gesund. Die Leute feierten ein riesiges Fest, und der Häuptling schenkte meinem Uropa eine ganze Insel. Echt, Papa! Sie war sehr sehr sehr klein, aber wunderschön, sie hatte einen Strand, Palmen und einen Wasserfall mit Süßwasser. Sie machten sogar einen Vertrag. Die Leute von der Insel konnten ihn nicht lesen, aber mein Uropa war ein ehrlicher Mann und hat alles aufgeschrieben, wie es der Häuptling wollte. Als er wieder losgefahren ist und sich verabschiedet hat, haben die Leute von der Insel geweint. Das waren total nette Menschen, finde ich.
Viel viel später wollte sich mein Uropa in England bei Gericht die Insel eintragen lassen. Er hatte ja den Vertrag. Aber die Engländer sagten, den Wilden hätte die Insel überhaupt nicht gehört, sondern der Krone, und deswegen sollte er abhauen und zusehen, dass er Land gewinnt. Und weißt du was, Papa? Als er draußen vor dem Gericht so dastand mit seinem Vertrag in der Hand und ordentlich fluchte, auf Deutsch natürlich, damit es niemand verstehen konnte, da kam eine junge Frau zu ihm her, eine richtige Dame, und sie hatte einen deutschen Haus-

lehrer gehabt und konnte deswegen ziemlich gut Deutsch und alles verstehen, und sie hat ihn fertiggemacht So ungefähr, er soll sich mal zusammenreißen und nicht so dreckig fluchen, das würde sich nicht gehören, und wenn das Kinder mitbekommen würden, und er hätte wohl keine Erziehung genossen und lauter solche Sachen. Mein Uropa war total perplex. Dass die Frau Deutsch konnte und ihn so fertiggemacht hat, und sie hat ihm außerdem super gefallen. Und diese Frau, diese Dame war meine Uroma. Später hat mein Uropa immer gesagt, England hat ihm zwar seine Insel gestohlen, ihm aber dafür seine Jane geschenkt, und Jane wäre viel mehr wert als eine Insel, sie wäre mehr Gold wert, als die Sahara Sand hat. Süß, gell? Obwohl er wahrscheinlich gar nicht wusste, wie viel Sand die Sahara hat, denn er war ja ein KAPITÄN, und in der Wüste gibt es weit und breit kein Meer, glaube ich. Seemänner reden eine Menge Unsinn, sagt meine Uroma, sie nennt es Seemannsgarn, und sie muss es ja wissen.
Liebe Grüße, Papa
Deine Floh.

My secret diary

Floriane, 1996

Hallo Papa, bist du da?
Vielleicht bist du ein Geist. Und fliegst in meinem Zimmer herum und passt auf, dass ich mich nie nirgendwo anstoße, dass ich nicht aus dem Bett falle und dass ich nicht entführt werde. Du machst irgendwie, dass die Entführer Bauchweh kriegen, oder du nimmst ihnen was Wichtiges weg, dass sie denken, sie haben es vergessen, und dann kehren sie um. Die Einbrecher auch. Sie kommen gar nicht in den Hausflur oder bis zu meiner Wohnungstür, sie fallen vorher die Treppe herunter, weil du ihnen ein Bein stellst, oder? Und wenn sie auf einer Leiter bis zu mir hochklettern wollen, wirfst du die Leiter um. Der eine verstaucht sich ein Bein, der andere bekommt die Leiter auf den Kopf.
Oder wieso falle ich nie aus dem Bett und werde nie entführt? Also: Du bist da, aber unsichtbar. Kennst du den Film *Kevin – Allein zu Haus*? Der kleine Junge wurde von seiner Familie vergessen und muss ganz allein mit zwei Einbrechern fertigwerden. Siehst du, ich bin auch allein, aber es sind keine Einbrecher da. Danke, lieber Geist.

Mama würde mich nie vergessen, aber sie ist trotzdem nicht heimgekommen. Wahrscheinlich muss sie länger arbeiten. Normalerweise ruft sie an, aber manchmal sind alle Telefonleitungen kaputt überall auf der Welt. Sie macht sich bestimmt Sorgen. Aber ich bin ja schon groß. Ich habe mir ein Brot gemacht mit Butter und Senf. Ich liebe Butter und Senf.
Mama wollte noch einkaufen gehen. Vielleicht steht sie an der Kasse in einer riesigen Schlange mit zweihundert Leuten. Das kann sein.
Meinst du, ich darf den Fernseher anmachen? Das darf ich nie, wenn ich allein bin. Aber an der Kasse stehen immer noch einhundertneunundneunzig Leute an.

Frau Funke, die Direktorin von meiner Schule, hat gesagt, ich darf eine Klasse überspringen, aber ich will nicht. Ute muss doch von mir abschreiben! Ich kann sie nicht allein lassen. Ich will weiter neben ihr sitzen und nicht in einer Klasse mit lauter fremden Kindern.

Ich glaube, heute darf ich den Fernseher anmachen. Oder? Es nützt nichts, wenn ich ihn schnell ausmache, wenn ich Mamas Schlüssel höre, sie legt ihre Hand auf den Fernseher und merkt, dass er noch warm ist. Aber heute ist eine Ausnahme. Es ist schon sieben und dunkel draußen. Fliegst du noch ein bisschen bei mir herum? Nur bis Mama kommt. Die Einbrecher und Entführer wissen nämlich, wenn ein Kind allein ist. Sie warten nur darauf. Aber mit dir

haben sie nicht gerechnet! Haha! Bei mir holt ihr euch blaue Flecken! Geht lieber zu Kevin, da wird es nicht ganz so schlimm!
Ich mache mir noch ein Brot mit Butter und Senf. Oder meinst du, ich darf Nutella essen? Wir haben nur das billige Nutella, aber es schmeckt auch gut. Ich darf es nur zum Frühstück essen. Heute ist eine Ausnahme, oder?
Also bis später. Wenn es poltert und unten auf der Straße rennen Männer schnell weg, dann weiß ich, dass du da bist.
Ich glaube, das mit dem Nutella geht.
Das Kind kann doch nicht nur Senf essen.
Das hat meine Oma gesagt, und sie haben sich wieder gestritten. Soll ich Oma anrufen? Lieber nicht. Oma würde sagen, du kannst doch das Kind nicht so lang allein lassen. Und Mama würde sagen, sie soll sich nicht einmischen, und dann schreien sie los.
Jetzt kommt *Unser Charly*. Das schaue ich mir an und esse ein Nutellabrot.
Bis später, Papa.
Deine Floh (Floriane).

Papa? Mama ist nicht gekommen. Es ist Nacht. Papa, meinst du, ich kann vielleicht bei dir wohnen? Sonst muss ich ins Heim. Oder ich gehe zu Oma, vielleicht nimmt sie mich. Aber sie ist schon alt. Ich weiß nicht, ob Kinder bei so alten Leuten wohnen dürfen. Sie können einen Herzinfarkt bekommen, und dann?

Papa? Passt du auf, dass die Einbrecher nicht kommen?
Soll ich Oma anrufen?
Mama schimpft bestimmt, wenn ich sie anrufe.

Papa? Ich bin ganz allein. Ich glaube, Mama ist tot.

Elena Grabowski

Ina, 1996

Ich passte nicht auf, ich war unkonzentriert. Auch wenn ich inzwischen einige Routine hatte, ich musste schon bei der Sache sein. Und nicht von dieser dummen Wut getrieben. Mit der Wut im Bauch ging immer irgendetwas schief.

Es passierte nach der Arbeit. Ich radelte durch die Innenstadt und am Kaufhaus vorbei, und auf einmal war ich schon drin, im Kaufhaus, es war dieser Sog, und es war diese schlechte, ins Verderben führende Wut.

Floh konnte überhaupt nichts dafür. Sie wollte nur haben, was alle hatten. Und sie musste jetzt wirklich schon lange warten. Ich hatte alle pädagogischen und alle finanziellen und alle anderen Gründe aufgebraucht, wir hatten gestritten, diskutiert, gestritten, uns angeschrien und beide geweint. Beide! Wegen ein paar Spielkarten, nichts als Pappe mit hässlichen Figuren darauf, das war doch Wahnsinn. Sie tauschten sie untereinander, wie die Jungs früher ihre Fußballsticker, sie waren wie besessen davon, sie spielten damit, konnte man das *spielen* nennen? Ich hatte keine Ahnung, wie das ging, es war wohl eine Art Quartett.

Jedenfalls hatte ich Floh lange hingehalten, zu lange,

wie es mir auf einmal vorkam, als ich die idiotischen Karten da liegen sah, im Kaufhaus, mit ihrem obszönen Preis und diesem Sog, der von ihnen ausging, nur wegen eines beschissenen Marketingkonzeptes, das konnte doch einfach nicht wahr sein, da konnte doch niemand so viel Geld dafür bezahlen.

Genau solche Gedanken ließen mich unvorsichtig werden, lenkten mich ab. In einem Kaufhaus gab es Kaufhausdetektive, das wusste jedes Kind, man musste sich nach Kameras umsehen und nach Leuten, die einen beobachteten – aber so, dass es nicht auffiel. Noch dazu wurde ich gierig. Gleich fünf Pakete wanderten in meine (extragroße) Manteltasche, sodass sie sich auffällig ausbeulte. Ich hätte auch ein Schild um meinen Hals tragen können: SCHAUEN SIE LIEBER MAL NACH. DA IST WAS IN MEINER MANTELTASCHE!

Wie konnte ich nur so blöd sein?

Der Griff an meinem Oberarm erschreckte mich dann dermaßen, dass ich es nicht einmal mehr schaffte, irgendwie harmlos und unschuldig auszusehen. Wahrscheinlich sah ich einfach wie eine Frau aus, die was hatte mitgehen lassen und jetzt erwischt worden war. Der Typ hatte ein rundes, fettes Gesicht, winzige Augen, der olivgrüne Pullover spannte über seinem mächtigen Bauch, so uniformmäßig, aber eher von der lächerlichen Sorte. Ich dachte daran wegzulaufen. Der Typ war bestimmt nicht besonders schnell. Aber es war zu spät. Er hielt mich so fest, dass es wehtat. Der würde nicht loslassen, ich kannte diese Leute, das war jetzt seine Mission, sein Auftrag im Leben: *Die Diebin nicht entkommen lassen.* Das lernten sie im zweiwöchigen Detektivkurs. Weil sie das nämlich durften, jemanden festhalten. Das war ihre Chance, keiner fragte hinterher, wie fest sie zugepackt hatten. Nur schlagen durften sie nicht, das lernten sie wahrscheinlich auch in dem Kurs: wehtun ist okay, weil die hinterher eh nur Sozialstunden kriegen, die Schlampen, schlagen ist nicht okay, wegen Gesetz.

Er rief per Walkie-Talkie seinen Kollegen, der kam sofort, ein kleines Bürschlein mit Schnurrbart. Der Dicke machte eine Handbewegung, ich sollte das Diebesgut aus der Manteltasche holen, aber bisschen zackig, wenn es ging.

Ich holte drei Päckchen raus.

»Ts«, sagte der Kleine und schüttelte bescheuert den Kopf. »Fan von dem Quatsch, was?« Haha.

»Das Zeug holen sich normal die Kids«, sagte der Dicke und lachte. Alles sehr witzig.

Er zerrte mich dann weg, wir gingen zu dritt durch eine Geheimtür mit einem harmlosen Spiegel darauf, dahinter eine andere, düstere Welt, ein langer, fensterloser Gang. Das Licht ging automatisch an, es waren Neonröhren, die kurz flackerten, bevor sie alles grell erleuchteten, den grauen Beton, den schmutzigen Fußboden, die Spinnweben in den Ecken. Nach einer Weile kam rechts ein Treppenhaus, gegenüber eine Feuerschutztür, der Dicke öffnete sie, und wir traten in eine Art Büro. Wieder keine Fenster. Der Gestank nach kaltem Rauch und altem Schweiß ließ mich kurz die Luft anhalten. Auf einem Schreibtisch standen Bildschirme, man konnte die Verkaufsräume, die Rolltreppen und die Ausgänge sehen. Ich schluckte und schaute mich um. Der Kleine hatte die Tür geschlossen und stand breitbeinig davor, was ziemlich albern aussah, weil er so schmächtig war. Der Dicke setzte sich dicht vor mir auf einen Drehstuhl, der ächzend unter ihm nachgab, und kramte in Formularen.

Es gab kein Entrinnen. *Die Diebin nicht entkommen lassen.* Ich war eine Gefangene, oder genauer gesagt: am Arsch.

»Beim nächsten Mal fahren Sie ein, gute Frau«, hatte der Richter gesagt, das war nicht einmal drei Monate her. »Haben Sie das verstanden, Frau Fux?«

Ich hatte eifrig genickt und »Ja« gesagt.

»Denken Sie doch an Ihre Tochter, Mensch!«

Das tat ich jetzt, ich dachte an Floh.

»Ausweis«, sagte der Dicke.

»Ich hab keinen dabei.«

»Name, Adresse.«

»Elena Grabowski. Berggasse 12, Weiden.«

So was musste man vorbereiten. Auf die Schnelle fiel einem kein falscher Name ein. Ich hatte mir sogar einen kleinen Ausweis drucken lassen, eine Art Berechtigungsschein, Elena Grabowski war Krankenschwester im Klinikum, und diese Karte sollte der Beweis sein. Jeder traut Krankenschwestern über den Weg. Sie kriegen sofort eine Wohnung und einen Kredit. Wenn man sich auf Krankenschwestern nicht mehr verlassen kann, dann bricht die Welt einfach zusammen, dann kann einen nichts mehr retten.

»Weiden? Oberpfalz?«

»Ja. Nicht so schlimm, oder? Ich bin Krankenschwester.«

Der Typ starrte mich an. Er konnte es nicht glauben.

Etwas zerbrach gerade in ihm, und ich war schuld. Aber es nutzte mir nichts. Der Kleine rief bei der Polizei an. »Ladendiebstahl, eine junge Frau, Elena Grabowski.«

Denken Sie doch an Ihre Tochter, Mensch.

Dann warteten wir. Der Dicke saß auf seinem Drehstuhl, ich auf einem Plastikklappstuhl, bis Schnauzbart irgendwann meinte: »Ich geh mal wieder runter.«

Ich dachte nach wie verrückt.

Beim nächsten Mal fahren Sie ein, gute Frau.

Der Dicke ließ mich nicht aus den Augen.

»Schauen Sie mal«, sagte ich, »die alte Dame da. Huiuiui.« Ich deutete auf einen der Bildschirme. Eine alte Frau schob wie in Zeitlupe einen Einkaufswagen durch den Gang mit dem Alkohol und betrachtete intensiv die Schnapsflaschen.

»Sie steckt sie in den Beutel, der am Einkaufswagen hängt.«

Der Dicke griff nach dem Walkie-Talkie. Hätte er ein bisschen überlegt, wäre es ihm unwahrscheinlich vorgekommen, dass ich eine alte Frau verpetze. Eine Kollegin sozusagen. Aber er überlegte nicht, das Fieber hatte ihn gepackt. *Die Diebin nicht entkommen lassen.*

Die alte Dame streckte den Arm aus.

»Da!«, sagte ich, und der Dicke ging ganz nah ran an den Bildschirm.

In dem Moment stand ich auf, langsam und so leise wie möglich, nur mein Herz klopfte laut und bis zum Hals (*Denken Sie doch an Ihre Tochter, Mensch!*), und ich machte einen Satz zur Tür, stemmte sie auf und rannte los. Rüber ins Treppenhaus und die Treppen runter, zwei Stufen auf einmal, jetzt fiel weiter oben die Tür zum Gang zu, und es wurde mit einem Mal stockdunkel. Das Licht, es ging nicht automatisch an. Ich rannte weiter, sah die Stufen nicht mehr (*Beim nächsten Mal fahren Sie ein, gute Frau*), ich schätzte die Abstände ab, stolperte, als die Stufen plötzlich aufhörten, und kam auf einem Absatz zum Stehen. Ich sah mich nach einem beleuchteten Lichtschalter um, nichts. Ich hatte keine Zeit. Warum war der Typ noch nicht hinter mir her? Ich tastete mich mit dem Fuß vor, nahm die Stufen jetzt einzeln, wurde wieder schneller, rannte weiter die Treppe runter, im Dunkeln, ich musste hier raus, es ging nicht, dass sie mich noch mal erwischten, es ging nicht, und dann passierten zwei Dinge gleichzeitig. Weiter unten, beim nächsten Absatz, ging eine Tür auf, Licht fiel ins Dunkel, es war Tageslicht, der Schnauzbart stand da, in der Tür, siegessicher, wahrscheinlich gab es keinen weiteren Ausgang, nur diesen. Er führte nach draußen, da, wo ich hin musste, aber der Typ stand dort mit seinem Schnurrbart – *Die Diebin nicht entkommen lassen* – und grinste mich hämisch an. Bevor ich irgendwas denken konnte, passierte die zweite Sache: Ich verfehlte eine Stufe, konnte mich mit meinem ganzen Schwung nicht mehr abfangen und fiel nach vorn. Diese Millisekunde, in der man feststellt, jetzt gibt es kein Halten mehr, jetzt wird es gleich richtig wehtun. Graue Stufen kamen auf mich zu und Kanten, und ich stürzte ihnen entgegen, ich kullerte und schlug auf, es tat sauweh irgendwo, ich versuchte, irgendwie zu bremsen, mich festzuhalten, aber es gelang mir nicht, und plötzlich ein Schmerz, der stärker war als alles, stärker als ich, *Floh*, dachte ich nur, *Floh ist allein zu Hause.*

Und dann war ich weg.

Bagan

Paul, 1996

»Fahr hin«, schreit Anne mich an, »fahr hin!«

Ich habe gerade ein Nickerchen gemacht und bin noch ganz benommen. Was hat sie gesagt? Aber ich stehe vom Sessel auf. Der gute Relax-Sessel. Seit wir ihn angeschafft haben, schlafe ich nur noch. Die Knochen sind schwer beim Aufstehen. Der ganze Körper, schwer.

»Was ist denn los?«

Anne packt mich bei den Schultern. »Floh ist allein, verstehst du das nicht? Ich versuche, sie anzurufen, und du fährst hin!«

Etwas muss passiert sein. Mit Floh, meiner Enkelin. Ich werde wach, hellwach. »Was ist denn los?«, frage ich noch einmal.

Anne schluckt. Ihre Augen sind feucht, und sie hat einen ganz schmalen Mund. Sie hat Angst. Etwas Schlimmes muss passiert sein.

»Ina ist im Krankenhaus«, stößt sie hervor und versucht, ruhig zu bleiben. Aber ihre Stimme zittert. Ich kenne sie gut, meine Frau, sie verliert nur sehr selten die Fassung. »Sie hatte einen Unfall. Floh ist allein, schon die ganze Nacht, verstehst du? Fahr endlich hin!«

Ich nehme meine Jacke, greife den Autoschlüssel, beeile mich jetzt. »Ina ist im Krankenhaus?«

»Ja, ich kümmere mich. Fahr du zu Floriane.«

Ich chauffiere den Wagen aus der Garage. Das dauert alles, bis das Tor aufgeht, bis ich rückwärts rangiere. Bis ich eine Lücke im Verkehr finde und abbiegen kann. Alle Ampeln sind rot. Ich stehe und stehe. Die fahren einfach nicht, die schlafen in der Schlange. Ich hupe, ein Mann zeigt mir den Vogel. Mein Kopf pocht. Floh, allein, die ganze Nacht. Sie fürchtet sich doch so. Warum nur hat sie nicht angerufen? Und was ist mit Ina? Als ich in die Hofeinfahrt biege, quietschen meine Reifen.

Ich klingele. Floh darf nicht aufmachen, das hat ihr Ina eingeschärft. Niemandem aufmachen. Ich klingele noch einmal. Ihr nur keine Angst machen, sonst versteckt sie sich und kommt nicht mehr heraus. Vielleicht hat Anne sie schon erreicht. Ans Telefon müsste sie doch gehen, die Kleine.

Da sehe ich sie oben am Fenster. Sie lugt vorsichtig hinter dem Vorhang hervor. Ich winke ihr. Hüpfe hoch und winke. Das Knie tut mir weh. Floh verschwindet, und dann geht der Türsummer. Ich steige die Treppe hoch, so schnell es geht. Muss kurz innehalten, zu Atem kommen. Drei Stockwerke. Mein Herz. Ich soll endlich zum Kardiologen, sagt Anne.

Oben geht die Tür einen Spalt auf. Ich sehe Haare und ein Gesicht. Riesige Augen. Floh schaut mich an, öffnet langsam die Tür wie in Zeitlupe, bis wir uns gegenüberstehen.

»Komm her, mein Floh«, sage ich und breite die Arme aus. Langsam kommt sie zu mir, Schrittchen für

Schrittchen, im Schlafanzug, die Haare verwuschelt, das Gesicht müde und klein. Ich hebe sie schließlich hoch und trage sie hinein. Da weint sie schon. Ein leises, bitterliches Weinen, den Kopf auf meine Schulter gelegt, die Arme um mich geschlungen. Wie dünn sie ist, und gleichzeitig doch so schwer. Ich lasse mich mit ihr aufs Sofa fallen. Sie weint weiter, sitzt auf meinem Schoß, manchmal holt sie stoßweise Luft, sie weint meine Schulter nass, setzt an, will etwas sagen, aber sie kann noch nicht, irgendwann bringt sie nur heraus: »Mama.«

»Keine Sorge, die Mama ist im Krankenhaus, aber es geht ihr gut.«

Es schüttelt den kleinen Körper auf mir. Er ist nass geschwitzt unter dem Schlafanzug. Die Beine hängen lang und dünn herunter. Fohlenbeine sind das. Auch mir ist heiß, mein Kopf glüht. Ich weiß nicht, wie es Ina geht, ich kann nur hoffen. »Die Mama wird wieder gesund. Oma ist bei ihr und kümmert sich um sie.«

Das Kind nickt. Rutscht von meinem Schoß neben mich. Sie fängt sich langsam.

»Warum ist Mama im Krankenhaus?«, fragt sie schließlich.

»Sie hatte einen Unfall. Hat Oma nicht angerufen?«

»Ich hab nicht abgehoben. Ich dachte, es ist ein böser Mann.«

Ich drücke ihre kleinen Schultern. Was muss sie für eine Angst gehabt haben. »Wir rufen die Oma später an, ja? Dann erfahren wir mehr. Vielleicht können wir die Mama besuchen.«

Sie nickt wieder. Wir schweigen eine Weile. Floh schnieft ab und zu.

»Weißt du, was der schönste Ort auf der ganzen Welt ist?«, frage ich irgendwann.

Sie schüttelt den Kopf.

»Deine Uroma hat ihn mir verraten, meine Mutter. Sie war schon überall auf der Welt, weißt du, und sie hat viele schöne Orte gesehen.«

»Mit dem Schiff.«

»Ja genau, meistens mit dem Schiff. Es ist kein Strand, wenn du das denkst, kein Berg und keine Sehenswürdigkeit in einer Stadt.«

»Was ist es?«

»Es heißt Bagan. Schon der Name ist wunderbar, findest du nicht? Bagaaan.«

»Wo ist das?«

»In Burma, das ist in Asien. Es ist eine Ebene, flaches Land, und dort stehen Hunderte, ja Tausende Tempel und Pagoden aus uralter Zeit. So weit das Auge reicht. Keine Häuser, keine Menschen, keine Straßen, alles ist einsam und ruhig. Und wenn die Sonne aufgeht, klettert man auf eines dieser Gebäude, der Himmel färbt sich erst bläulich in der Dämmerung, dann leicht rosa und dann zart orange, und bis zum Horizont siehst du in diesem Licht all die Heiligtümer, errichtet von Menschen, die lange tot sind, aber ihre Tempel und Pagoden haben die Zeit überdauert. Man fühlt sich ganz klein, wenn man über dieses Land schaut, als ganz kleiner Mensch, und so werden auch die Sorgen klein, wenn etwas Schlimmes passiert ist, so wie jetzt. Alles, was uns Angst macht, es wird ganz klein.«

»Was ist eine Pagode?«, fragt Floh, noch immer dicht an mich geschmiegt. Sie weint jetzt nicht mehr.

»Hm, vielleicht eine kleine Pyramide? Pagoden sind auf jeden Fall oben spitz, und unten kann man hineingehen. So etwas wie Kirchen, zum Beten. Aber nur barfuß! Schuhe sind schmutzig vom Dreck auf den Straßen, und das wäre eine Beleidigung. Man zieht seine Schuhe aus, bevor man hineingeht. Mehr weiß ich auch nicht.«

»Vielleicht gibt es ein Buch darüber.«

»Ja, bestimmt. Wir besorgen uns ein Buch im Bücherbus, ja?«

Sie richtet sich kurz auf. »Wann rufen wir Oma an? Wegen Mama?«

»Bald, Floh, bald. Sie ist doch noch im Krankenhaus und kümmert sich um die Mama. Das ist auch wichtig, oder?«

»Ja!«

Ich streiche ihr über den Kopf. Und erzähle einfach weiter. Floh ist so wissbegierig. Sie interessiert sich einfach für alles, ganz besonders für die alten Geschichten meiner Mutter. So kann ich sie am besten ablenken, und sie lehnt sich wieder zurück.

»Ein Mal den schönsten Ort der Welt sehen, was? In echt, nicht in einem Buch. Ich wäre so gerne hingefahren. Ich wäre beim Sonnenaufgang auf eine Pagode geklettert und hätte mir das angeschaut, und alle Sorgen wären ganz klein geworden.«

»Warum bist du nicht hingefahren?«

»Es ist sehr weit. Ich hatte das Geld nicht. Und später … Oma hat Flugangst, weißt du? Allein wollte ich nicht. Das hätte Ärger gegeben!«

»Ich fahre hin, wenn ich erwachsen bin.« Sie gähnt.

»Ja, das machst du. Grüß die Pagoden von mir. Und

zieh auf jeden Fall die Schuhe aus, ja?« Ich lache ein bisschen bemüht. Sehe ihre kleine Hand auf meiner liegen. So klug sie auch ist, meine Enkelin, so ist sie doch noch ein kleines Mädchen. Sie war die ganze Nacht allein. Wie hat sie das nur überstanden? Ich denke an Gerd neben mir, wir beide zusammen in dem schmalen Bett. Ich war nur wenig älter als Floriane jetzt. Der Fluss, die Weide. Nicht. Wegschieben. Nicht jetzt. Nicht die Haarspange, nicht Gerd. Weg. Nicht. Nicht der Ast.

Da höre ich Flohs Atem, ruhig und gleichmäßig. Schwer liegt ihr Kopf an meiner Schulter, ihre Hand in meiner. Sie ist eingeschlafen. Jetzt ist alles gut. Wenn nur Anne endlich anruft. Wenn nur Ina wieder gesund wird. Dann hole ich mit Floh ein Buch aus der Bücherei über Burma, über Bagan und die Pagoden.

Es erscheint mir allerdings seltsam, dass Mutter die Gegend so mochte. Bekam sie doch dort die Nachricht. So wichtig und so schlimm war sie vielleicht gar nicht, die Nachricht von Gerds Tod. Nicht für unsere Mutter.

Hey Joe

Ina, 1996

Ich sah ziemlich merkwürdig aus. Die eine Hälfte von meinem Kopf hatte kurze Haare, die OP-Seite mit der Narbe, die sich lang, rot und wulstig abhob. Die andere Hälfte, die schöne Seite, sah aus wie immer, mit halblangen Haaren.

Aber fast alle hier sahen merkwürdig aus. Eine Reha für kaputte Köpfe. Unfälle, Krebs- und Aneurysmen-OPs. Jochen hatte eine Glatze, wegen der Chemo. Seine OP lag schon länger zurück, die Narbe war gut verheilt. Er sah ein bisschen wie Bruce Willis aus, aber eine seltsam blasse, dünne und müde Version.

Wir lernten uns in der Gesprächsgruppe kennen, in der alle positives Zeug redeten, zum Beispiel, dass man seitdem intensiver lebte, dass man alles machen wollte, was man sich vorher nie getraut hätte oder dass man jetzt dankbar war für jeden Augenblick. Blablabla. Alle, bis auf Jochen. Der sagte bloß: »Verfickter Hirntumor, ich hab zwei kleine Kinder, verdammt.«

Niemand in der Gruppe reagierte irgendwie darauf, alle wurden ganz still, auch die Psychologin, sie nickte bloß besonders verständnisvoll.

»Das tut mir leid«, sagte ich todernst. Ich wollte den

Mann mit dem verfickten Hirntumor nicht so hängen lassen in diesem Schweigen.

Jochen richtete sich auf, erst etwas verdutzt, dann lachte er. Seine Zähne waren offenbar nicht in Mitleidenschaft gezogen worden, oder er hatte ein Gebiss. Ich stellte mir vor, wie Bruce Willis es abends herausnahm.

»Dass ich Kinder habe?«, sagte er und grinste. »Das braucht dir nicht leidzutun, also keine Sorge, ist schon okay. Alles in Ordnung mit ihnen. Sechs und fünf.«

Ganz kurz war ich verwirrt, dann kapierte ich und dachte über eine passende Retourkutsche nach. Jochen grinste immer noch. Nein, es war kein Gebiss, er hatte sich wahrscheinlich immer gut die Zähne geputzt.

Eine Frau, Margot, gutartiger Tumor, allerdings hühnereigroß, hielt sich die Hand vor den Mund und prustete leise hinein. Die anderen lehnten sich zurück.

»Hm, stimmt schon«, sagte ich, »meistens passt es, dass es sie gibt. Meine ist zehn.«

Jetzt sahen wir uns an, Jochen und ich. Irgendwie angriffslustig. Das gefiel mir. Ich versuchte, mit den Augen zu funkeln. Und ich dachte: ausgerechnet ein Jochen! Verheiratet, bestimmt über vierzig, und dann auch noch kleine Kinder. Meine Güte, Ina.

Ich hatte ihn schon einige Tage lang heimlich beobachtet und nach etwas gesucht, das mich zur Vernunft brachte. Er sollte etwas Bescheuertes tun oder etwas Dummes sagen, damit das vorbeiging und ich ihn aussortieren konnte wie alle anderen auch. Meine Gefühle für Männer packte ich gerne in eine Art Soufflee, und es fiel leider jedes Mal in sich zusammen, weil sie immer etwas falsch machten. Sie hielten nicht durch und versauten es, ich brauchte nur darauf zu warten, um dann zufrieden vor dem missglückten Türmchen zu sitzen, einerseits irgendwie bekümmert, aber nur oberflächlich, andererseits nämlich triumphierend, schließlich hatte ich es ja gleich gewusst.

Wir, Jochen und ich, gingen nach der Gruppe zusammen in die Cafeteria. Eigentlich nicht zusammen, es hatte sich bloß ergeben, dass wir zufällig nebeneinander herliefen. Wir holten uns sogenannten Kaffee aus dem Automaten.

»Und?«, fragte Jochen, pustete sein Heißgetränk namens Cappuccino und deutete auf die kaputte Hälfte von meinem Kopf. Wir saßen auf orangefarbenen Plastikstühlen an einem orangefarbenen Tisch. Die Klinik machte lieber satte Gewinne, als ein bisschen was in das Ambiente zu investieren, damit die Kranken sich vielleicht wohl fühlten und schneller gesund wurden. Oder es sollte ein Anreiz sein, hier möglichst bald rauszukommen, tot oder lebendig.

Was sollte ich antworten? In der Gesprächsgruppe hatte ich meine Geschichte bis jetzt für mich behalten. Sie kam mir unter all den schweren Schicksalen ziemlich armselig vor. Aber in der Cafeteria beschloss ich, mit der Sprache herauszurücken, um Jochen zu schockieren.

»Treppe runtergefallen«, sagte ich also.

Er nickte anerkennend, als wäre es eine respektable Leistung, sich beim Herunterfallen einer Treppe dermaßen zuzurichten.

»Bin nicht dran gestorben, aber hier sterbe ich garantiert. Vor Langeweile.«

Ich hörte mich an wie ein mies gelaunter Teenager. Furchtbar.

Jochen nickte. »Warum bist du runtergefallen?«, fragte er.

Ich fand die Frage seltsam. Man konnte doch mal eine Stufe verpassen und zack, dann war es eben passiert. Das war nichts Besonderes.

»Blödheit«, antwortete ich.

Und weil dann ein Schweigen entstand und weil ich verlegen war und weil mich Jochens Wangenknochen, die so hervortraten, weil er viel zu dünn war, irgendwie für ihn einnahmen und weil bei mir alles wieder in Ordnung kommen würde, bei ihm aber vielleicht nicht, und weil ich das Gespräch einfach fortsetzen wollte, weil es das erste Gespräch war, das mich hier nicht sofort wahnsinnig machte, und weil ich seit drei Wochen schweineeinsam war, obwohl ich die Auszeit von Floh doch mal so richtig genießen wollte, nur deswegen sagte ich: »Ich hab was geklaut, und es war nicht das erste Mal, deswegen musste ich abhauen und sehr schnell rennen, die Treppe runter. Aber es war stockdunkel in dem Treppenhaus, und dann hab ich mich auch noch erschreckt.« Ich machte eine Pause und starrte vor mich hin. Ein Linoleumboden, schwarzweiß gesprenkelt. »Also gleich doppelt Pech: Kopf kaputt und trotzdem erwischt worden«, sagte ich dann und lachte.

Jochen schaute mich an, er fand das offenbar überhaupt nicht witzig. »Musst du ins Gefängnis, wenn du gesund bist?«, fragte er. Besorgt, er war besorgt. Er sagte nicht, *wie blöd kann man eigentlich sein*. »Dann wäre alles umsonst gewesen«, fügte er noch hinzu.

Ich schüttelte den Kopf. »Mein Anwalt sagt nein. Der Richter wird Mitleid haben und die Bewährung verlängern. Genug gestraft sozusagen. Letzte Warnung und Sozialstunden. Ich hab schon so viele Sozialstunden gemacht, dass dieses Land wahrscheinlich zusammenbricht, wenn ich nicht mehr klaue.«

Er schob seine Unterlippe ein bisschen vor. Ich dachte an das, was die Chemo mit ihm gemacht hatte. Zellen wurden zerstört, die Tumorzellen, aber auch Schleimhäute und Haarzellen und alles Mögliche. Wie es wohl für die Kinder war, der Vater auf einmal ohne Haare und mit der Narbe am Kopf? Bestimmt liebten sie ihn. Er war bestimmt einer von den tollen Vätern. Wie es wohl für Floh war, ich auf der Intensivstation und mit dem operierten Kopf? War nicht alles schon schwer genug für sie? War Kindsein nicht schwer genug? Da brauchte es eigentlich keine besonderen Vorkommnisse.

Wir schlürften unsere Heißgetränke. Jochen hatte keine Augenbrauen und keine Wimpern. Hände, Unterarme, alles glatt. Schöne, fast zarte Hände, jedes Knöchelchen trat überdeutlich hervor.

»Setzen wir uns beim Abendessen zusammen?«, fragte er. »Ich hab jetzt Wassergymnastik.« Und er stand plötzlich auf und machte die Bewegungen von der Wassergymnastik nach, linker Ellbogen zum rechten Knie und dann andersrum und die Arme hoch und wieder runter, und dazu sang er das Lied von den Backstreet Boys: »*Get down, get down, I'm moving all around* …« Es lief immer, bei der Wassergymnastik und bei der Bewegungstherapie und einfach überall, und Jochens Darbietung sah so verrückt aus, dass alle Kranken zu uns herstarrten und dass ich lachen musste, richtig laut lachen. Er freute sich so darüber, dass er weiterturnte und weitersang, und ich fing an mitzusingen und übertrieben mit den Fingern zu schnippen und rhythmisch mit dem Kopf zu nicken, und Jochen geriet langsam aus der Puste, keuchte kurz, und er hieß jetzt gar nicht mehr Jochen, er hieß irgendwie anders, und ich sagte mit tiefer Stimme: »Hey, Joe, um sechs im Speisesaal, da gibt es noch die Antipasti«, und er hob den Daumen, nahm keuchend seine Sporttasche und tänzelte mit fröhlichen Doppelschrittchen davon.

Ich schnippte noch einmal mit den Fingern und ertappte mich bei einem blöden Grinsen, aber es war mir egal. Ich trank den sogenannten Cappuccino aus. Die Kranken machten sich auf den Weg zu ihrer nächsten *Anwendung*. So hieß das hier. Methoden zur Gesundung wurden an einem *angewandt*. Ich musste in die Ergotherapie, weil ich seit dem Sturz oder seit der Operation, das wusste man nicht so genau, auf der rechten Seite feinmotorische Einschränkungen hatte. Kleine Sachen fielen mir herunter, ich hatte Probleme damit, meine Ohrringe festzustecken oder meine Armbanduhr zu schließen. Ich sollte in der Ergotherapie wieder alltagstauglich gemacht werden und ansonsten in der Reha alles verarbeiten. Daher die Gesprächsgruppen, die Musik- und die Maltherapie. Verarbeitung war das große Stichwort, und Muskelaufbau. Von dem vielen Liegen im Krankenhaus wurde man völlig schlapp. Hier wurde man auf einen Ergometer oder an ein Gerät fürs Krafttraining gesetzt, und los, Muskeln aufbauen!

Dabei machte ich mir um meine Verarbeitung und

meine Muskeln keine großen Sorgen, sondern einzig und allein um meinen Prozess. *Beim nächsten Mal fahren Sie ein, gute Frau.* Ich wusste nicht, ob dem Herrn Schön, dem Anwalt, zu trauen war, oder ob Anwälte nicht immer sagten, dass es irgendwie gut ausgehen würde. Damit es schlecht ausging, bräuchte man sie ja eigentlich nicht. »Machen Sie brav Ihre Reha«, hatte Herr Schön gesagt, »suchen Sie sich einen Psychotherapieplatz oder wenigstens eine Beratung, dann hat der Richter etwas Handfestes, warum er Sie noch einmal davonkommen lassen kann. Verstehen Sie? Sie müssen Ihr Problem erkannt haben und daran arbeiten, und verzweifelt müssen Sie auch sein und Ihre Tat bereuen.«

»Das kriege ich hin«, hatte ich geantwortet. Denn ich bereute zutiefst, dass ich nicht aufgepasst hatte und deshalb erwischt worden war, und ich war total verzweifelt, wenn ich daran dachte, ins Gefängnis zu müssen. Noch glaubten Floh und meine Eltern, dass es eine einmalige Sache war. Ein Ausrutscher. Allgemeine Überlastung, gepaart mit vorübergehender Blödheit. Eine Art Blackout. Manchmal war es schwer, die Fassade aufrechtzuerhalten.

Als ich um Punkt sechs Uhr im Essenssaal eintraf, stand Jochen schon bei den Antipasti. Er winkte mir zu und bedeutete mir, dass er mich in der Schlange vorlassen würde. Ich schnappte mir Besteck und einen Teller und spazierte damit an den Wartenden vorbei, was alle sofort gegen mich aufbrachte. Einer rief: »Hinten anstellen, das gilt auch für dich, Fräulein!«

Erstens Duzen, zweitens Fräulein. Ich spazierte einfach weiter, ein bisschen tänzelnd, den zur Hälfte kaputten Kopf trug ich noch etwas höher, mit einem Lächeln im Gesicht, und das Lächeln war für Jochen, weil er mir Platz machte und mich ans Buffet ließ. Er berührte mich dabei am Arm.

Die Quengler in der Schlange konnten uns mal.

In dem Moment wurde mir klar, dass Jochen noch nichts Bescheuertes gemacht und nichts Dummes gesagt hatte. Das deprimierte mich plötzlich. Ich wusste nicht, was ich machen sollte, weil ich für so was nicht gerüstet war. Für einen Flirt mit ungewissem Ausgang.

Ich lud mir eine Art italienische Salami, Gemüse, Mozzarella und Tomaten auf meinen Teller, folgte Jochen zu einem Tisch und setzte mich hin. Ich brachte kein Wort mehr heraus. Die ganze Lockerheit, wie gerade noch beim Vorbeidrängeln an der Schlange, war komplett futsch. Ich schaffte es nicht einmal mehr, diesen Jochen – Joe – anzuschauen, der ungefähr so seltsam aussah wie ich und verheiratet war und Kinder hatte, das kreiste ständig in meinem angeknacksten Hirn herum, es konnte nie etwas aus uns werden, ich glotzte nur noch auf meine Antipasti, stopfte sie wortlos in mich hinein, eine Gabel nach der anderen. Kauen, das nächste Stück, kauen, auf den Teller glotzen, und ich war überzeugt, ich würde niemals wieder lachen oder witzig sein, sondern nur verkrampft, verklemmt und total uninteressant.

Jochen sagte auch nichts. Er machte es wie ich, Gemüse aufspießen, rein in den Mund, Mozzarella kleinschneiden, Tomate drauf und einen für die Mama, einen für den Papa, einen für den Bagger und einen für das Flugzeug.

Den Papa hatte ich bei Floriane immer weggelassen und lieber die Oma und den Opa genommen und die Hunde im Tierheim, das war ein bisschen gemein, aber es half.

»Wir könnten uns den Tatort zusammen anschauen«, sagte Jochen plötzlich, er saß vor seinem leeren Teller, er hatte alles weggeputzt. »Ich hab einen Fernseher auf dem Zimmer.«

Fernseher auf dem Zimmer waren wahnsinnig teuer, deshalb hatte ich keinen. Ich musste im Fernsehraum sitzen, wenn ich etwas sehen wollte, konnte mich aber gegen *Wetten, dass..?* oder gegen den *Musikantenstadl* nie durchsetzen.

»Dürfen wir das?«, fragte ich.

Jochen schaute auf den Tisch und sah aus, als müsste er intensiv darüber nachdenken und wie mein Anwalt alles genau abwägen.

»Nein«, sagte er schließlich zum Tisch, und dann sah er mich an, direkt mich, in meine Augen, und sagte todernst: »Es ist verboten, sich nach zwanzig Uhr auf den Zimmern zu besuchen.«

Ich fing an, mit meinem Bein zu wippen. Jochen merkte bestimmt, wie nervös ich war, aber ich konnte nicht anders. Schrecklich. Was sollte ich jetzt sagen? Ich konnte nicht mehr. Ich würde gleich aufstehen und ohne Hauptspeise auf mein Zimmer gehen. Sein Blick war einfach so wahnsinnig … nett. Auch traurig irgendwie, aber vor allem nett. Freundlich. Als würde Jochen mir alles Gute dieser Welt wünschen. Als wüsste er, dass ich um alles Gute immer so kämpfen musste, dass ich eine alte Kämpferin war, mit Rüstung, Armbrust und allem. Aber er wollte mir etwas Gutes tun, umsonst irgendwie, wofür ich gar nichts machen musste, nicht kämpfen, sondern ich bekam es einfach nur geschenkt. Von ihm.

Ich schaute weg. Das hier war Hexerei, ich musste aufpassen und auf der Hut sein, das hier war gefährlich und führte nirgendwohin außer in einen Abgrund. Von Männern bekam man nämlich nichts geschenkt. Überhaupt nichts, außer vielleicht einer kleinen süßen Nervensäge namens Floriane, und so eine hatte ich ja schon.

»Dann sollten wir das machen«, sagte ich trotzdem, verhext, ferngesteuert, »wenn es verboten ist.«

Ich spähte zum Hauptspeisenbuffet, wo sich die nächste Schlange gebildet hatte. Alle waren scharf auf die Rouladen. Ich nicht, ich würde den Fisch nehmen, Backfisch mit Pommes und Remoulade.

»Ich habe sogar eine verbotene Flasche Wein im Gepäck«, sagte ich beiläufig und stand auf, mit dem schmutzigen Teller in der Hand. Man musste das gebrauchte Geschirr auf bereitgestellte Wagen stellen. Polizeilich geschulte Kranke wachten mit Argusaugen darüber. *Bringen Sie Ihr Geschirr nicht weg, Fräulein? Sie haben vergessen, Ihr Geschirr wegzubringen!*

»Ich auch«, sagte Jochen und grinste frech. Da war er wieder, der Typ, der die Wassergymnastik vorgeführt und der gesungen hatte. Ohne Wimpern, ohne Augenbrauen. Mit einer schön verheilten Narbe am Kopf.

»Schlagen wir vorher noch einmal am Buffet zu«, sagte ich cool. »Wir brauchen eine Grundlage.«

Später, als wir auch den Nachtisch aufgegessen hatten, Tiramisu alkoholfrei, sagte er mir seine Zimmernummer. Dreihundertvier, dritter Stock, im Gang ganz hinten, weit weg vom Schwesternzimmer.

»Gehen wir getrennt raus«, flüsterte er mir zu, »und treffen uns später zur *Tagesschau* bei mir. Korkenzieher vorhanden.«

Ich sah mich verschwörerisch um. »Okay«, flüsterte ich zurück. Dann machte ich mich schleunigst davon.

»Meide das Treppenhaus!«, rief Jochen hinter mir her, als ich schon am Ausgang war. Ich hob eine Hand und winkte betont affektiert mit den Fingern, ohne mich umzudrehen.

Er sah mir nach, todsicher. Ich hatte extra meine enge, coole Hose angezogen.

My secret diary

Floriane, 1996

Hallo Papa, es tut mir leid, ich war sehr beschäftigt. Hast du mich vermisst?
Mama war im Krankenhaus. Stell dir vor, sie wurde am Kopf operiert. Man muss den Kopf dafür aufsägen. Ich will überhaupt nicht daran denken, aber ich denke sehr oft daran. Arme Mama. Sie hatte einen Schädelbruch und eine Gehirnblutung und wurde aufgesägt. GEHIRNBLUTUNG macht mir wahnsinnige Angst. Wo soll das Blut hinlaufen im Kopf, es kann ja nicht raus, vielleicht kommt es aus der Nase? Arme Mama. Ich hab mir die ganze Zeit vorgestellt, wie es ist, wenn sie stirbt. Wie die Maschine im Krankenhaus nur noch einen Ton macht, und das heißt, dass sie jetzt tot ist. Wie Oma es mir sagt und ich sehr sehr sehr weinen muss. Wie der Sarg eingegraben wird und alle haben schwarze Sachen an. Oma weint auch. Ich bin bei meinem Opa auf dem Arm, und er versucht, nicht zu weinen, weil er ein Mann ist, aber ihm laufen trotzdem die Tränen herunter. Mama ist ja sein Kind. Da weint sogar der Opa Paul. Ich habe mir genau vorgestellt, wie es ist, wenn Mama nie nie nie mehr zurückkommt. Ich dachte,

wenn ich es mir vorher ganz genau vorstelle, dann wird es nicht so schlimm, wenn es so weit ist, dann habe ich schon geübt.
Wärst du tot, würde ich es nicht merken, Papa, das wäre besser. Nein, so habe ich das nicht gemeint! Du sollst noch lange leben und Mama auch. Mama ganz besonders, ja?
Und ähem, räusper, räusper, du bist nicht gekommen, um mich zu trösten. Kinder müssen getröstet werden, wenn jemand einen schweren Unfall hatte und im Krankenaus liegt, weißt du. Vor allem von ihrem Papa. Oder?
Ach ja, könntest du mir vielleicht einen Gefallen tun? Könntest du zu deinem jüdischen Gott beten, damit er meine Mutter in Zukunft verschont und bitte in Ruhe lässt? Machst du das für mich? Weil vielleicht rede ich ja immer mit dem falschen und es gibt unseren Gott überhaupt nicht, sondern nur deinen. Bitte sag ihm, dass er schon genug angerichtet hat. Er soll mal ein bisschen nachdenken. Vielleicht hört er ja besser zu als meiner. Der sitzt glaube ich die ganze Zeit nur vor dem Fernseher, davon wird man dumm und vergisst alle wichtigen Sachen. Entschuldige bitte, lieber Gott, ich hab es nicht so gemeint, nur ein bisschen.
Ich konnte nicht mehr lachen, bis Mama operiert war und ich sie endlich besuchen durfte. Man hat die aufgesägte Stelle nicht gesehen, weil um den Kopf ein Verband gewickelt war. Ich wäre sonst bestimmt in Ohnmacht gefallen. Mama war ganz schwach und hat komische Sachen gesagt. Dass es ihr leidtut.

??????????????
Omminös.
Kapiere das nicht.
Es muss ihr doch nicht leidtun, dass sie gestolpert ist und die Treppe heruntergefallen und dass sie aufgesägt werden musste und alles. Ich darf jetzt bei Oma und Opa wohnen, weil Mama noch zur Reha musste, und Oma liebt mich und Gott über alles, aber mich noch mehr.
Mama erholt sich in der Reha und wird wieder ganz gesund. Wir haben sie in Bad Schlangenbad besucht (omminöser Name, finde ich, aber okay). Du hast es bestimmt schon gemerkt, *omminös* ist das neue Lieblingswort von Ute und mir. Es stammt von meiner Uroma. Wenn wir zum Beispiel einen Jungen an der Bushaltestelle sehen und der ist süß, dann überlegen wir zusammen, wo er hinfährt, was er für Musik hört mit seinen Kopfhörern und warum er im Sommer so einen dicken Pulli an hat. Und dann flüstert Ute mir ins Ohr: Omminöööös! Und wir lachen uns beide tot. Mama hat in Bad Schlangenbad auch die ganze Zeit gelacht, weil sie wieder ganz gesund wird. Sie hat ehrlich gesagt mehr gelacht, als es normal ist, deswegen weiß ich nicht, ob sie nicht doch ein bisschen verrückt geworden ist vom Aufsägen. Ich habe die ganze Zeit auf ihrem Schoß gesessen, und ihr Bauch ist beim Lachen hoch und runter gehüpft. Das war wie auf einem Trampolin! Vielleicht hat sie auch die Lachkrankheit.
Ich vermisse Mama WAHNSINNIG und freue mich WAHNSINNIG darauf, wenn sie zurückkommt,

wenn ich wieder ein bisschen vor ihr von der Schule nach Hause komme, und dann warte ich auf sie, weil sie mittags im Lokal arbeitet, und das ist das Schönste vom ganzen Tag, wenn sie heimkommt.
Ich gehe zu ihr in die Küche, und sie kocht, und ich rede die ganze Zeit mit ihr. Sie sagt, ich kaue ihr ein Ohr ab und dass Ohren zum Glück über Nacht nachwachsen.
Sie kann nicht so gut kochen wie Oma, aber das macht nichts.
Ich muss aufhören, also bis dann, Papa, liebe Grüße, deine Floh (Floriane).

PS Danke, dass du in der Nacht auf mich aufgepasst hast, als ich allein war. Ist nicht schlimm, dass du nicht kommen und mich trösten konntest. Mama ist ja nicht gestorben. Nur in meinen Gedanken.

PPS Wir sterben alle, warum sind wir dann überhaupt da? Wenn ich sterbe, ohne dass ich einen Hund bekommen habe, kann es ruhig jetzt gleich sein, dann braucht Gott nicht zu warten. Ist mir egal.

PPPS Ist mir nicht egal, weil Mama traurig wäre.

PPPPS Ich warte einfach, bis ich groß bin, und dann gehe ich ins Tierheim und hole mir einen Hund, den keiner haben will, nur ich.

Bad Schlangenbad

Ina, 1996

Liebe Conny,
danke für deinen lieben Brief. Wie geht es dir? So ganz ohne mich?
Hier alles bestens!
Erst einmal: Danke, dass Du meinen Eltern mit Floh hilfst! Danke!!! Wenn sie sich nichts sagen lässt und ein freches Mundwerk hat, dann ist alles in Ordnung, dann geht es ihr gut.
Und entschuldige bitte, dass ich nicht gleich zurückgeschrieben habe, ich habe viel zu tun. Der reinste Stress! Die Anwendungen. Ergotherapie, Gesprächsgruppe, Walking, Tanztherapie, Jochen …

???

Ja, Du hast richtig gelesen.
Ein Jochen.
Du bist schuld, Du hast immer gesagt, ich soll mal wieder jemanden treffen! Ein Typ ohne Haare, viel zu dünn und mit riesigen Augenringen, ein Bruce Willis für Arme.
Und jetzt?
Bitte schimpf nicht mit mir. Ich kann auch nichts dafür, dass

er so heißt. Und dass er verheiratet ist und zwei kleine Kinder hat und dass er vielleicht sterben muss, und da macht man öfter etwas, das man sich vorher nie getraut hätte, das ist wissenschaftlich erforscht. Wir wollten ja auch nur den Tatort zusammen anschauen, bei ihm, weil er einen Fernseher auf dem Zimmer hat. Besuche sind hier wie alles andere, was Spaß machen könnte, streng verboten, aber ich habe mich zu ihm geschlichen. Jochen hatte eine Flasche Wein in die Klinik geschmuggelt, absolut illegal natürlich, und ich hatte auch eine im Gepäck, du kennst mich. Was soll ich sagen, liebe Conny, die Leiche war noch nicht einmal vom Tatort abtransportiert, nicht einmal der Todeszeitpunkt war bekannt, da nahm Jochen schon meine Hand und hat sie gestreichelt. Verstehst Du das? GESTREICHELT.

Mich hat zehn Jahre lang niemand mehr berührt, außer Floh und außer dir. Babys sterben, wenn sie nicht berührt werden, und dass ich nicht auch gestorben bin, ist eigentlich ein Wunder.

Wir saßen auf seinem Bett, lehnten an der Wand und tranken Rotwein aus den Gläsern, die für das Heilwasser gedacht sind, und Jochen hat meine Hand gestreichelt, ungefähr vier Stunden lang, aber das kann eigentlich nicht sein, es kam mir nur so lange vor, denn wir haben nicht mehr mitbekommen, wer der Mörder war, weil wir auf Teufel komm raus gevögelt haben.

Jetzt bin ich nicht nur eine Kleptomanin, sondern auch so was wie eine Ehebrecherin. Fein. Was kommt als Nächstes, Conny? Serienmörderin?

Nur dass Du Bescheid weißt, dieser Tatort dauert jetzt schon über eine Woche. Wir verbringen jede freie Minute bei ihm im Zimmer, in dem schmalen Bett, wir treiben es ununterbrochen,

und wenn wir nicht mehr können, dann werde ich GESTREICHELT, stundenlang, es ist nicht normal, und einmal habe ich alles vergessen und bin so laut geworden beim Sex, dass der ganze dritte Stock davon wach geworden wäre, wenn Jochen mir nicht den Mund zugehalten hätte. Ich hab in seine Hand gebissen, er hat jetzt eine blutige Wunde, aber das stört ihn nicht, er erzählt überall herum, er wäre mit dem Korkenzieher abgerutscht. Die ganzen Kranken haben dann ein riesiges Fragezeichen in ihren Augen und einen giftgrünen Neid. Hallo? Korkenzieher???
Ach Conny. Schimpf nicht mit mir. Er ist einfach so lieb, der Jochen. Und ich mag halt die Versehrten und die Traurigen, die sich in einem reißenden Fluss an ein Stück Holz klammern. Ich kann nichts dafür.

Verstehst Du mich? Bitte verzweifle nicht an mir.

Liebe Grüße,
Deine Ina

ENDLICH

Conny, 1996

Liebe Ina,

DU HAST WOHL EINEN VOGEL.
Du spinnst jetzt wohl total. Ich schimpfe doch nicht mit Dir, ich denke doch nur: endlich, endlich, endlich!!!
Aber bitte, meine Süße, warum ausgerechnet er? Ein Jochen, das ginge ja noch, aber warum einer, der bald stirbt? Damit du ihm dann wieder zehn Jahre hinterherheulen kannst?
Wenn, dann verzweifle ich daran. Egal. Du hast dich verliebt, Du hast Sex, Du lebst und bist nicht etwa tot oder eine Mutter-Maschine (was ich schon befürchtet hatte).

Lass es Dir gut gehen. Bitte. Verheiratet, Kinder, na wenn Du meinst. Aber so ist sie halt, unsere Ina.
Ich hab Dich lieb.

Deine Conny

PS Benutzt Kondome!

Danke

Ina, 1996

Liebe Conny,

ich hab gestern an der Pforte einen Umschlag bekommen. Ich dachte, du hättest wieder geschrieben, aber es war keine Briefmarke drauf, und nur ein Zettel steckte in dem Umschlag. Ein paar Zeilen, mit einer Sauklaue geschrieben. Ich konnte sie fast nicht entziffern.

> *Liebe Ina,*
> *es gibt wieder einen Befund, und ich gehöre nach Hause.*
> *Du warst beim Kernspin, ich konnte nicht warten. Meine Frau hat mich abgeholt.*
> *Entschuldige. Ich hätte mich so gerne verabschiedet.*
> *Ich danke Dir.*
> *Danke.*
> *Wenn ich sterbe, denke ich an Dich.*
> *Pass auf Dich auf (die Treppen!).*
> *Alles Liebe,*
> *Dein Jochen*

Ich habe erst versucht, dich anzurufen, und dann

die ganze Nacht geheult. Aber jetzt ist der nächste Morgen angebrochen, draußen dämmert es, ich liege allein in meinem Bett und freue mich einfach nur noch auf Zuhause. Auf Floh. Auf dich. Sogar auf meine Eltern. Ich war so lange weg. Viel zu lange.

Liebe Grüße,
Deine Ina

My secret diary

Floriane, 1997

Hallo Papa, ich muss dir was erzählen, Mama studiert jetzt Psychologie. Sie hat sich schlecht gefühlt, als sie es mir gesagt hat, weil sie dann weniger Zeit für mich hat und ich zweimal in der Woche nach der Schule zur Oma muss. Aber sie muss sich nicht schlecht fühlen, weil ich mich riiiiiesig freue. Erstens: Ich darf öfter zu Oma. Zweitens: Ich bin stolz auf meine Mama!!! Denn sie ist schon alt und trotzdem studiert sie noch und wird Psychologin. Ist das nicht Wahnsinn? Ich lache schon den ganzen Tag, Mama auch. Sie dachte, ich mache Theater, aber das mache ich nicht, ich werde brav sein und sie lernen lassen. Also gut, immer kann ich nicht brav sein, sonst platze ich, aber meistens. Du würdest dich bestimmt auch freuen, wenn du ihr Freund wärst, weil sie auf einmal so glücklich aus der Wäsche schaut, als hätte sie Glückskekse gegessen.
Also Papa, ich weiß doch, dass Glückskekse nicht glücklich machen! Sie schmecken nur omminös.
Außerdem wird Mama nicht mehr im Lokal arbeiten, sondern an den zwei Tagen in der Woche im … Moment mal, ich muss fragen, wie das heißt.

Also, sie arbeitet im *Institut für Archivwesen*. Sie brauchen jemanden, der sich um sie kümmert, diese Archivwesen. Keine Angst, sie sind okay, nur wenn man sich nicht gut genug um sie kümmert, beißen sie. Das tut schrecklich weh, ist aber nicht tödlich. Wie bei Wespen. Nur dass Archivwesen klug sind und Wespen nicht. In der Schule darf ich ab sofort bei BERUF DER MUTTER schreiben: Studentin. Das ist jetzt ihr Beruf. Und später schreibe ich: Psychologin. Wir bekommen Geld vom Opa, damit wir uns das Studium leisten können. Er ist eben sehr sehr sehr lieb!
Ich muss jetzt schlafen, damit ich von den Archivwesen träumen kann. Dass ich sie zähme und dass sie mir gehorchen. Das wäre schön.

Tschüss, deine Floh (bald Tochter von Psychologin Doktor Ina Fux)

PS
Erstens: Mama hat keinen Freund.
Zweitens: Ich keinen Hund.
Erstens zum Glück, ich würde ihn hassen, zweitens leider.

Sweet Kitten Diary

Floh, 1998

Hallo Papa,
mein neues Tagebuch hat ein rosa Fell und Fellohren und zwei Augen mit riesig langen Wimpern und außerdem ein Schloss. Süß, gell? Mama würde nie in meinem Tagebuch lesen, sonst müsste ich sie leider erwürgen oder bei der Polizei anzeigen, sie ist immer noch auf Bewährung und wandert ins Gefängnis, wenn sie weiter klaut oder fremdes Eigentum überhaupt nur anfasst, es ist nicht leicht, eine Kriminelle als Mutter zu haben, das kann ich dir sagen. Aber sicher ist sicher, findest du nicht? Ich trage den Schlüssel an einem Kettchen um den Hals. Mama hat gesagt, ich bräuchte nicht zu denken, dass ich jetzt auch klauen dürfte, nur weil sie so blöd war, und dass sie mir einhundert Jahre Fernsehverbot und außerdem eine Tracht Prügel verpassen würde. Ich hab sie nur spöttisch angeschaut, das kann ich gut, das solltest du mal sehen, und dann hat sie gesagt, dass es nicht geht, anderen ihre Sachen wegzunehmen, weil es gemein ist und jemandem wehtut. Hm. Ich hab darüber nachgedacht. Das stimmt schon. Aber wenn es diesen Jemand gar nicht gibt?

Oder wer soll das sein, ein Herr Kaufhof oder ein Herr Tengelmann oder ein Herr Shell-Tankstelle? Ich würde trotzdem nicht klauen, ich hätte zu viel Angst. Außer der Obdachlose vor der Shell-Tankstelle würde mich anbetteln und ich hätte kein Geld. Dann würde ich vielleicht in die Tankstelle gehen und einen kleinen Jägermeister in meine Jackentasche stecken, also nur mal angenommen, meine ich. Arme Menschen machen mich einfach traurig, weißt du. Soll er ein paar schöne Minuten haben mit seinem Jägermeister. Er hat nämlich sonst nicht besonders viel Freude im Leben. Ich hab darüber nachgedacht, ob ein Snickers besser wäre oder ein Apfel, aber er hätte sich bestimmt nicht so gefreut wie über den Jägermeister.

Mama, wenn du das liest, bist du eine hinterhältige Spionin, und ich werde dir niemals wieder vertrauen können, und die Sache mit dem Jägermeister war nur ausgedacht, verstehst du? Also bitte nicht schlagen und auf keinen Fall Fernsehverbot, ich muss doch *Verbotene Liebe* weiter schauen, ich liiiiebe Jan, es ist einfach so.

Ich wollte dich eigentlich noch was fragen, Papa, ich weiß bloß nicht genau wie. Am besten einfach raus damit, das sagt Mama immer. Einfach raus damit! Also: Ich habe mit Mama den Film *Exodus* gesehen. Du kennst ihn bestimmt. Oder? Sie hatte Geburtstag und irgendwie hat sie mir leidgetan, weil sie sich mit Oma gestritten hat (mit mir auch, leider) und weil sie eine Hausarbeit für ihr Studium schreiben muss, und gestern hat sie geweint, weil die Schreib-

maschine verstopft war, es ist eine elektrische, die gerne das Papier frisst, auf das sie eigentlich schreiben soll. Sie ist sehr ungezogen, diese sogenannte Schreibmaschine. Sie bringt Mama noch in die Klapse. Und dann habe ich eben mit ihr *Exodus* angeschaut, bevor sie verrückt wird. Sie hat ihn bestimmt schon einhundert Mal gesehen, ich hab mich immer geweigert, weil er uralt und mit Paul Newman ist. Mama findet Paul Newman super! Sie sagt, er erinnert sie an dich. Du kannst das nicht sehen, aber ich verdrehe gerade extrem die Augen. Das mache ich immer, wenn Mama über dich redet, das macht sie zum Glück nicht mehr so oft, aber bei *Exodus* redet sie den ganzen Film lang über Israel, über den Kibbuz, über Politik und über dich und alles. Ich hab gesagt, Mama darf ich jetzt vielleicht mal den Film sehen, dann war sie ruhig, und dann hat sie mir wieder leidgetan. Der Film war nicht so schlimm, wie ich dachte. Er hat mir sogar ein bisschen gefallen. Wegen Dov, ein Junge, der ein KZ überlebt hat und deswegen große Probleme hat, das ist ja klar, er will zum Geheimdienst gehen, um den Staat Israel aufzubauen. Aber sie nehmen nicht jeden, sie testen Dov, ob er stark genug ist, dafür muss er schreckliche Sachen erzählen aus dem KZ und von seinen Eltern. Ich musste weinen.
Nun meine Frage. Also. Stimmt der Film? Ist alles wahr? Gab es das Schiff wirklich, die *Exodus*? Gab es Jungen wie Dov? Was ist mit ihnen passiert? Bist du wie Paul Newman? Und war Mama wie diese Amerikanerin, die Krankenschwester, die halt nichts von

Israel und allem versteht und mit der es leider nicht klappen kann, obwohl beide sich lieben?
Ich finde das sehr traurig.
Bin ich auch wie die Amerikanerin? Ich kenne dich nicht und weiß nichts von dir und nichts von Israel. Wir lieben uns, aber es kann nicht klappen.
Oder?
Tschüss, Papa.
Deine Floh (Floriane)

PS Könntest du mir nicht dieses eine Mal antworten? Und es mir erklären? Alles, meine ich. Dann könnte ich dich in Ruhe lassen und in Amerika ein glückliches Leben führen. Dann müsste ich vielleicht nicht mehr an dich denken. Ich müsste mir nicht mehr vorstellen, dass du mich siehst, dass du da bist, oder nur noch ganz selten, dass wir uns unterhalten und uns total gut verstehen. Bitte, Papa. Geh doch nur ein einziges Mal zum Briefkasten!
So stelle ich mir das immer vor. Du brauchst nur endlich zum Briefkasten zu gehen, da liegen alle meine Briefe drin. Kindisch, oder? Aber keine Sorge. In echt weiß ich ja, dass dieser Brief auch nur in meinem *Sweet Kitten Diary* zu finden ist und sonst nirgends und dass du in Wahrheit nichts über mich weißt, du bist nämlich auch ein Amerikaner, der keine Ahnung hat, nicht bloß ich, nur ist es noch schlimmer als bei dieser Krankenschwester in dem Film, sie will es wenigstens verstehen, aber dich interessiert es nicht ein Fitzelchen, was mit mir los ist, es ist für dich, als gäbe es mich gar nicht. Oder?

Es könnte auch sein, dass du den Schlüssel für den Briefkasten verloren hast. Oder dass du versucht hast, mich zu finden, aber ich bin wie vom Erdboden verschluckt, schließlich bist du kein Polizist und hast auch nicht das Geld, einen Privatdetektiv zu engagieren oder so was. Aber du hast es versucht. Oder etwa nicht? Warum nicht?
Denkst du, Mama hat es sich anders überlegt und mich abgetrieben? Da kennst du sie schlecht, du Amerikaner.
Ehrlich gesagt hat der Kibbuz auch Mamas Adresse, zumindest die alte, und das ist die Adresse von meinen Großeltern, sie heißen Fux, so wie ich, sie wohnen da immer noch, du würdest mich also ziemlich leicht finden, wenn du es wirklich versuchen würdest. Sie haben aber nie einen Brief bekommen oder ein Telegramm: SUCHE TOCHTER. STOP. NACHNAME FUX. STOP. DRINGEND. STOP. ES TUT MIR LEID. Oder einen Anruf: *Hallo, gibt es vielleicht ein Kind von einem Israeli in Ihrer Familie, der wäre dann nämlich ich, Ariel, und ich möchte dieses Kind gerne mal besuchen oder zumindest die ganzen Briefe aus den ganzen Tagebüchern lesen, die sind nämlich an mich adressiert, vielen Dank, ich will endlich meine Tochter sehen, verflixt nochmal!*
Meine Großeltern würden das nicht verheimlichen, niemals, auch wenn sie alt sind und oft komische Ansichten haben und wenn Mama sehr sehr sehr oft mit Oma streitet.
Ich verstehe es einfach nicht. Erklär es mir, bitte. Bitte, Papa.

HALLO INA

Ina, 2000

Ich gehörte zu den Ersten mit einem Handy, es war schweineteuer, und in meinem neuen Leben bezahlte ich ja ordentlich für alles, was ich mir besorgte. Aber das Handy war jede Mark wert, es beruhigte mich. Ich gab es Floh mit, wenn sie zur Nachmittagsdisko im Jugendzentrum ging oder bei Ute schlief, ihrer Freundin. Und wenn ich selbst mal unterwegs war, hatte ich es immer dabei und ließ es eingeschaltet, damit meine Tochter mich erreichen konnte. Sie war inzwischen ein Floh, der gehütet werden musste, sie sprang herum, und wenn ich nicht ständig aufpasste, entwischte sie mir. Sosehr sie immer an mir gehangen hatte und ich fast keinen Schritt tun konnte, ohne dass sie mir am Hosenbein hing, so entfernte sie sich jetzt zielstrebig von mir und meinte, sie hätte mich nicht länger nötig.

Ansonsten war sie so widerspenstig wie immer, nur schlauer. Man musste schon auf Zack sein, um mit ihr zu diskutieren. Man musste sich sehr genau überlegen, warum sie mit vierzehn noch nicht auf dieses oder jenes Punkkonzert durfte, oder warum ich wissen wollte, wo genau sie die Nacht verbrachte, welche Freundin das genau war, und dann rief ich manchmal dort an, weshalb Floh mich natürlich hasste. Noch mehr als sonst. Noch mehr, als wenn ich mich auch mal erdreistete, das Festnetztelefon zu benutzen.

Ich hätte es nie zugegeben, aber ich war erleichtert, wenn sie nicht da war. Wenn sie irgendwo untergebracht war, am liebsten bei Ute, weil die in Ordnung war und vernünftige Eltern hatte, die normal mit mir redeten. Die meisten redeten ja nicht normal mit mir, sondern als wäre bei Floh mit dem Schlimmsten zu rechnen, weil wir schließlich keine geordneten Verhältnisse hatten (ohne Vater). Das zog sich durch. Es war nicht besser geworden, seit ich nicht mehr kellnerte, sondern studierte. Ich dachte erst, mein Ansehen würde steigen, aber das stimmte nicht. Sie lächelten mitleidig, weil es ausgerechnet Psychologie war, dabei brachte ich doch noch nicht einmal mein eigenes Leben auf die Reihe, schließlich hätte ich ja sonst einen Mann gefunden in all den Jahren. Einen Mann zu finden, das musste mein Lebensziel sein oder meine Bestimmung, deswegen sperrten sie auch ihre Männer vor mir weg, sie durften sich nicht mit mir unterhalten oder bloß von Weitem winken, sonst bekamen sie ein Donnerwetter, und ich bekam Blicke, die ich nur knapp überlebte.

Utes Eltern waren anders. Sie waren einfach ganz normal. Floh war bei ihnen gut aufgehoben. Es war Samstagabend, sie würde dort übernachten, und ich konnte mir alle Folgen *Emergency Room* reinziehen, die ich mir aufgenommen hatte. Rotwein offen, Schokolade mit ganzen Nüssen vorhanden, Sofa, DVD-Player an – perfekt.

Aber mitten in der ersten Folge passierte es. Mein

Handy machte *Hit me Baby*, ich fand das lustig als SMS-Ton, es war aus einem Song von Britney Spears, nur gerade jetzt fand ich es nicht so lustig, ich drückte *Emergency Room* auf Pause.

Es musste etwas mit Floh sein. Ich wollte die SMS nicht lesen, sie konnte unmöglich etwas Gutes bedeuten. Vielleicht hatte sie Ute zu irgendwas angestiftet und wurde gerade von den Eltern rausgeschmissen? Vielleicht nahm sie Drogen? Vielleicht hatten alle normalen Leute, alle Muttis und Lehrer und alle im Supermarkt oder am Spielpatz oder bei der Ballettaufführung, vielleicht hatten sie alle recht, und ich schaffte es mit Floh einfach nicht, *so ganz ohne Vater?*

Es half alles nichts, ich schaute nach.

HALLO INA

Aha. Das war nicht Floh. Mein Handy kannte die Nummer nicht. War es jetzt so weit, und ich wurde Opfer eines Stalkers und Serienkillers, und der stand gerade schon vor meinem Haus? Auf meinem Balkon? Ich schrieb zurück.

WER BIST DU?

JOCHEN

Ich nahm einen großen Schluck Wein und steckte mir ein großes Stück Schokolade in den Mund. Das konnte jetzt nicht wahr sein.

WOHER HAST DU MEINE NUMMER?

VON DIR. DU HAST SIE MIR GEGEBEN

DAS WAR VOR 100 JAHREN

JA ICH HAB DIR GESCHRIEBEN UND DU HAST MICH ABBLITZEN LASSEN

GENAU

DU WOLLTEST KEINE EHEBRECHERIN SEIN

GENAU

ICH DACHTE, ICH VERSUCHE ES NOCH MAL

Was bildete der sich eigentlich ein? Er war der Stalker! Er ließ mich nicht in Ruhe. Was genau war daran nicht zu verstehen, dass ich nicht dazu beitragen wollte, dass eine Ehe in die Brüche ging. Und was machte seine Frau gerade, stand sie unter der Dusche, und er tippte währenddessen an seinem Handy herum, oder wie war das genau?

Und warum lebte er eigentlich noch, dieser Jochen?

Ich schenkte mir Wein nach.

MEINE EHE HAT MEINE GENESUNG NICHT ÜBERLEBT. ICH BIN SEIT DREI JAHREN REZIDIVFREI UND MEINE FRAU HAT EINE NEUE BEZIEHUNG

UND JETZT WILLST DU DICH RÄCHEN?

Wieso war ich eigentlich so kratzbürstig? Sich nach der ganzen Zeit wieder zu melden, war nicht gerade Stalking, oder? Und er war jetzt frei. Als schrieb ich noch schnell hinterher:

ICH BIN FROH, DASS DU GESUND BIST

ICH AUCH: DIE TRENNUNG IST SCHON EIN HALBES JAHR HER DA DACHTE ICH ICH KÖNNTE ES NOCHMAL BEI DIR PROBIEREN HAST DU JEMANDEN?

JA

Minuten vergingen. Am Bildschirm von meinem Fernseher das leicht verzerrte Standbild, Doctor Ross beim Hantieren mit dem Defibrillator, ein Kind lag im Sterben und musste gerettet werden.

Jetzt hatte ich es geschafft. Ich war Jochen endgültig los.

Ich war eine Vollidiotin. Hoffnungslos schrieb ich noch eine letzte SMS.

MEINE TOCHTER. SONST NIEMANDEN ;-)

DANN SOLLTEN WIR TELEFONIEREN

ICH MEINE JETZT, INA. OK?

Ich schloss die Augen. Ich drückte das Handy theatralisch an meine Brust. Ich lächelte dazu, wahrscheinlich versonnen.

Aber war das gut? Wirklich? Was bahnte sich da an? Mit Jochen? Ich riss die Augen auf. Das Ganze war über vier Jahre her. Er wohnte dreihundert Kilometer weit weg. Er hatte Kinder. Er war jetzt Mitte vierzig, praktisch ein alter Mann. Wahrscheinlich war er nicht einmal mehr hübsch. Und ich war auch nicht mehr die Gleiche. Ich klaute nicht mehr, ich war jetzt fast fertige Psychologin, alles komplett seriös und wahnsinnig langweilig. Alles war doch gut, wie es gerade war. Wieso also jetzt was riskieren, nur weil Jochen gerade getrennt war und allein an einem Samstagabend, und weil wir beide mal eine heiße Zeit hatten in einem winzigen Bett in einer Rehaklinik?

Ich wollte kein Durcheinander haben. Ich musste Floh durch ihre Pubertät bringen. Ich musste musste musste.

Neue SMS von Jochen.

?

Man konnte doch nicht immer nur müssen.

OK RUF AN

Ich wachte erst mittags auf. Mein Schädel brummte, mir war schlecht. Zu viel Wein. Fast vier Stunden reden. Am Ende war es zwei Uhr nachts gewesen.

Und, oh mein Gott, wir hatten uns verabredet. Fürs nächste Wochenende.

Ich musste nachdenken.

Bald kam Floh nach Hause. Ich musste wieder in die Spur kommen. Das ging doch nicht. Einfach so einen Mann einladen. Zu mir. Und Floh? War ich verrückt geworden?

Ja, irgendwie schon.

Ich trank zwei Tassen Kaffee und aß zwei Brote mit Rollmops und saurer Gurke, dann räumte ich auf. Die Flaschen, das Schokoladenpapier, alle Spuren dieser Nacht mussten beseitigt werden, bevor Floh hereinschneite. Sie durfte nichts merken. Ich spülte ab, ich putzte das Bad. Wie eine Bekloppte schleppte ich mich mit Eimer, Schrubber und Staublappen von Zimmer zu Zimmer. Ich war erst zufrieden, als die ganze Wohnung glänzte wie neu. Dann, endlich, legte ich mich aufs Sofa, vollkommen erschöpft, und machte *Emergency Room* an. Aber ich bekam nichts mit, das ganze Intubieren und Defibrillieren und Doctor Ross waren mir völlig egal, ich war mit den Gedanken woanders. Ich konnte nicht fernsehen, ich konnte nicht vernünftig überlegen, ich konnte nur an Jochen denken. Ans nächste Wochenende. Das war viel zu bald. Ich brauchte Zeit. Ich brauchte einen Plan.

Als Floh später kam und relativ gut gelaunt *Hallo* sagte und dann in ihrem Zimmer verschwand, da wurde ich wieder etwas klarer im Kopf, da funktionierte mein Hirn wieder, und ich schrieb Jochen eine Nachricht.

FOLGENDES ZUM NÄCHSTEN WOCHENENDE

1. DU KANNST NICHT BEI MIR ÜBERNACHTEN, DU MUSST IN EIN HOTEL. WEGEN FLOH

2. ICH KANN AUCH NICHT BEI DIR IM HOTEL ÜBERNACHTEN ICH KANN ÜBERHAUPT NICHT LANGE BLEIBEN WEGEN FLOH

3. SIE DARF NICHTS MERKEN

4. DESWEGEN WIRD DAS AUCH KEINE BEZIEHUNG ODER SO

5. UND FÜR SEX GIBT ES AUCH KEINE GARANTIE

6. UND 7. UND 8. FOLGEN NOCH

Jetzt war ich beruhigt. Jochen würde nach dieser Liste die Schnauze voll haben und gar nicht erst kommen. Das war klug eingefädelt von mir. Ich ließ mir doch nicht mein Leben umkrempeln.

Besser, man stellte gleich ein paar Dinge klar. Besser, ich weckte keine falschen Hoffnungen. Besser, ich machte erst gar keine große Sache aus vier Stunden Reden. Das war ja schön und gut, aber das wirkliche Leben war nun mal kein Ponyhof und kein Telefonat in der Nacht. Im wirklichen Leben gab es so jemanden wie Jochen gar nicht.

Er war wirklich gesund.

War das schön gewesen, einfach nur zu reden.

Nach all der Zeit.

Jochen.

Hit me Baby. Das Handy. Eine neue SMS.

GANZ SCHÖN VIELE BEDINGUNGEN

So, das war es dann also. Ich hatte ihn verschreckt. Vertrieben. Jetzt nicht antworten, und die Sache war erledigt. Puh, aus der Nummer war ich noch einmal rausgekommen. Ich würde jetzt in die Küche gehen und das Abendessen kochen. Floh hatte bestimmt Hunger. Ich würde die Chicken Wings machen und einen Salat. Wir würden es uns gemütlich machen, Floh und ich. Vielleicht zusammen den *Tatort* anschauen.

GEHEN ALLE IN ORDNUNG

😃

WEISST DU EIN HOTEL IN DER NÄHE?

BURGHOTEL. ODER GRANDHOTEL, FALLS DU IM LOTTO GEWONNEN HAST

HAB ICH. DANN BIS FREITAG MÄUSEZÄHNCHEN

HEY JOE. BIS FREITAG

Poppy Bubble

Floriane, 2000

Hallo Papa,
ich habe ein neues Tagebuch, ein Paperblank, es ist das zwölfte. Mama hat es mir zum Geburtstag geschenkt, sie weiß ja, dass ich immer Nachschub brauche. Ich bin vierzehn geworden und glaube, es wird mein letztes Tagebuch sein. Der Zauber wirkt nicht mehr, weißt du. Auf einmal liegt da vor mir nur noch ein Notizbuch, nichts weiter, gebundenes Papier mit einem Umschlagmuster namens *Poppy Bubble*, so steht es vorne drin. Ich kann noch so suchen zwischen den Seiten, du bist nicht da. Du liest nichts von allem, du antwortest nicht. Kein einziger Brief ist wirklich bei dir angekommen. Oder hast du etwa doch noch einen in deinem Briefkasten gefunden? Würde mich wundern. Obwohl ich es mir so oft vorgestellt und so sehr gewünscht habe, dass du zum Briefkasten gehst und meinen Brief findest und ihn sofort aufreißt und ihn sofort liest, noch auf dem Weg zurück ins Haus. Was man sich als dummes Kind nicht alles wünscht. Bei jeder Sternschnuppe, es waren insgesamt neun, aber nicht ein einziger Wunsch ist in Erfüllung gegangen. Du bist

bloß ein fremder Mann, ein Mann in einem Kibbuz in Israel. Mehr nicht. Mein Erzeuger. Das war vor vierzehn Jahren, das ist so lange her, das gilt schon nicht mehr. Wir bekommen seit zwei Jahren vom Jugendamt keinen Unterhalt mehr, und der Kibbuz zahlt auch nicht. Mama will nicht vor Gericht gehen, sie will die Unterlagen nicht übersetzen lassen, sie will nichts machen, sie sagt, sie verdient jetzt ihr eigenes Geld. Sie ist übrigens wirklich Psychologin geworden. Sie hat gar nicht so lange gebraucht, aber die Professorin von der Uni hat zu ihr gesagt, sie würde die Statistik versauen, weil sie ein Semester länger studiert hätte und eineinhalb Noten unter dem Durchschnitt wäre. Soll die doch erstmal studieren mit einem Kind, aber ohne Mann und ohne Unterhalt, die blöde Kuh. Meiner Mutter ist so was egal. Sie ist schon sehr cool, wenn sie nicht gerade in der Wohnung anwesend ist und mich zu Tode nervt. Sie arbeitet jetzt in einem Heim und kümmert sich um gestörte Kinder. Die Kinder gehen noch, obwohl sie schlagen und beißen und alles. Mama kommt manchmal mit blauen Flecken heim, echt, die wirkliche Katastrophe sind aber die Eltern. Es ist ein Wunder, dass Mama den Job bekommen hat, und weißt du, wie? Sie hat geschummelt. Sie hat *ledig* und *eine Tochter* aus ihrem Lebenslauf gestrichen. Sie ist jetzt *alleinstehend* und ob sie Kinder hat, das *geht niemanden was an, verdammt,* hat sie gesagt.
Wiederholung: Meine Mutter ist kriminell. Jetzt fälscht sie schon ihren Lebenslauf. Sie haben es später natürlich gemerkt, wegen der Steuer glaube

ich, aber da hatte sie schon angefangen, und bis jetzt haben sie ihr noch nicht gekündigt. Ich habe Angst, dass sie sie rausschmeißen. Sogar Conny ist auf einmal arbeitslos. Und ausgerechnet Mama und ich haben jetzt die schlimmsten Geldsorgen los, wir haben nur noch ganz normale Geldsorgen wie jeder andere auch, von den Reichen mal abgesehen, so ist halt Kapitalismus. Und im Osten gibt es »national befreite Zonen«, das musst du dir mal vorstellen. Mein Land ist im Arsch, Papa, wie sieht es bei dir aus?

Entschuldige, deine Tochter verwendet Ausdrücke. Hättest du sie mal besser erzogen, was?

Mama hat sich vom ersten Gehalt eine uncoole Jeans gekauft und sich total gefreut. Und sie hat Conny zum Essen eingeladen, ich musste auch mit. Sie haben sich betrunken, das nervt gewaltig, wenn sie im Lokal herumschreien und kichern, haha.

Mama hat erzählt, dass die Jugendlichen bei euch mit vierzehn ins Jugendhaus ziehen. Sie wohnen nicht mehr daheim, sie kommen zu den Eltern nur noch zu Besuch und gehen dann wieder. Das ist auf jeden Fall besser.

Ich habe beschlossen, als Aktivistin zu leben.

Das kannst du ruhig ernst nehmen und nicht so bescheuert grinsen wie alle anderen. Dieses spießige deutsche Leben, das ist nichts für mich, das ist bloß der Boden, auf dem der Faschismus wächst, übrigens ist das Verbot der NPD gescheitert, und der Verfassungsschutz ist schuld. Ich bin jetzt bei der Antifa, das ist ja wohl klar. Manchmal wünsche ich mir, ich

würde in einem Kibbuz leben, wo allen alles gehört und alle gemeinsam arbeiten, sechs Stunden am Tag, ohne Ausbeutung, aber da werden wohl noch viele Sternschnuppen dafür draufgehen. Ich kann nicht mal für ein Jahr als Freiwillige kommen, so wie Mama damals, ich könnte nicht mit dir in einem Land sein, ich würde verrückt werden und irgendwann vor deiner Tür stehen. Mama hat außerdem gesagt, du hast ein Recht auf dein Leben. Komisch, oder?
Manchmal höre ich auf sie, meistens nicht.
Gestern haben wir furchtbar gestritten, und ich hab gesagt, ich verstehe nicht, warum sie nicht endlich den Unterhalt einklagt und warum sie dich immer noch verteidigt und warum der ganze Israel-Kram und alles immer noch so wichtig ist, jedes Foto, jeder Zettel, jedes Ticket, alles, das nervt gewaltig, sie soll doch mal lieber hier in der Realität ankommen und sich umsehen, was alles abgeht. Da ist es doch egal, was vor vierzehn Jahren mal war und welcher Wichser mich irgendwann gezeugt hat. Sie stand da, hat nichts geantwortet, gar nichts, sie hat nicht mal geatmet, sie hat mich nur angestarrt. Als hätte ich etwas vollkommen Absurdes gesagt, etwas so Verrücktes, dass sie mich wahrscheinlich demnächst in die Klapse bringen muss. Als ich mich umgedreht hab, weil ich diesen Blick echt nicht länger ertragen konnte, hat sie ganz ruhig zu meinem Rücken gesagt: *Israel wird immer in mir sein. Ich hatte dort die beste Zeit meines Lebens.*
Komisch, oder?

Leider bin ich dann erst richtig wütend geworden. Ich weiß nicht, warum. Ich werde manchmal so wütend, dass ich komplett ausflippe. Ich hab sie angeschrien, dass ich ganz genau weiß, dass es ihr lieber wäre, sie hätte mich abgetrieben.
Das war sehr gemein, glaube ich.
Wiederholung: Ich bin ein gemeiner Mensch.
Mama hat mir sofort eine geknallt. Krass, oder?
Ich bin in mein Zimmer gerannt und hab geheult und sie gehasst. Meine Backe hat gebrannt. Aber als ich mit dem Hassen fertig war, habe ich mich schrecklich geschämt. Das ist der schlimmste Moment, weißt du, wenn die Wut aufhört und ich merke, was ich gemacht habe. Ich bin gemein, obwohl ich es nicht will. Ich habe mich so geschämt, dass ich nicht mehr leben wollte. Abends ist sie irgendwann in mein Zimmer gekommen und hat gemeint: *Es tut mir leid, Floh.* Erst dann wollte ich wieder leben. Sie hat dann noch eine seltsame Rede gehalten, wie eine Politikerin in einer Staatskrise, und die ging ungefähr so: *Das war die erste und – versprochen – die letzte Ohrfeige, die du von mir gekriegt hast. Aber du hattest sie leider wirklich verdient. Es wäre mir nämlich nicht lieber, ich hätte dich abgetrieben, auch wenn du das so genau weißt, im Gegenteil. Ich bin sehr froh, dass es dich gibt. Du bist das Allerbeste in meinem Leben. In Israel hätte ich so oder so nicht bleiben können. Israel ist nämlich kein Auffanglager für junge Deutsche, die Stress mit ihren Eltern haben und die gerade nicht wissen, was sie mit sich anfangen sollen. Israel ist der einzige Staat auf der Welt, in dem Juden sicher vor Verfolgung sind.*

Ich bin aufgestanden, und wir haben uns umarmt. Ich konnte nichts sagen. Mama weiß sowieso, wenn es mir leidtut. Sie ist wirklich sehr cool. Sie ist die Beste. Wenn sie nicht gerade ANWESEND ist.

Siehst du, jetzt hast du mich doch wieder so weit gebracht. Der Zauber wirkt noch. Vielleicht muss ich dieses Tagebuch noch vollschreiben. Aber nicht noch eins, ich schwöre. Ich kann doch mit zwanzig oder dreißig keine blöden Briefe mehr an meinen PHANTOMPAPA schreiben.
Wenn ich fertig bin, verbrenne ich alles und lass dich für immer in Ruhe. Okay? Für alle Zeiten.
Bis dahin erst einmal Danke fürs Zuhören. Danke für deine guten Ratschläge und dass du mich getröstet hast und immer für mich da warst. Dass du zu meinen Ballettprüfungen gekommen bist, das war wirklich toll, weil es ja wahnsinnig weit ist für dich. Man braucht einhundert Jahre von Israel nach Deutschland. Was würde ich bloß ohne dich machen, Papa?

Danke für GAR NICHTS.

Liebe Grüße, deine Floh

Ariel Schalom

Ina, 2001

Ich klopfte an Flohs Zimmertür. Mit diesem Ziehen im Bauch, dieser Unruhe in mir. Ich wusste nicht, wie sie es aufnehmen würde. Wieder Streiterei und Geschrei? War sie alt genug? Oder mutete ich ihr zu viel zu? Immer diese Fragen. Ich musste ja doch für mich allein entscheiden und konnte nur hoffen, nicht ganz danebenzuliegen

»Ja?«

Ich öffnete die Tür. Wie immer lag sie auf dem Bett, das schnurlose Telefon neben sich, umgeben von Knabberzeug, leeren Tüten, Taschentüchern, gebrauchtem Geschirr und unendlich vielen Klamotten. Ich ließ sie inzwischen damit in Ruhe. Ich hatte keine Lust auf die unnützen Kämpfe um ein bisschen Ordnung. Nur die wichtigen, die musste ich ausfechten, und das waren immer noch zu viele.

»Darf ich dich was fragen?«, sagte ich.

»Muss ich aufstehen?«

»Nein. Kann ich mich zu dir setzen?«

Sie schaute mich skeptisch an.

»Du hast nichts angestellt, keine Angst.« Ich lachte, es kam mir künstlich vor. Floh blieb trotzdem gnädig mit mir, kein Stöhnen oder Augenverdrehen heute.

»Also?«, fragte sie nur.

»Also, ich hab doch Internet in der Arbeit. Und ich hab mal ein bisschen recherchiert. Ich wollte wissen, was der Phantompapa so macht.«

Es sollte lustig klingen. Floh lachte nicht.

»Und?«, fragte sie. »Was macht er?«

»Ich würde es dir gerne zeigen. Kannst du mich in der Arbeit besuchen?«

»Weiß nicht. Wann?«

»Morgen?«

»Kannst du es mir nicht einfach sagen?«

»Du könntest sehen, wie er jetzt aussieht.«

Sie setzte sich auf. »Wirklich?«

»Wirklich. Ich dachte, du bist vielleicht neugierig.«

Sie schaute zum Fenster. Da war Himmel zu sehen, sonst nichts. Sie strich sich durch die blauen Haare. Haare färben sei okay, hatte ich ihr gesagt, Piercing oder Tattoos erst mit achtzehn. Wir hatten wieder einen heftigen Streit gehabt mit Anschreien, Türenknallen und Weglaufen, volles Programm, aber ich war hart geblieben. Alles, was reversibel ist: Ja. Alles, was nicht mehr weggeht: Nein.

»Was denkst du?«, fragte ich.

Sie sah mich an. Linke Augenbraue oben. *Wie hübsch sie ist,* dachte ich. Wenn sie sich doch nur anders herrichten würde, nicht immer diese schwarzen, unförmigen Kapuzenpullover, die schwarze, immer gleiche Jeans, der schreckliche Kajalstift. Nicht diese blauen Haare, dafür eine richtige Frisur.

Dabei hatte ich mir geschworen, anders zu sein. Toleranter, verständnisvoller. Wenigstens hielt ich meinen Mund.

»Ich komme, ich will das Phantom sehen«, sagte sie und legte sich wieder hin. Sie griff in die volle Tüte Chips und nahm sich ihr Buch zur Hand. Hermann Hesse. *Siddharta*. Gespräch beendet.

Ich klatschte ihr auf den Hintern, einfach weil ich Lust dazu hatte.

»Aua!«

Dann ging ich hinaus.

»Tschüss«, sagte Floh noch eigenartig versöhnlich und hob kurz die Hand, ohne sich zu mir umzusehen. Nur eine Hand, die in meine Richtung wedelte. Sie war schon sonderbar, meine Tochter. Sonderbar freundlich.

Sie kam nach Feierabend, ich hatte meinem Chef Bescheid gegeben. Wir durften das Büro und den Computer benutzen. Ich zeigte ihr zuerst, wie das Ganze funktionierte. Dass man Geduld brauchte. Es dauerte einfach, bis die Seiten sich aufbauten. Manchmal gab es Unterbrechungen, alles war weg, und man fing von vorne an. Das Modem machte geheimnisvolle Weltall-Geräusche.

»Einen Tee?«, fragte ich.

Sie nickte.

Und dann saßen wir vor dem Bildschirm. Ich wusste, wo ich suchen musste, und die Seite wurde geladen. Floh schüttete löffelweise Zucker in ihren Tee. Und kam dann ganz nah an den Bildschirm heran, die Augen weit geöffnet, sie sah aus, als wollte sie den Monitor in sich aufsaugen.

Es war die Seite einer Kibbuzvereinigung mit einem Link zu den Kibbuzim, die schon Webseiten hatten. Ariel war jetzt im Kibbuzrat. Floh starrte auf seinen Namen, Ariel Levi, und auf ein winziges Foto. In dieser Größe war nichts darauf zu erkennen außer vielleicht ein Mann, irgendein Mann in einem weißen Hemd.

»Ist er das?«, fragte Floh.

»Ja. Ich kann es anklicken.«

»Mach schon.«

Fotos dauerten besonders lange. Das Bild baute sich von unten auf, zuerst erschien das Hemd, leicht zerknittert, oben zwei Knöpfe offen. Haut mit dunklem, leicht gekräuseltem Haar. Ein Stück Hals. Floh knetete an ihren Fingern herum. Sie trank vom Tee und schluckte laut. Kurz sah sie mich an.

Manchmal war sie noch so klein, war sie noch mein kleiner Pipifloh, und ich bekam Angst um sie.

Jetzt ging es voran, Zeile um Zeile, Pixel um Pixel. Ich rutschte mit meinem Stuhl etwas weg, damit Floh mehr Platz hatte und noch besser an den Bildschirm herankonnte.

Ariel hatte ein bisschen zugelegt, er war stämmiger geworden, und er hatte weniger Haare, der Ansatz wich an der Stirn zurück. Er war noch immer hübsch. Sehr sehr sehr hübsch, würde Floh wohl sagen. Aber das war es nicht, was mich in den Bann zog auf diesem Foto. Es war, wie nett er aussah. Wie wahnsinnig freundlich. Er blickte direkt in die Kamera, die anderen Ratsmitglieder um ihn herum, und er lächelte. Ein entspanntes, zufriedenes Lächeln. Ein glücklicher Mann. Sich der Verantwortung bewusst, die er zu tragen hatte für seine Gemeinschaft. Doch zugleich dieses Lächeln, diese Zuversicht im Gesicht. Ein Mann, der dort richtig war, wo er lebte. Ein echter Kibbuznik, braun gebrannt, es fehlten nur noch ein Spaten oder ein Traktor oder irgendein Werkzeug für die Bewässerungsanlage. Man wollte ihn sofort zum Freund haben, diesen Mann. Oder zum Vater. Arme Floh. Er blieb so fern, dieser freundliche Mensch, was waren da ein paar Pixel auf einem Bildschirm.

»Mein Phantompapa hat meine Augen«, sagte sie.

»Ja, offensichtlich.«

»Er ist ganz schön dick.« Sie lachte. »Sieht aber nett aus, oder?«

»Ja, ziemlich.«

Sie starrte auf den Bildschirm. Konnte sich gar nicht lösen. Wir saßen da, am Schreibtisch in diesem Büro, der Tee wurde kalt.

»Es gibt noch mehr. Bist du bereit?«

»Also Mama, ob ich bereit bin? Geht es zu einer Hinrichtung oder wie?«

»Bist du?«

»Ich bin bereit, Sir.« Sie setzte sich gerade hin und richtete sich gespielt die Haare. »Gut so?«

Wir lachten, und ich klickte auf ein Wort in hebräischen Buchstaben, ganz unten auf der Seite. Ich war nur durch Zufall darauf gekommen. Es war ein Link zu einem Stammbaum. Ariels Stammbaum. Er war unvollständig, es gab Lücken und Fragezeichen, die Familie war weit verzweigt und reichte bis ins neunzehnte

Jahrhundert zurück. Bei den Namen standen Geburtsdaten, Todestage, Wohnorte, zum Teil Berufe. Jemand musste umfangreich recherchiert und diesen Stammbaum erstellt und hier veröffentlicht haben. Ob es Ariel war? Manchmal waren Dokumente vorhanden, die man anklicken und ansehen konnte, eine Heiratsurkunde, der Kaufvertrag zum Erwerb eines Ladens, eine Ernennungsurkunde der Gemeinde. Gab es Fotos, konnte man sie ebenfalls aufrufen, das dauerte dann wieder, man musste Geduld haben.

Floh war ganz still. Sie spürte es bestimmt auch, das Unheimliche, das von diesem Stammbaum ausging. Etwas Düsteres, Unbestimmtes. Berlin, Neustadt an der Saale, Siegen, Amersfoort, Leeuwarden, Amsterdam. Die Städte und kleineren Gemeinden lagen allesamt in Deutschland oder in den Niederlanden. Europäische Juden. Noch bevor man den Gedanken fertig im Kopf hatte, wusste man es. Bevor es ins Bewusstsein drang, war es schon da. Es war in meinem Bauch zu Hause, dieses Wissen, im Rückenmark, in den Armen und Beinen, in den Adern und Muskeln.

Floh ging es auch so, ich sah es ihr an. Sie atmete kaum.

»Kann ich?«, fragte sie, und ich überließ ihr die Maus.

Sie ging geduldig und akribisch vor. Sie fing bei Eli Levi an, der Sarah Lieberman geheiratet hatte, man sah die beiden nebeneinander stehen, ernst, fein gemacht, sie mit Hut, er mit Taschenuhr, vor den Schaufensterscheiben eines Ladens, der ihrer war, ihr eigenes Geschäft. Was sie wohl verkauften? Ich glaubte, ihren

Stolz in ihren Gesichtern ablesen zu können, war mir aber nicht sicher.

Floh klickte einen Namen nach dem anderen an. Dokumente, Fotos. Über eine Stunde verging, in der sie nichts sagte. Ich machte mir Sorgen, wollte sie aber auch nicht stören. Sie war fünfzehn. War es nicht zu viel? Ich schaute alles mit an, ein zweites Mal, auch ich hatte mich verloren in den Namen, Links, Gesichtern, wusste irgendwann nicht mehr, was genau welche Generation war, wie die Verwandtschaftsverhältnisse, wie alles zusammenhing, so eine Flut an Bildern und Informationen war das. All die Menschen, die ich nicht kannte, die mich anblickten von vergilbten Fotos, teils steif und gestellt, wie die Bilder damals nun einmal aufgenommen wurden, die Mädchen mit schwarzen Zöpfen, weißen Kleidchen und dunklen Augen, die Jungen in kurzen Hosen, einer fröhlich grinsend, einer mit hellem, einer mit mühsam gezähmtem, lockigem Haar, die meisten irgendwie ehrfürchtig, vielleicht vor der eigentümlichen Technik oder der Autorität des Fotografen, der diese Technik beherrschte.

»Mama?«, sagte Floh irgendwann mit belegter Stimme.

»Ja?«

»Es ist schrecklich.«

Ja, das war es. *Murdered in the Shoa.* Leah, Sarah, Vincent, Jaron, Samuel, Anna, Selma, Esther und so fort und so fort. Namen, Orte, Namen. *Died in Mauthausen, died in Sobibor, died in Majdanek.* Und natürlich Auschwitz, immer wieder Auschwitz.

Über vierzig von Ariels Vorfahren waren ermordet

worden. Großtanten, Großeltern, Tanten und Onkel, Kleinkinder, Schulkinder, Jugendliche, Männer, Frauen. Ein Rabbi. Eine Lehrerin. Ein Ladenbesitzer. Es gab eine Familie mit fünf Kindern. Geboren 1930, 1933, 1936, 1937 und 1940. Cousins und Cousinen von Ariels Vater. Sie starben am selben Tag wie ihre Mutter im Jahr 1943. Der Vater sieben Monate später. Alle in Auschwitz.

Daten, Namen, Wohnorte. Gesichter.

Nur vier überlebten die Shoa, ganze vier Menschen. Der eine war Ariels Vater, Jakob Levi, geboren 1929 in Berlin, er bekam später im Kibbuz vier Kinder mit Martha Petruk, Ariels Mutter, geboren 1934 in Minsk, Belarus. Bis auf Martha und ihre Schwester Ruth wurde auch die Familie Petruk ausgelöscht.

Die vierte Person, die überlebt hatte, war Rebecca Levi, geborene Feinberg, Ariels Großmutter. Sie war in Auschwitz gewesen, sie hatte eine Nummer eintätowiert bekommen. Ihr Mann und zwei ihrer Kinder wurden ermordet, alle am selben Tag. Sie musste die Kräftigste gewesen sein oder irgendeinen anderen »Verwendungszweck« gehabt haben. Ihr ältestes Kind, Jakob Levi, Ariels Vater, überlebte in England.

Ich deutete auf Rebeccas Namen auf dem Monitor.

»Ich kenne sie«, sagte ich.

Floh fuhr auf. »Was?«

»Sie lebte im Kibbuz. Alle fanden sie seltsam. Sie war dabei, als sie mir sagten, dass ich nicht bleiben kann. Trotzdem war sie nett zu mir. Trotz allem, stell dir vor. Eine alte Frau. Ariels Großmutter.«

Floh legte ihren Kopf auf den Schreibtisch. Es war genug. Ich legte meine Hand auf ihren Rücken. Sie lehnte sich an mich. Ich zog sie hoch und umarmte sie. Ihr Atem war heiß an meiner Schulter.

»Weißt du, ich dachte damals, mit neunzehn, ich kann etwas wiedergutmachen«, sagte ich. »Als Freiwillige im Kibbuz. Als Deutsche. Aber wie soll das gehen? Es ist unmöglich.«

Sie nickte stumm.

»Das Einzige, was ich wirklich tun kann, ist Ariel in Ruhe zu lassen. Mehr nicht. Dass er sein Leben leben kann in seinem Kibbuz, mit seiner Familie. Unbehelligt, verstehst du? Auch wenn es hart für dich war.«

»Du wusstest die ganze Zeit, wo er war? Seine Adresse?«

»Ich wollte es dir nicht sagen. Ich wollte nicht vor Gericht gehen. Ich werde niemals gegen den Kibbuz klagen. Ich will, dass du das verstehst.«

»Ich verstehe es«, sagte sie. Fast ein wenig zu vernünftig.

»Du darfst trotzdem wütend sein. Du bist auch sein Kind. Aber wenn du es verstehst, ist es leichter, glaube ich.«

Sie nickte und putzte sich die Nase. »Ich hab ihm geschrieben. In meinem Tagebuch. Ich habe neun Bücher an ihn vollgeschrieben.«

»Das wusste ich nicht.« Ihr Bekenntnis traf mich hart. Floh und all die Tagebücher. Lauter Briefe. Ich wollte nicht weinen. Ich musste mich zusammenreißen, für Floh. Ich umarmte sie noch einmal. »Mein armer, kleiner Pipifloh«, sagte ich.

»Mama!« Sie drückte mich weg. »Hast du wirklich nie drin gelesen?«

»In deinen Tagebüchern? Nie.«

»Wow«, sagte sie. »Zum Glück.«

Wir nahmen unsere Jacken und Taschen. Machten das Licht im Büro aus. Im Flur hörten wir eines der Kinder weinen.

Poppy Bubble

Floh, 2001

Hallo Papa,
es ist so weit. Das ist mein letzter Brief an dich. Ich weiß jetzt alles. Ich habe endlich alles verstanden. Mama hat mir deinen Stammbaum im Internet gezeigt. Endlich habe ich auch ein Foto von dir gesehen! Du solltest dich gesünder ernähren, ehrlich gesagt. Nicht so viel Fleisch, Papa!
Aber du siehst sehr nett aus, so nett, wie du wahrscheinlich wirklich bist. Trotzdem kann es leider nicht klappen mit uns, mit Vater und Tochter, dass wir uns kennen lernen und uns aussprechen und alles was in Filmen halt so vorkommt, aber in echt sehr selten passiert.
Heute erzähle ich dir nichts mehr über mein Leben. Du musst ab jetzt ohne meine Geschichten auskommen. Schade, gell? Ähem, räusper, räusper, so schade wird es für dich auch wieder nicht sein. Also, ich will mich verabschieden. Das gehört sich so, oder? Mama hat sich viel Mühe gegeben, dass ich weiß, was sich gehört. Leider vergesse ich es oft. Oder Gott sei Dank.
Komisch, dass ich nie auf die Idee gekommen bin,

oder? Oder ich WOLLTE nicht drauf kommen, ich WOLLTE nicht, dass es so ist. Und du hast es mir ja auch ziemlich einfach gemacht, finde ich. Dein Name, Schalom, das ist schließlich ein hebräischer Name. Das bedeutet Frieden, ich glaube, das weiß jeder. Ich dachte, du bist einfach nur ein Israeli, der Schalom heißt. Ich wusste nicht, dass ihr eure Namen ändert, zum Beispiel wenn ihr in einen Kibbuz eintretet. Ich wusste nicht, dass viele Einwanderer sich in Palästina hebräische Namen gegeben haben. Ich wusste nicht, dass die Familie deines Vaters Friedman hieß, und was dieser Familie alles passiert ist und den Petruks, der Familie deiner Mutter. Dabei wäre es so einfach gewesen. Nur ein bisschen nachdenken, Floriane! Das kann man schon verlangen, oder? Wir haben doch alles in der Schule durchgenommen. Ich habe sogar ein Referat gehalten, über das Buch von Judith Kerr *Als Hitler das rosa Kaninchen stahl*. Ehrlich gesagt, ich fand es langweilig. Wenn ich daran denke, schäme ich mich. Es war nur irgendein Roman für mich. Und ich muss so oft an alles denken.
Später habe ich *Das Mädchenorchester von Auschwitz* gelesen, da war ich zwölf. Es war nicht langweilig, es war schlimm, ich habe geweint, ich habe nicht verstanden, dass das wahr sein kann, ich wollte fast nicht mehr leben, weil es nun einmal wirklich so passiert ist. Mama musste mich viel trösten, Oma auch. Ich habe auch die ganzen Bücher von Leon Uris gelesen. Alle. Ich hatte Albträume davon. Einer war so: Ich wurde in einem Krankenhaus auf einen

Tisch geschnallt und sollte nie Kinder bekommen. Sie hatten ein Röntgengerät dafür. Ich hab so geschrien und so gebettelt, ich will doch unbedingt Kinder bekommen, Papa, weißt du das schon? Unbedingt. Aber die Schwestern waren ganz kalt in meinem Traum, es war ihnen egal, sie haben die Gurte noch fester gezogen, dann bin ich aufgewacht und war klitschnass geschwitzt und hab geweint. Ich weine immer noch sehr leicht, also mach dir keine Sorgen bitte. Aber es war mein schlimmster Albtraum, und ich hab mein ganzes Leben schon welche. Vampire, Zombies, Nazis, alles dabei, aber diese Schwestern mit ihrem Röntgengerät, die waren das Krasseste.

Mama hat gesagt, Leon Uris wäre Kitsch und dass es in Wirklichkeit viel schlimmer war. Was??? Noch schlimmer??? Wie geht das?

Und wieso bin ich nie drauf gekommen, dass das Ganze was mit dir zu tun haben könnte, Papa? Hallo? Mein Vater, ein Jude?

Aber dann wollte ich alles wissen. ALLES, verstehst du. Auch das Allerschlimmste und Grausamste. Ich dachte, wenn ich alles weiß, dann habe ich es vielleicht hinter mir und kann vielleicht irgendwann wieder lachen und normale Sachen machen wie shoppen gehen.

Falsch gedacht.

Ich muss die ganze Zeit an deine Oma denken. Das war meine Uroma. Sie war sogar noch nett zu Mama. Warum? Meine andere Uroma, Jane, die kannte ich noch. Ich hab dir von ihr erzählt, weißt du noch?

Ich hab sie gern gemocht. Sie ist so alt geworden wie kein anderer Mensch. Und sie war echt verrückt übrigens.
Siehst du, ich hab schon wieder zu viele Gedanken im Kopf.
Deine Oma, ich wollte wissen, was sie erlebt hat. Und die anderen Friedmans und Petruks. In A. Ich kann das Wort nicht ausschreiben. Es ist zu schrecklich, Papa. Manche Wörter kann man nicht schreiben. Ich habe mir *Shoa* angeschaut, den Film. Kennst du ihn? Er dauert neun Stunden. Ich habe zwei Nächte gebraucht. Mama kam mitten in der Nacht rein und meinte: *Schlaf endlich mal, du hast schon viereckige Augen.* Sie stand in der Tür, in ihrem weißen Schlaf-T-Shirt und mit den Haaren kreuz und quer, wie ein Gespenst. Es war komisch. Es kam mir vor, als hätte ich sie wahnsinnig lange nicht gesehen. Sie war so ganz fremd und gar nicht meine Mama in dem Moment. Sie war irgendwer aus einer anderen Welt. Ich konnte nicht mit ihr sprechen, sie stammte aus einem anderen Leben. Sie sollte rausgehen und schlafen und weg sein. Ich wollte weiter den Film anschauen, immer weiter, er war noch nicht zu Ende. Er konnte auch gar nicht zu Ende gehen, nie, er ist unendlich, der Film, er kann nicht aufhören, er muss für immer weiterlaufen.
»Was ist denn los?«, hat Mama gefragt. Ich konnte keine Antwort geben, ich war ganz starr, sie kam einen Schritt zu mir ins Zimmer rein, ich wollte es nicht, ich wollte zurück zu dem Film, ich wollte doch das Allerschlimmste wissen, ich wollte den

Boden, den Grund erreichen in einem ganz tiefen Meer, wo es immer dunkler und kälter wird, aber ich war noch nicht unten, noch lange nicht.
Meine Augen brannten.
»Mama, bitte lass mich«, brachte ich nur heraus, mit so einer kratzigen Stimme, als hätte ich wahnsinnig lang nichts geredet, mein Mund war total trocken, meine Zunge schwer und klebrig.
Dann hab ich auf den Bildschirm von meinem kleinen Fernseher gedeutet und irgendwie gekrächzt: »Nur noch eine halbe Stunde.«
»Du musst dir das nicht antun, Floh«, hat meine Mutter gesagt und sehr sehr sehr traurig geschaut. Ich hasse es, wenn sie so schaut, echt, ich halte es nicht aus, ich könnte sie umbringen. Ich hab nur »Mama!« gesagt, in so einem Ton, dass sie weiß, dass sie jetzt abhauen soll.
»Morgen erzählst du es mir, ja?«, hat sie noch gesagt, und das war irgendwie lieb, weil sie ja ganz genau weiß, dass ich ihr nie besonders viel erzähle, und über den Film würde ich schon gar nicht mit ihr sprechen. Man kann nicht über alles reden, es geht nicht, Papa. Bitte zwing deine Kinder nicht, über alles zu reden. Das ist tödlich.
Ich werde den Friseur nicht vergessen, er hat gesprochen, während er einem Mann die Haare geschnitten hat, in seinem Salon in Tel Aviv, und ich habe sein Gesicht gesehen, voller Qual. Ich kann dir nicht schreiben, was er erzählt hat. Es ist zu schlimm. Aber nicht schlimm genug. Noch nicht. Ich tauche noch weiter, immer weiter.

Sie sollten in der Schule den Film zeigen, neun Stunden lang. Oder wenigstens den Friseur. Sonst versteht man es nicht.

Und? Wer bin ich kleiner Pipifloh gegen das alles? Niemand.

Also: Mach dir keine Sorgen um mich, ich hab ein schönes Leben, Papa. Ich hab Ute und Mama und meine Oma und meinen Opa. Denk einfach nicht an mich. Ich bin keine von euch. Das Jüdische wird nicht über den Vater weitergegeben, sondern über die Mutter. Das habe ich gelesen. Ich bin einfach nur eine Deutsche. Floriane Fux.
Trotzdem: Es war auch meine Uroma. Es waren auch meine Verwandten, die Friedmans und die Petruks.
Wenn ich das schreibe, fühle ich mich schlecht. Ich habe irgendwie kein Recht auf sie, finde ich. Schalom heißt nicht nur Frieden, ich habe nachgeschaut, es heißt auch Heil und Unversehrtheit. Das ist echt ein schöner Name für dich, Papa! Unversehrt und heil sollst du leben in deinem Kibbuz, Ariel Schalom!
Auf dem Foto lachst du. Vielleicht hast du das Schlimmste schon gefunden, den Grund ganz unten, und es liegt hinter dir. Das wäre schön.
Also jetzt: Tschüss.
Tschüss, Papa,
deine Floh (Floriane)

PS Es tut mir leid, dass ich nicht daran gedacht habe. Dass du damit zu tun hast. Mit A. und mit allem. Aber alles steht ja sowieso nur in diesen Tagebüchern, du hast keinen einzigen Brief bekommen, zum Glück. Du hättest dich ja sonst gefragt: Warum kommt sie nicht drauf? Ist sie so dumm und so deutsch, meine Tochter?

PPS Ich musste aus meiner politischen Gruppe austreten. Leider. Ein Typ hat vom jüdischen Kapital angefangen, und ich hab ihm gesagt, das wäre antisemitisch, und er hat gemeint, das wären aber schon auffällig viele Juden da in den USA blablabla. Ich hab gesagt, er hätte den Kapitalismus halt noch nicht verstanden und sollte mal gründlich nachdenken, ob er nicht bei den Nazis besser aufgehoben wäre.
Erst hat er blöd geschaut. Weil ich ein Mädchen bin und fünf Jahre jünger, also dass ich mich das überhaupt traue. Und dann ist er zu mir her gekommen, so ganz nah, und hat *Halt's Maul und geh mal lieber heim zu Daddy* gesagt, und ich hab versucht, ihm eine reinzuhauen. Er hat mich locker mit einem Arm weggeschubst, ich bin durch den Raum geflogen, und das wäre alles überhaupt noch nicht so tragisch. Aber dann auf einmal alle so: Wieso geht die auf den Typen los, hakt's bei der oder was? Und sie haben ihm recht gegeben. Jüdisches Kapital und so, und die anderen waren einfach still, kein Wort, nur auf den Boden glotzen und nichts sagen, überhaupt nichts.
Erst hinterher auf dem Klo hat ein Mädchen leise zu mir gesagt, ich hätte recht gehabt, und noch ein

anderes hat gesagt, die Typen würden sich mal wieder wie die Rüden im Park benehmen, das bräuchten sie halt für ihr Ego, da käme man als Frau nicht dagegen an.
Ich hab natürlich geweint. Du kennst mich. Ich bin dann nochmal rein, nur um zu sagen, dass sie mich von jetzt ab alle mal können. Und dann hab ich die Tür dermaßen laut zugehauen, dass das ganze Haus gewackelt hat (ist ein sehr altes Haus, eine Bruchbude).
Du wärst stolz auf mich gewesen. Oder? Nur dass ich geweint habe, war nicht so toll. So können sie denken, dass ich halt zu schwach bin. Zu jung und zu schwach. Dass ich noch nicht bereit bin für den antifaschistischen Kampf.
Naja, eigentlich egal, was sie denken. Du wärst stolz auf deine Tochter gewesen. Oder?
Jetzt stehe ich halt alleine da und muss mir eine andere Gruppe suchen. Ich glaube, ich gehe zu *Jugend ohne Herrschaft*. Sie sind anarchistisch. Kein Gott, kein Staat, keine Herrschaft. Sie haben als Logo einen Hund, der seine Leine selber trägt. Finde ich süß! Sie haben mich eingeladen, keine Ahnung warum. Vielleicht, weil es überall rumgeht, dass ich mir nichts sagen lasse. Keine Herrschaft, das passt doch gut zu mir, oder?
Siehst du, jetzt erzähle ich doch wieder was aus meinem Leben, tut mir leid. Ich bin es einfach so gewohnt, dass du dich für mein Leben interessierst.
Also.
Zögern wir es nicht länger hinaus.

Auch wenn es sehr sehr sehr weh tut.
Tschüss, Papa.

PPPS Entschuldige, aber ich hab noch was vergessen: Ich schwöre dir, dass ich den antifaschistischen Kampf und den Kampf gegen Judenhass niemals aufgeben werde. Niemals. Feierliches Antifa-Ehrenwort, Papa. Okay?

PPPPS Ach ja, eins musst du noch wissen, ich wollte auch mit dem Ballett aufhören. Es passt nicht mehr zu mir. Es ist voll BÜRGERLICH, weißt du. Ich hab allen Mut zusammengenommen und bin zu Frau Komarowa gegangen und hab ihr gesagt, dass ich aufhören will. Sie hat mit ihrem spitzen Zeigefinger auf mich gezeigt und gesagt: »Du willst aufhören? Du? Mit Ballett?« Dann hat sie »Ha!« gemacht, aber ohne zu lachen, und dann hat sie gesagt: »Wirst du fett werden und geradeaus auf schiefe Bahn geraten, das sieht man doch, also ab in Ballettsaal, Marsch Marsch!«
Und ich bin Marsch Marsch in den Ballettsaal gegangen und hab mich extra angestrengt, damit sie es schnell wieder vergisst. Sehr mutig, gell? Haha. Wenigstens bin ich die einzige mit grünen Haaren in diesem Ballettsaal. Die anderen Mädchen halten mich für eine Terroristin oder so, weil sie so was noch nie gesehen haben. Grüne Haare und drei Beine, das sieht aus, das musst du dir mal vorstellen. Aber ich will nicht auf die schiefe Bahn geraten, reicht schon, dass meine Mutter irgendwann ins

Gefängnis muss, weil sie manchmal immer noch klaut (sie denkt, ich merke es nicht). Keine Angst, ich passe schon auf sie auf, ich kriege dann einen hysterischen Anfall, und das hasst sie. Bevor ich erwachsen bin, muss ich sie noch gut erziehen, sonst kommt sie nicht zurecht ohne mich.
Hm, ich glaube, jetzt weißt du wirklich alles. Jetzt bin ich fertig.
Das mit Tom geht dich schließlich nichts an.
Küssen ist nicht soooo toll. Ziemlich nass.
Schau, du kannst mir jetzt keine Löcher in den Bauch fragen wie Mama. Du kannst überhaupt nichts machen. Du kannst mir nicht mal sagen, wann ich zu Hause sein soll. Das ist das Gute. Mama denkt sich genug Verbote aus, da brauche ich deine nicht auch noch. Das wäre zu viel.
Ist also nicht schlimm. Wirklich nicht. Mach's gut.

PPPPPS Mama hat einen Freund. Er heißt Jochen. Ich finde nicht, dass er an dich herankommt, aber bitte, mich fragt ja keiner, ich hab nichts zu melden, sie ist verknallt, sehr sehr sehr peinlich. Kicher, kicher, haha …
Aber immerhin ist er ganz nett.

PPPPPPS Pass bitte auf wegen den Anschlägen.

PPPPPPPS: Du brauchst jetzt nicht mehr zum Briefkasten gehen. Auch gut, oder?
Umarmst du mich? Tschüss,
Deine Floh (Floriane)

ACAB

Floh 2005

Polizeiwachen sehen fast alle gleich aus. Die veralteten Möbel, ein Fußboden, der immer irgendwie abgewetzt ist, die Uniformen und Schnauzbärte, die Pferdeschwänze bei den Frauen, die sind immer blond, komisch ist das. Und sogar der Geruch ist überall ähnlich: Akten und Papier, Putzmittel, Menschen, die schon lange die gleichen Klamotten anhaben, kalter Rauch. Auch wenn die Qualmerei nicht mehr erlaubt ist, das kriegt man nicht mehr raus aus einem Raum. Manchmal Kotze.

Ich saß in Handschellen auf einer Holzbank. Es war ungefähr drei Uhr nachts. Ich langte mir ins Gesicht, es war noch geschwollen. Die Haut empfindlich. Im Hals ein Brennen und Kratzen, ich musste mich ständig räuspern, aber das nützte auch nichts. Die Augen tränten mir noch, taten aber nicht mehr weh. Dafür fingen die Schmerzen an der Hüfte an. Ich war draufgefallen, der USKler hatte mich von hinten gepackt und umgerissen, als ich weggerannt bin. USKler, das sind die größten Idioten und echt die miesesten Bullen, die es gibt. Viel spürt man erst gar nicht wegen des Adrenalins. Man fühlt sich unverletzlich und hellwach. Erst später setzt der Schmerz ein, dann kommt auch die Wut zurück.

Pfefferspray dagegen wirkt sofort. Es war nicht das erste Mal, aber diesmal hatten gleich zwei Mann direkt auf mich draufgehalten. Das hatte mich schlagartig außer Gefecht gesetzt. Ich war sofort blind, ich schrie los, wusste nicht mehr, wo oben und unten war, dazu der Husten, ein Schleim kotzender Husten, dann bekam ich keine Luft mehr und stolperte in irgendeine Richtung. Das Brennen in den Augen, das war das Schlimmste, es fühlte sich an, als würden die Augen hinter den Lidern zerfressen.

Jemand packte meine Hand, ich zog sie panisch weg, doch dann wurde mir eine Flasche in diese Hand gedrückt, zugleich schüttete mir jemand Wasser ins Gesicht und über die Augen, sodass ich sie öffnen konnte. Alles verschwommen, ich goss mir das Wasser aus der Flasche weiter ins Gesicht und trank in großen Schlucken.

Ein Typ stand vor mir, Dreadlocks, schwarze Klamotten, zum Glück, er war einer von uns. Er packte wieder meine Hand und rief »Los, renn!« und zog mich mit sich, ich stolperte mehr, als dass ich rannte, doch der Typ passte auf, dass ich nicht hinfiel. Dann griff von hinten jemand meine Kapuze, ich wurde mit Wucht zurückgerissen und fiel hin, auf die Seite, der USKler sofort über mir, er zerrte mich auf den Rücken und prügelte los, mit dem Schlagstock, auf den Kopf, gegen die Brust. Ich schrie wie am Spieß und strampelte, um mich herum ein Trampeln und Toben. Der Cop drehte mich um, das Gesicht auf den Asphalt, er konnte machen, was er wollte, er war zu stark, einfach zu stark, er verdrehte mir den Arm, um mir Handschellen anzulegen.

Ich zappelte, trat ins Leere, der hatte so viel Kraft, der Bulle, warum hatte der so viel Kraft, sein Gewicht auf mir drauf, seine Uniform kam mir vor wie aus Stahl, aus Stahl seine Hände in den Handschuhen, ich konnte nichts ausrichten, in meiner ganzen Wut kam ich nicht gegen ihn an, die Handschellen klickten, und jetzt war ich sowieso wehrlos.

Er brachte mich weg, aber nicht in den Bus zu den anderen, wie ich gedacht, wie ich gehofft hatte. Wahrscheinlich hielt er mich für minderjährig. Er setzte mich auf die Rückbank eines Streifenwagens, ich war sogar ein bisschen erleichtert, die Streifenhörnchen waren weniger brutal, aber das wusste man auch nie so genau. Mein Herz raste. Wut, Adrenalin, Handschellen, nichts machen können. Der USKler setzte sich neben mich, vorne stiegen zwei Streifencops ein und fuhren los. Ich war allein mit drei Männern, in einem Auto, die Hände auf dem Rücken. Seltsam, ich spürte nichts. Nur immer wieder der Husten und der Rotz, der mir aus der Nase lief.

»Die Zecke auf die Wache«, sagte der Typ neben mir. Er hatte den Helm abgenommen, war verschwitzt, schnaufte genauso wie ich und grinste. Dann kam er mit seiner Nase dicht an mich heran, an meinen Hals, er schnüffelte an mir. Ich versuchte, ihm auszuweichen, aber er hielt mich an der Schulter fest.

»Stinkt ganz schön«, sagte er laut, »das Geschmeiß.«

»Was war denn los, Herrgott noch mal?«, fragte der Streifenbulle vorne am Steuer.

»Platzverweis nicht eingehalten. Seit Wochen nerven die vor diesem Laden, angeblich rechte Klamotten, immer wieder Sachbeschädigung, Bedrohung und jetzt Widerstand. Da kommen ein paar Anzeigen zusammen.«

»Ihre Dienstnummer«, sagte ich. Ich hatte mich etwas gefangen. Erinnerte mich daran, was wir geübt hatten. Auf Dienstnummer und Name bestehen, sich Gesicht und Größe einprägen, gibt es Auffälligkeiten, die später hilfreich sind, Muttermale, ein Bart, eine Narbe. Ich hatte den Workshop besucht, ziviler Ungehorsam, wegen des Gipfels. Wir würden gemeinsam hinfahren.

»Ihre Dienstnummer bitte. Sie sind verpflichtet, mir Ihre Nummer zu nennen.«

Immer wieder fragen. Cool bleiben, sachlich, aber nicht lockerlassen.

Der USKler lachte nur, dann zwickte er mich. In die Wange. So kräftig, dass ich aufschrie. Ich versuchte, nach ihm zu treten. »Ich werde misshandelt«, rief ich, »ich bin in Polizeigewahrsam und werde misshandelt!«

»Hallo!«, rief eines der Streifenhörnchen. »Ruhe dahinten! Das gilt für beide, verdammt!«

Der USKler ließ los.

Wut, Adrenalin, Handschellen.

Die Lichter der Stadt, Ampeln, Straßenlaternen, Rückscheinwerfer von Autos. Ein Kran, die beleuchtete Stadtmauer.

Auf der Wache pflanzte man mich auf die Holzbank, der USKler füllte etwas aus, schnalzte mit der Zunge, machte noch einmal Schnüffelgeräusche in meine Richtung und brach dann auf.

Ich war achtzehn. Endlich. Die würden also nicht meine Mutter anrufen, diesmal nicht. Wenn ich Glück hatte, würde sie überhaupt nichts davon mitbekommen. Ich musste jetzt nur warten, nichts unterschreiben, nie irgendwas unterschreiben, nichts sagen, auf keinen Fall irgendwas sagen. Inzwischen tat mir so langsam alles weh, nicht nur die Hüfte, auch das Knie auf der gleichen Seite, die Brust, vor allem der Kopf pochte und pochte.

Irgendwann kam einer der Streifencops zu mir her und nahm mir die Handschellen ab. »Keine Anzeige, Sie können nach Hause.«

»Keine Anzeige? Warum bin ich dann hier? In Handschellen?«

»Beim nächsten Mal Platzverweis einhalten.« Er zwinkerte mir zu.

Er dachte wohl, ich zwinkere zurück. Er hielt sich für witzig und für supernett, der mochte den USKler auch nicht. Er sah, dass ich verletzt war, und hielt das für überzogen. Nur wegen eines Platzverweises. Wegen eines Ladens mit Nazi-Klamotten. Aber er sagte nichts, der Streifencop. Er hatte nachts um drei etwas anderes zu tun, ein Betrunkener wurde gerade gebracht, und eine Frau vermisste anscheinend ihre Handtasche.

Sie sagten alle nichts. Sie waren Teil des Systems.

All Cops Are Bastards.

Ich ging raus auf die Straße. Die erste Dämmerung lag schon über der Stadt, aber die Straßenlaternen brannten noch. Der Himmel war farblos, nur weiter hinten, über den Häusern, begann ganz zart ein rosa Leuchten. Ich atmete tief ein. Kein Husten mehr. Die Kälte tat gut, die frische Luft. Endlich konnte ich mir die Nase putzen. Ich musste jetzt heim, bevor meine Mutter wach wurde. Es ging sie nichts an, was ich anstellte und wann ich nach Hause kam.

Ich schaute auf mein Handy. Eine Nachricht von Basti.

ALLES OKAY?

JA, KOMME GERADE AUS DER WACHE. BEI DIR?

Er antwortete nicht. Wahrscheinlich schlief er schon. Schade. Die Straße ohne Autos, ohne Leute. Nur ich und der dämmernde Morgen. Ich würde nicht den Nightliner nehmen, sondern laufen. Keine Lust auf einen Bus voller Betrunkener. Lieber die Nachtluft, der Sonnenaufgang.

Da sagte jemand plötzlich »Hey« hinter mir, und ich fuhr herum. Sofort das Herz wieder am Rasen. Ich hatte Angst. Aber es war nur der Typ von der Demo, der mit den Dreadlocks, der mir das Wasser gegeben hatte.

»Auch gerade rausgelassen?«, fragte er.

»Du auch?«

Er nickte. »Du hast ganz schön was abbekommen.«

So ganz ernst und freundlich sagte er das, wie ein sehr netter Arzt, oder als würde es ihn wirklich interessieren. Und vielleicht war es deswegen, vielleicht auch wegen der Hüfte, die mir wehtat, oder weil der Bulle mich im Auto gezwickt hatte, in die Wange, ich heulte jedenfalls sofort los. Ich konnte überhaupt nichts daran ändern, ich stand bloß da, und die Tränen liefen mir übers Gesicht, und ich schluchzte richtig und starrte diesen Menschen an, der allerletzte und einzige Mensch in dieser leeren Stadt. Eine Apokalypse war passiert, und nur wir beide waren übrig geblieben, aber wofür?

»Darf ich dich vielleicht in den Arm nehmen?«, fragte der Typ.

Ich nickte. Er kam zu mir her und umarmte mich total vorsichtig. Ich sollte wohl nichts Falsches denken, aber ich dachte sowieso nicht besonders viel, lehnte mich nur an ihn dran und heulte noch mehr, immer weiter, es war mir jetzt egal, das Wasser floss nur so aus meinen Augen heraus, es lief und lief, es gab auf einmal unendlich viel Wasser in meinem Kopf. Der Typ strich mir über den Rücken, sonst nichts, er redete nicht, streichelte nur hoch und runter, total regelmäßig, und ich heulte seine Jacke nass, erst an der einen Schulter, dann an der anderen.

Irgendwann hob ich den Kopf und kramte nach einem Taschentuch, dabei versuchte ich zu lächeln. Ich muss schrecklich ausgesehen haben, das geschwollene Gesicht, die verheulten Augen. Ich putzte mir die Nase, wischte mir die Tränen aus dem Gesicht.

»Wie heißt du?«, fragte ich schließlich, und das war die Stimme von jemand anderem, von einer seltsamen Frau in einem französischen Film.

»Mischa«, antwortete er. »Und du?«

»Floh.«

»Hi Floh. Was machen wir jetzt?«

Ich zuckte mit den Schultern. Eigentlich musste ich noch nicht nach Hause. Eigentlich leuchtete der Himmel jetzt rosa und orange, und die Amseln und Spatzen waren wach geworden und machten ihr Morgenkonzert, eigentlich war ich achtzehn und musste meiner

Mutter keine Rechenschaft mehr ablegen. Ich würde ihr eine SMS schreiben.

»Gehen wir zum Fluss?«, fragte Mischa.

Ich nickte. »Vorher zur Tanke?«

»Top«, sagte er.

Wir gingen ein Stück nebeneinanderher, vor uns leuchtete blau das ARAL-Schild.

»Kaffee oder Bier?«, fragte Mischa.

»Bier.«

»Top.« Er lachte.

War doch nur Schoki

Floriane, 2006

Es war eine dieser kleineren Kundgebungen, die fast jede Woche stattfinden. Auf der einen Seite die Rechten, das waren nur etwa dreißig Leute, aber gut ausgerüstet mit Lautsprechern, bedruckten Fahnen und Transparenten, nichts Selbstgemaltes, die waren gut ausgestattet und organisiert.

Auf unserer Seite waren wir bestimmt schon über zweihundert Antifaschistinnen und Antifaschisten, meine Gruppe mittendrin, weiter vorne Basti mit seinen Leuten, wir alle hatten Tücher um den Hals und Sonnenbrillen in den Taschen, um uns notfalls zu vermummen. Ein Lastwagen stand da für die Musik und die Reden. Ein Megafon, ein paar Transparente.

Ich war früh aufgestanden und hatte mich gut vorbereitet. Kein Handy, das war wichtig, Jugend-ohne-Herrschaft-Hoody mit dem Hund drauf, der seine Leine selber trägt, ein Halstuch, um es notfalls übers Gesicht zu ziehen, eine Plastikflasche mit Schokosoße. Vielleicht kam ich nah genug an sie heran, dann würde ein Nazischwein die volle Ladung abbekommen.

Zwischen denen und uns die Bullen. Mit Autos und Absperrungen, USK, in voller Montur, großes Aufgebot. Wie immer, die da drüben, die Rechten, die sollten nicht behelligt werden, die sollten nichts mitbekommen, damit nur alles ruhig blieb, die wurden beschützt von der Demokratie, eine schöne Demokratie war das.

Das Ziel war meistens, die Absperrungen zu überwinden, die Barriere aus Bullen zu durchbrechen und zu den Faschos vorzudringen, um uns sichtbar zu machen, um uns Gehör zu verschaffen. Ja, die sollten hören, dass wir mehr waren und immer schon vorher da und dass wir denen keinen Meter Straße kampflos überließen.

Aber diesmal würde überhaupt nichts passieren. Wir waren zu wenige, es ging um zu wenig, die anderen waren nicht wichtig genug, also keine Konfrontation, kein Risiko. Nur richtig laut sein. Zeigen, dass wir da waren, mit Trillerpfeifen, linkem Hip-Hop aus den Lautsprechern und allem.

Wir standen jetzt zusammen am Rand, Basti und ich, um das Transparent hochzuhalten, damit alle es sehen und die Presse es fotografieren konnte. *Faschismus ist keine Meinung, sondern ein Verbrechen.* Es waren ein paar Normalos aus dem Viertel da, das war gut; es erhöhte die Wahrscheinlichkeit, dass es einen Artikel in der Zeitung gab. Eine Frau hatte ihrem Pudel ein Schild umgehängt: *Pudel gegen Rassismus, wau!* Alle aus unserer Gruppe streichelten den Hund und lachten über das Schild. Basti gab sein Ende des Transparents an jemanden ab und ging auch zu dem Hund hin, kraulte ihn hinter den Ohren und quatschte mit der Frau. Ich konnte ihn nicht hören, aber ich sah ihn lächeln. Er konnte richtig nett sein. Basti. Richtig lieb.

Und ein Vollidiot. Leider.

Die Stimmung war insgesamt gut. Ein paar Leute tanzten vor dem LKW auf den Hip-Hop. Ich hielt nach Mischa Ausschau, fand ihn aber nicht. Er war nicht gekommen, schlief wohl lieber aus. Ich fragte mich, wo. Ob er zu Hause war.

Dann kletterte Basti auf den Wagen, machte die Musik aus, nahm sich das Mikro und rief: »Hey Leute, da gibt es vielleicht ein paar Autos mit bestimmten Nummernschildern in der Gegend, achtundachtzig und so, ihr wisst schon, und ich glaube, manche von den Autos werden heute beschädigt, ich weiß nicht wie, und ich weiß nicht von wem, aber das ist auf jeden Fall strafbar, Leute, also lasst euch nicht erwischen!«

Die ganze Antifa-Bande jubelte.

»Und jetzt macht euch bemerkbar«, schrie Basti, »da vorne marschieren die Faschos, beschützt vom Freund und Helfer, und die sollen was auf die Ohren bekommen, oder?«

Alle schrien und johlten, auch die Normalos klatschten. Doch bevor die Musik wieder einsetzte und es richtig losging mit den Megafonen und Trillerpfeifen, gab es einen kleinen Moment des Wartens und der Stille, wie die Ruhe vor dem Sturm, und in diese Stille hinein rief auf einmal irgendjemand: »Ausländer raus!«

Ich schaute mich um und wurde ganz starr. Ich konnte Gewalt inzwischen riechen, bevor sie ausbrach. Und ich gewöhnte mich nicht daran. Immer schlug mein Herz schneller, immer fing ich an zu zittern. Ich war eben ein Schisser, Basti hatte schon recht. Und heute war es noch schlimmer. Ich ging ein Stück aus der Menge und stellte mich auf einen Parkpfosten, um einen Überblick zu bekommen. Wer konnte das mit dem Spruch gewesen sein? Irgendwer war wohl schon so früh am Tag besoffen. Der würde auf jeden Fall Stress bekommen. Es waren Migranten dabei, Kurden vor allem, die fanden das gar nicht witzig. Wer also war der Idiot? Es gab eine Unruhe, ein Gerangel, ich sah Basti vom LKW springen, er kämpfte sich durch die Menge, und schon war er bei einem Typen, den er am Kragen packte. Der musste es gewesen sein. »Hau ab!«, schrie Basti und schob den Typen vorwärts, aus der Menge. »Hau ab!«, riefen andere. »Nazis raus!«

Eine alte Frau, weißhaarig, folgte Basti und dem Typen. »Lassen Sie ihn los, lassen Sie sofort los!«, rief sie und fuchtelte dabei mit den Armen und schlug unbeholfen auf Bastis Arm ein. Der wehrte sie ab, schubste den Typen, weil der eben nicht abhaute, sondern einfach blöd stehen blieb. Basti holte mit der Faust aus. Die alte Frau schrie. »Hau ab!«, brüllte Basti wieder, die Faust geballt, doch der Mann und die Frau bewegten sich nicht, was wollten sie eigentlich? Sie standen einfach da und rührten sich nicht vom Fleck.

»Wir sind keine Nazis!«, rief die Frau. »Immer soll man gleich Nazi sein.«

Ich rannte los. Dieser Satz. Die Wut, die er machte. Ich wollte nicht, dass Basti zuschlug, er hatte schon eine Vorstrafe. Ich sah einen Bullen vom Bullen-Bus aus filmen. Ich wollte irgendwas machen.

»Basti!«, rief ich nur.

Doch er reagierte nicht, hielt die Faust in der Luft, die alte Frau schlug wieder sinnlos auf ihn ein und blökte: »Wir sind keine Nazis!«

Dieser Satz. Die Lügen. Die Beschönigungen. Warum gaben sie es verdammt noch mal nicht einfach zu?

Ich holte die Flasche mit der Schokosoße heraus, öffnete die Kappe, und dann drückte ich sie zusammen. Ich zielte auf den Mann, aber es war die Frau, die alles abbekam. Gesicht, Mantel, Schuhe.

Sie breitete die Arme aus. »Schau doch«, sagte sie zu dem Typen. »Schau doch, um Himmels willen.«

Sie stand da, die alte Frau, die Hände hilflos ausgestreckt, das Gesicht verschmiert, auch im Haar dunkelbraune, klebrige Schlieren, sie starrte auf ihren Mantel und nestelte dann ein Taschentuch aus der Manteltasche. Es war zu klein, viel zu klein, das Taschentuch, sie wischte dennoch an sich herum und verteilte und verschmierte dabei das Zeug nur noch mehr und sagte immer wieder: »Schau doch, um Himmels willen.«

Der Typ schaute und schwankte. Er war tatsächlich besoffen. »Mama, wir sind hier falsch, das sind die anderen.«

Zwei Bullen marschierten los in unsere Richtung. Ich machte Basti darauf aufmerksam, und wir verdrückten uns beide zum anderen Ende der Menge. Die Bullen sprachen mit der Frau und ihrem Sohn. Die Frau weinte jetzt.

»Du hast sie voll erwischt!«, lachte Basti, umarmte und küsste mich.

Die Frau mit dem Pudel kam zu uns. »Eine alte Frau! Sie hätten sie in Ruhe lassen sollen«, sagte sie.

»Warum?«, fragte Basti spöttisch.

Die Frau mit dem Pudel beachtete ihn nicht, sondern

sprach wieder mich an. »Sie wollte doch nur ihren Sohn beschützen. Eine alte Frau! Schämen Sie sich.«

»Quatsch«, rief Basti.

»Die waren allein, wir alle hier in der Überzahl. Das war doch nicht nötig.«

Basti lachte, aber ich musste weg hier und ging einfach davon. Was, wenn die Frau recht hatte? Da traute ich mich mal was, und dann? Eine alte Frau.

Ihr verschmiertes Gesicht. Ihr *Schau doch*.

»Es geschah ihr recht!«, schrie Basti und kam hinterher. Er holte mich ein und drehte mich zu sich um. Lachte mir ins Gesicht. Er äffte die Frau nach. »Wir sind keine Nazis!«

»Ist das ein Spaß für dich, ja?« Ich war sauer. Wusste aber nicht, auf wen.

»Hey, Floh, komm mal runter.« Er lachte jetzt nicht mehr.

»Ich gehe heim. Mir ist nicht gut.«

»Heim zu mir?« Er legte den Kopf schief. Lächelte.

»Okay.«

Wir gingen schweigend nebeneinanderher.

»Die Frau mit dem Hund hatte recht. Ich hab total überreagiert«, sagte ich schließlich.

»Quatsch. Die haben sich in der Demo geirrt, und dann haben sie es zu spüren gekriegt. Ist doch gut, das merken sie sich.«

»Denkst du das? Ja? Sie werden es sich merken, und dann? Was entsteht daraus?«

»Was meinst du?« Er blieb stehen. Ich auch. Er verstand mich nicht. Ich mich selber auch nicht. Ich war so durcheinander.

»Ich will ein Mensch sein, hörst du?«, schrie ich ihn plötzlich an. »Ich kann das nicht mehr! Nicht so!«

»Du konntest schon.« Er zwinkerte. »Volle Ladung, alle Achtung. Böses Mädchen!«

»Du Arsch!« Ich ging schnell weiter. So schnell ich konnte.

»Hey, der Rassist ist der Arsch. Was ist denn los?«

»Nichts!«

Er nahm im Gehen meine Hand, aber ich zog sie weg. Dann blieben wir wieder gleichzeitig stehen, Basti kam ganz dicht an mich heran.

»Jeder findet seine Form des Widerstandes«, sagte er. Seine Stimme war ganz sanft auf einmal. »Du auch. Ist doch in Ordnung.«

Seine Augen waren dunkel, noch dunkler als sonst, die Locken schwarz. Ich dachte an unsere Nächte. Ein Ziehen in meinem Unterleib. Er machte es gut. Richtig gut. Wer von den Jungs hatte schon eine Ahnung? Basti schon.

Was sollte ich jetzt bloß machen. Es ihm sagen? Was wirklich los war? Ich trug es schon ein paar Tage mit mir herum. Alles fühlte sich so anders an seitdem.

»Hey, war doch nur Schoki«, sagte er leise. »Nur Schoki, hörst du? Die Gewalt, die machen die anderen. Die Faschos, die Bullen, der Staat. Das ist Gewalt. Du hast es doch erlebt neulich. Dein bisschen Soße …« Er lachte. Es hörte sich bitter an.

Ich ging weiter, rannte fast. Basti hinterher. Bis zu seiner Haustür redeten wir nicht mehr.

Es war alles verloren. Alles kaputt. In dieser Welt konnte man doch nicht, es ging nicht, dass … Warum war Mischa nicht gekommen?

Basti kochte Kaffee in der WG-Küche. Zum Glück waren wir allein, die anderen waren noch auf der Kundgebung. Er schüttete Milchpulver in zwei Tassen, dann Instant-Kaffee.

»Was ist los mit dir?«, fragte er wie nebenbei. »Wirklich, meine ich.«

Sein Haar, ich mochte es, die schönen Locken ließen ihn harmloser aussehen, als er war. Ich wollte es ihm nicht sagen. Warum auch.

Aber die Stille war bedrückend. Das Geräusch vom Wasserkocher. Die Tasse ohne Henkel in meiner Hand. Irgendwas musste ich doch sagen.

»Ich bin schwanger«, kam es dann aus mir heraus, einfach so.

Er stellte seine Tasse auf den Tisch, ganz ruhig.

»Ach, deswegen. Von wem?«

»Keine Ahnung. Ist das wichtig?«

»Klar.«

»Von Mischa oder von dir. Auf einmal Blut und Abstammung oder wie?«

Er drehte sich um zur Spüle, ich hatte ihn gekränkt. Ich wollte ihn kränken. Warum eigentlich.

»Ich bin auch nur ein Mensch«, sagte Basti zur Spüle.

Auch nur ein *Mann*, dachte ich. Dabei hatte er mir doch all diese Vorträge gehalten. Gegen die Zweierbeziehung als Herrschaftsmodell. Gegen den Besitz. Einem Menschen nicht zu gehören, den man liebt.

»Kann ich Zucker haben?«, fragte ich.

»Klar.«

Er reichte mir die Dose. Der Zucker darin war eingekrustet, ich musste ihn mit dem Löffel herauskratzen.

»Willst du es kriegen?«, fragte Basti und sah nur auf das, was ich mit dem Zucker machte.

»Nein. Natürlich nicht.«

Er nickte. Wir schwiegen und tranken Kaffee. An der Wand hing der Brief von einem Nachbarn, der sich über den Haschischgeruch im Hof beschwerte. Über die Fahrräder in der Hofdurchfahrt, über die Altpapiertonne, in der die Kartons nicht richtig zusammengefaltet waren, über den sagenhaften Egoismus und die unglaubliche Rücksichtslosigkeit. Ich las den Brief zum x-ten Mal. Jeder, der hier saß, las immer wieder diesen Brief, und alle machten sich darüber lustig.

»Trotzdem muss dir die Frau nicht leidtun«, sagte Basti, und wie er es sagte, so leise und traurig, da tat er mir leid. Er tat mir immer so leid. Er war so verloren irgendwie.

»Doch«, sagte ich schwach. Meine Wut war weg. Die ganze Wut, einfach wieder weg.

Basti kam zur mir und streichelte mir über den Kopf, wuschelte durch meine Haare. Ich machte die Augen zu. Es konnte alles gut werden, oder nicht.

»Dieses Kleine in mir drin«, sagte ich, »das würde mich doch gar nicht wollen als Mutter. Ich schmiere einer alten Frau Schokosoße ins Gesicht.«

»Okay, du wirst es kriegen«, sagte Basti, nahm seine Hand weg und lachte triumphierend, als hätte er das gleich gewusst. Dann stellte er seine Tasse so in die Spüle, dass es Krach machte, und ging raus.

»Nein!«, rief ich ihm hinterher.

»Doch!«

Er knallte im Bad die Tür hinter sich zu, ich hörte ihn

abschließen, was er sonst nie machte, dann stellte er die Dusche an. Es dauerte immer ewig, bis das Wasser warm wurde. Es plätscherte und rauschte. Irgendwann fing er an zu rappen. Ich verstand nicht genau was, aber dass er wütend war, das war unüberhörbar.

Ich nahm meine Tasse. Hielt sie eine Weile in der Hand. Der fehlende Henkel. Alles war hier irgendwie kaputt. Und dann holte ich aus und warf die Tasse mit Wucht in die Spüle, es schepperte, und jetzt war sie richtig kaputt, diese Tasse mit den Blümchen drauf, endlich. Ich nahm meine Sachen. Mein Busen spannte, und mir war schlecht. Ich war so alt wie meine Mutter damals. So wollte ich bestimmt nicht enden, wie sie. Und mir alles versaun. Das war wohl eine Art Tradition in meiner Familie. Auch meine Uroma war erst neunzehn gewesen, damals mit meinem Opa Paul. Und? Sie war abgehauen, war zur See gefahren, und ihr Kind ließ sie allein. Toll. Ich wollte auch reisen. Ich hatte einiges vor. Basti würde schon sehen. In Holland war es am einfachsten. Ich wollte keinen Beratungstermin mit Beratungsschein. Beratungsscheine waren das Letzte.

Ich rannte im Treppenhaus die Stufen hinunter, drei Stockwerke. Draußen schien die Sonne.

Schwimmende Hunde

Floriane, 2006

Früher war die Gegend ein Moor gewesen. Nutzloses Land. Brache. Hier trug man sie zusammen, die Leichen, als nur noch aufgeräumt wurde nach der großen Kapitulation. Eigentlich hatte man sie einfach nur nach Hause bringen wollen, hinüberwerfen über den Zaun sozusagen. Sollten sie sich doch selbst um ihre Toten kümmern, die Deutschen, die Sieger, die ehemaligen. Doch dann gab es das Moor und eine Bitte der Amerikaner, hatte ich gelesen.

Also wurden die Verscharrten, die Herumliegenden, die Erstarrten überall im Land exhumiert und eingesammelt. Und dann beigesetzt. Würde den Angriffskriegern. Namen, Listen, Nummern, Gräber. Eins neben dem anderen, nächste Reihe. Grünweiß, wohin man sah, Gras und Kreuze. Und Weite.

Er stand dann ein bisschen ratlos in der Halle, mein Opa Paul, mit seinem Gehstock und dem krummen Rücken. Ich strich ihm über den Arm. Er rührte mich. Ständig wollten mir die Tränen kommen.

»Sind das die Listen?«, fragte er.

»Ich glaube schon.«

Es kam mir so vor, als hätte er eine Scheu heranzutreten. Er hatte so viel auf sich genommen. Die Operation, die antihormonelle Therapie, die Bestrahlung, all das in seinem Alter. »Eine Technik«, hatte er gesagt, voller Bewunderung, »punktgenau, Floriane, punktgenau!«

Er war bestimmt ein angenehmer Patient. Er überließ sich ihnen, den Ärzten, der Technik, den Medikamenten. Er wollte das bisschen Zeit gewinnen, ein paar Monate, ein oder zwei Jahre vielleicht, niemand wusste es genau, alles schreitet ja langsam voran jenseits der achtzig. Er brauchte die Zeit, um hierherzukommen, und jetzt war er also da. Und hatte Scheu, sich an die Listen zu machen, den Namen zu suchen. Es war ganz still im Raum, wir waren allein. Also hatten wir Ruhe und Zeit, hier in der Halle. Alle Zeit der Welt. Wir waren so weit gefahren, und er hatte unterwegs kaum geredet.

»Wie war es im Krieg? Erzähl doch mal«, hatte ich ihn gefragt.

»Schlimm war es, was sonst.«

»Hast du etwas Schlimmes gemacht?«

»Ja, der Teufel wartet schon auf mich. Aber sag, was macht der Kleine? Tritt er kräftig? Ist es nicht beschwerlich, das lange Sitzen?«

»Ich bekomme Klumpfüße davon«, hatte ich ihm geantwortet, »Elefantenfüße. Ich wusste nicht, dass man auch an den Füßen schwanger ist. Wie war er, Gerd, dein Bruder?«

Er hatte nur abgewunken, mein Opa Paul, den Kopf geschüttelt und dann von mir weggeschaut, nach draußen, wo nichts zu sehen war als flaches Land, Wiesen und ab und zu ein Haus, ein Dorf. Abwinken und Wegstarren. Er beherrschte das, er hatte es wohl sein Leben lang geübt. Oder war das angeboren? Wie bei Hunden, die von Natur aus schwimmen können? War Basti nicht auch so ein Spezialist im Abwinken und Wegschauen, im Nichtsprechen, im Kopfschütteln? Das war vielleicht eine Nebenwirkung des Testosterons. Genetisch. Nur Mischa war anders. Er war fast wie ein Mädchen! Mit Ohren zum Zuhören und mit einem Mund zum Reden. Ich hoffte, es war von ihm, das Baby, von Mischa. Basti hatte schon recht gehabt, es war nicht egal. Aber dann hatte er abgewunken und weggeschaut und nicht mehr darüber gesprochen. Als würde das Kind einfach nicht wachsen und einfach nie herauskommen, wenn man nur sorgfältig vermied, es beim Namen zu nennen. Das Kind. Das Baby. Das Kleine. Kopfschütteln.

Ich sah von der Seite, wie die Kiefer von Opa Paul mahlten. Wie er sein Kinn verzog. Dachte er an Gerd, seinen Bruder? Er konnte es nicht sagen, der arme, alte Mann. Der Teufel wartete schon auf ihn, doch er konnte nicht sprechen und nichts erzählen. Vielleicht war das der Teufel, das Schweigen.

Er saß dann an den Listen und strich mit dem Finger die Zeilen und Namen nach. Fuchs gab es sicher viele, Fux jedoch nicht. Er bewegte die Lippen beim Lesen. Gekrümmt saß er da, dünn, er war immer schon sehr schlank gewesen, ein Schlacks, aber jetzt war er dürr, nur noch Haut und Knochen. Doch er hatte noch erstaunlich volles schneeweißes Haar, das in alle Richtungen abstand, es gelang ihm nicht, es zu bändigen. Pomade ist aus der Mode, hatte ich ihm gesagt. Besser, es machte, was es wollte, das Haar. Nur die Brille hatte ich ihm nicht ausreden können, sie war geschätzt zwanzig Jahre alt. Ich hätte ihn zum Optiker begleitet, aber er sagte nur: »Sie sitzt so gut.« Und jetzt kniff er beim Lesen die Augen zusammen.

»Soll ich dir helfen?«, fragte ich ihn.

»Nein, nein. Ruh dich aus, die Reise war anstrengend für dich.«

Er vertiefte sich in die Listen. Ich saß auf einem Stuhl, kreiste mit den Füßen, um den Blutfluss ein bisschen in Gang zu bringen, und wartete. Das Baby regte sich. Manchmal streckte es ein Bein aus, und dann gab es eine Beule an meinem Bauch, eine richtige Beule. Wahrscheinlich würde es ein Fußballer werden. Ich hasste Fußball. Und Fußballspieler auch. Aber ich würde natürlich sagen: »Toll! Fußball! Ich kauf dir Schuhe und ein Trikot und fahre dich zum Training, mein kleiner Lukas Podolski!« Wenn es ein Junge wurde, würde er dann bestimmt mein falsches Lächeln entlarven und davon einen Hau bekommen. Die meisten Jungen hatten ja einen Hau.

Da hörte ich Opa Paul tief einatmen. Ich schaute ihn an. Wieder der mahlende Kiefer, das verzogene Kinn. Er starrte auf die Liste, dorthin, wo sein Finger lag. Er schnaufte. Wieder rührte er mich. Er machte mich einfach so furchtbar weich.

»Hast du einen Stift?«, fragte er.

»Ich kann es abfotografieren.«

Er nickte, ich machte das Foto. Gerd Fux, Nr. 20437, Feld 28, Reihe 5.

Ich zeigte das Foto der Frau am Eingang, die klappte eine Karte auf: Hauptwege, Nebenwege, Felder, Nummern, kleine Kreuze. Sie umringelte das Feld, in dem das Grab von Gerd Fux zu finden war, und erteilte mir die Auskünfte ernst und sachlich. Dann sah sie meinen Bauch und lächelte.

Das Baby turnte herum. Ich lächelte zurück.

»Komm, ich weiß wohin«, sagte ich zu meinem Opa Paul, doch der musste zuvor noch auf Toilette. Er hatschte mit seinem Gehstock davon. Würde es ihm nicht zu weit sein, bis zu Gerds Grab?

»Wir haben Rollstühle zum Leihen«, sagte die Frau am Eingang.

»Wäre das nicht besser?«, fragte ich, als er zurückkam.

Mein Opa nickte. »Dann schiebe ich dich, wenn du nicht mehr kannst«, sagte er und lachte.

»Genau!«

Wir machten uns auf den Weg. Ein Stückchen ging er noch selbst, dann gab er auf und setzte sich in den Rollstuhl. War er einmal angeschoben, ging es leicht. Es tat mir gut, nach dem langen Sitzen im Auto ein Stück zu gehen. Ein breiter Weg, links und rechts Kreuze, vorn und hinten, einfach überall, über dreißigtausend Gräber.

Über sechzig Millionen Tote. Sechs Millionen Juden. Da waren dreißigtausend Blitzkrieger nicht gerade viel.

Dann tat es mir leid, so zu denken. Mein Opa saß gekrümmt im Rollstuhl und starrte auf den Weg, der unter seinen Füßen verschwand.

»Dein Bruder, war er ein Nazi?«, fragte ich. Ich musste es wissen. Um vielleicht die bösen Gedanken loszuwerden.

»Nein.«

»Und du?«

»Ja.«

Ich schluckte. Meine Schritte machten auf dem Kiesweg ein Geräusch, der Rollstuhl mit seinen Rädern auch. Es war weit, eine Abbiegung, ein schmalerer Weg, noch mehr Kreuze. Dann waren wir im richtigen Feld, suchten die entsprechende Reihe und lasen die Nummern.

»Hier ist es, Opa«, sagte ich irgendwann.

Keine Erhebung, nur flacher Rasen, ein weißes Kreuz, die Nummer.

Mein Opa stand aus dem Rollstuhl auf. Er stellte sich vor das Kreuz und faltete die Hände.

Ich musste an die zwei Jungen denken, die sie gewesen waren, Gerd und Paul. Das Baby, brauchte es nicht auch einen Bruder oder eine Schwester? Überall gab es nur noch Einzelkinder.

Dann tat Opa Paul etwas Seltsames. Er stützte sich auf seinen Gehstock, nahm ihn dann auf die andere Seite, trat von einem Fuß auf den anderen. Als tänzelte er unbeholfen auf der Stelle. Musste er wieder aufs Klo?

»Floriane?«, sagte er. Ich trat zu ihm hin, und er packte meine Hand. Jetzt hatte er genug Halt und kniete mit einem Bein nieder, dann mit dem anderen.

»Opa, nicht«, sagte ich nur. Es sah so mühsam aus, er quälte sich so. Doch mit dem Knien war er noch nicht fertig, er ging auf alle viere, ächzend, und schließlich legte er sich nieder auf die Wiese, auf das flache Grab. Er steckte sein Gesicht ins Gras.

Ich musste jetzt wirklich weinen. Versuchte, es still zu tun. Sah meinen Opa da liegen, krumm, geplagt, den

Kopf seitlich gelegt. Er mahlte nicht mit dem Kiefer und verzog nicht das Kinn, er schloss nur die Augen und lächelte. Auch ich musste im Weinen lächeln. Die Reise hatte sich gelohnt. Die Behandlung und alles. Ich hatte nicht auf die anderen gehört und endlich einmal etwas richtig gemacht. Ich streichelte über meinen Bauch. Wie sollte ich den alten Mann nur wieder in den Rollstuhl bekommen?

Er lag noch eine Weile. Dann ging er wieder auf alle viere, ich packte seinen Arm, dünn und zerbrechlich, mit dem anderen nahm er den Gehstock zu Hilfe. Wie schwer er war, der dürre Mann. Doch wir schafften es, er sackte stöhnend in den Rollstuhl.

Schweigend traten wir den Rückweg an. Der Nebenweg, der andere Nebenweg, Kies unter unseren Schuhen und unter den Rädern. Das Baby schlief, ich war auf einmal auch wahnsinnig müde. Ich hatte zwei Hotelzimmer gebucht.

»Früher haben wir ein Bett zusammen geteilt. Wir lagen eng beieinander«, sagte mein Opa Paul plötzlich.

Ich ging und schob einfach weiter.

»Der Onkel hat einen Anruf getätigt, damit der Gerd an die Front kommt. Er saß eigentlich in einer Schreibstube in Bremerhaven. Aber der Onkel, Johann Fux, alter Admiralsname, weißt du? Es bedurfte nur eines Anrufs. Drei Wochen später war Gerd tot.«

Da war der Hauptweg. Ich bog ab, jedoch nicht in Richtung Ausgang, sondern in Richtung Denkmal. Es war eigentlich kein richtiges Denkmal, sondern ein japanischer Ginkgo-Baum.

»Wir hatten nur uns«, fuhr er fort. »Als Kinder.«

Und ich ging weiter, erst der Ginkgo-Baum, dann ein Nebenweg, dann ein weiterer Hauptweg. Es war so still. Nur mein Opa Paul redete endlich.

Am Abend im Hotel hatte ich alles vor Augen. Den Onkel, den Gerd, die beiden Jungen im Schnee und unten am Fluss. Ich hasste den Onkel. Diese Sorte Mensch, ob sie jemals aussterben würde? Und mein Opa Paul tat mir so leid. Ich wusste jetzt, was mich so rührte an ihm. Wie hatte man ihn im Stich gelassen und geschunden und verbogen und zerbrochen. Ich dachte an das Baby. Daran, was ihm wohl bevorstand. Ich würde mein Kind niemals verlassen und niemals schlagen. Niemals.

Ich schrieb Mischa eine Nachricht.

ICH WÜRDE MIR WÜNSCHEN ES IST VON DIR

Mehr nicht. Dann lag ich im Bett, und der Rücken tat mir weh. Ich wartete auf eine Antwort, aber es kam nichts. Mein Opa hatte das Zimmer neben mir. Hoffentlich konnte er schlafen nach diesem Tag. Ich wälzte mich hin und her, sah immer wieder auf mein Handy. Nichts.

Mitten in der Nacht wurde ich dann von meinem Klingelton für eingehende Nachrichten wach. Ich schaute sofort nach, die Nachricht war von Mischa.

SCHÖN

Was hatte das denn zu bedeuten? Um vier Uhr fünfunddreißig. Jetzt war ich sogar hellwach. Morgen würde ich lange Auto fahren müssen, und Mischa weckte mich mit SCHÖN. War das alles?

Erst zwanzig Minuten später kam eine weitere Nachricht.

ABER NICHT SO WICHTIG

Ich verstand das nicht. Starrte an die Zimmerdecke. Durchs Fenster schien von der Straße Licht herein. Mischa war vielleicht auch nicht anders als Basti. Nicht sprechen. Seltsame Nachrichten. Rausgehen. Kopfschütteln.

Aber dann noch einmal der Ton von meinem Handy.

ICH KÖNNTE ES BESTIMMT MÖGEN AUCH WENN ES NICHT VON MIR IST. DIE FRAGE IST WAS ZWISCHEN UNS IST. VON MIR AUS VIEL

Von mir aus viel. Ich las den Satz und las den Satz.

Nur jetzt nicht herumspringen und jubeln, dachte ich. Sondern mal ganz cool bleiben. So ein *viel* konnte bei mir nämlich ganz leicht ein *zu viel* werden. Ich kannte mich.

Und schickte ein Smiley zurück.

Du?

Paul, 2006

Wir sind auf der Heimreise. Floh hat mir beim Anziehen geholfen, wir haben im Hotel gefrühstückt, und nun sitzen wir wieder im Auto. Es regnet, die Scheibenwischer gehen hin und her. Wie anstrengend das alles für Floriane sein muss, hochschwanger, die weite Fahrt, mich mit dem Rollstuhl über den Kies zu schieben, und jetzt geht es schon wieder zurück.

Ich bin ihr so dankbar, dass sie es auf sich nimmt. Für mich. Dass ich dort sein konnte, bei Gerd. Ich habe ihr alles erzählt, auf dem Rückweg durch die Gräberreihen. Vom Onkel und von Gerd. Vom Weiher, und wie ich Gerd zum Trocknen in die Sonne gesetzt habe. Bei minus zehn Grad! Von der Haarspange, von der Weide. Vom Boiler über der Wanne, das heiße Wasser, unser Geschrei. Nur dass ich Gerd geschlagen habe, das habe ich für mich behalten. Ich will ihr nicht zu viel aufbürden.

Aber wenn sie fragt, werde ich ihr antworten. Das habe ich mir vorgenommen in der Nacht. Ich konnte nicht schlafen. Zu viele Erinnerungen. Ein alter Mann braucht wenig Schlaf, und die Nacht ist dunkel und still. Da kommt alles zurück.

Auch Anne hat gefragt, später Ina. Ich bin immer ausgewichen.

»Ich habe mich geschämt, weißt du«, sage ich jetzt zu meiner Enkelin.

»Wofür?«, fragt sie mich. Ihr dicker Bauch wird ein wenig gegen das Lenkrad gedrückt. Sie muss die Arme weit ausstrecken beim Fahren. »Du kannst doch nichts für deinen Onkel.«

»Nein, nicht für ihn«, antworte ich ihr und sehe den Scheibenwischern zu. Es gießt wie aus Eimern. »Nur, dass er so leichtes Spiel mit mir hatte, das will mir nicht aus dem Sinn. Ich war wie ein Schwamm, ich habe alles aufgesaugt, seine Reden, sein Gegeifer, die Großspurigkeit, das Ganze vom geknechteten Deutschland, das sich erheben muss. Wir, die Herrenmenschen, das hat mir gefallen! Ich habe ihn gehasst und zugleich bewundert, den Onkel. Ich wollte sein wie er. Wer kann das begreifen, Floriane?«

»Du warst ein Kind. Du warst in seiner Macht. Und du warst traumatisiert. Weißt du, was das ist? Du hattest keine Wahl.«

»Doch, ich hatte eine Wahl. Gerd hat sich auch aufgelehnt. Er hat nicht exerziert mit dem Holzgewehr in der Hand, er hat die Prügel kassiert. Er wollte diesen ganzen Krieg nicht, und ihn hat es erwischt. Ist das nicht grausam?«

»Du warst ein kleiner Junge, Opa«, sagt sie, greift kurz meine Hand und dann wieder das Lenkrad. Sie muss sich konzentrieren, das Wasser sammelt sich in den Spurrillen.

»So klein auch wieder nicht.«

»Du warst fünf, als du zum Onkel kamst. Fünf!«

»Ich war wie eine Knetmasse in seinen groben Fingern, und was er aus mir formen wollte, das formte er und brannte es im Ofen hart, dass ich gar nicht mehr aus der Form herauskam. Weißt du, Floriane, ich war immer sein Figürchen und marschierte und hob den Arm und bretterte mit dem Panzer vorwärts, ohne Rücksicht auf Verluste, und schon gab es einen Orden und dann noch einen, und später, als wir keine Panzer mehr hatten und trotzdem losgeschickt wurden, ohne Ausrüstung, nur mit unserem eisernen Willen, pah, da rannte ich weiter und weiter, die sind gestorben wie die Fliegen, links und rechts und oben und unten, und ich bin gerannt, ohne zu fragen, ohne zu denken, was war ich verblendet, Floh, was war ich für ein Wesen ohne Hirn und ohne Herz, ein Frankenstein, das war ich, und ich schäme mich noch heute dafür.«

Wir fahren über die Autobahn, eine gerade Strecke, der Regen trommelt. Ich kann die Fahrbahn kaum mehr erkennen, meine Augen werden immer schlechter. Sonst würde ich Floh doch beim Fahren ablösen.

Sie nimmt eine Ausfahrt und hält an einer Raststätte.

»Auch aufs Klo?«, fragt sie.

Floriane hilft mir aus dem Wagen, stützt mich, wir trippeln durch den Regen, ich kann nicht schneller, wir werden klitschnass. Es ist ein kalter Regen. Sie tätschelt meinen nassen Arm.

Wie gern ich sie habe. Wie gut es tut, mit ihr zu reden. Endlich alles zu erzählen. Es ist in einem drin wie eine Kugel, die man nicht herausoperieren kann, sie ist abgekapselt, eingeschlossen von hartem Gewebe, und sie schmerzt nur bei Tauwetter, oder wenn sich ein Gewitter ankündigt. Aber irgendwann, nach vielen Jahren, fängt die Kugel zu wandern an. Sie will raus. Lässt man sie nicht, bringt sie einen um.

Zitternd und nass bringen wir uns wieder im Auto ins Trockene. Floh schüttelt ihre Haare. Sie sind knallrosa, dazu trägt sie einen Ring an der Lippe. Anne hat sich sehr darüber aufgeregt, zusammen mit Ina, aber ich hab gesagt, lasst sie doch, das sieht doch gut aus. Sie haben mich angeschaut, als hätte ich langsam nicht mehr alle Tassen im Schrank. Das kennen sie nicht von mir, dass ich rosa Haare mag. Und dass ich meine Meinung sage und meine Enkelin verteidige. Aber im Alter, da wird einem vieles immer mehr egal. Was wollen sie schon machen, außer vielleicht dem Sensenmann Bescheid geben? Der ist doch sowieso schon in Lauerstellung.

»Erzähl weiter, Opa«, sagt Floriane und setzt zurück.

Wir haben noch ein paar Stunden miteinander. So eine Gelegenheit wird es nicht mehr geben. Bald kommt das Baby, dann hat Floh genug zu tun.

»In Russland gibt es einen Wald«, beginne ich also. »Der wird noch heute gemieden. Die Leute sagen, die Toten wandern umher. In der Erde liegen Hunderttausende, Deutsche wie Russen. Hat es lange geregnet, oder wenn die Böden im Frühjahr tauen, dann arbeiten sich die Knochen aus der Erde. Die Helme und Waffen und Goldzähne. Und niemand traut sich, hineinzugehen und etwas mitzunehmen. Obwohl manches gut zu verkaufen wäre. Aber die Toten, sie wandern dort.«

Floh schaut mich kurz an. »Schrecklich. Wo ist das?«

»Am Dnjepr. Ich war dort. Das war ein Gemetzel! Eine Materialschlacht, aber das Material, das waren wir.«

Sie sagt nichts mehr. Sie weiß nicht, was. Oder sie traut sich nicht zu fragen. Was hattet ihr da zu suchen, am Dnjepr, im Wald? Ich weiß es doch auch nicht. Ich müsste sagen *Lebensraum*.

Was ist das für eine Antwort. Nichts hatten wir dort zu suchen, überhaupt nichts.

»Floriane, eins will ich dir sagen.«

»Was denn?«

Sie klingt zögerlich. Verstört. Vielleicht wäre es ihr lieber, ich würde nicht weiterreden. Ich, ihr Opa Paul.

»Ach, lassen wir das. Die alten Geschichten!«, sage ich betont fröhlich. »Was muss denn dein Baby von uns Menschen denken? Es soll doch zuversichtlich auf die Welt kommen, nicht wahr?«

»Mein Baby ist gut aufgehoben, Opa. Mach dir keine Sorgen. Es ist guter Dinge, es übt Fußballspielen.«

Sie lacht. Nein, sie ist nicht verstört. Sie will es wissen. Meine Enkelin. Das macht mir Angst. An einer Stelle muss Schluss sein, an einer bestimmten Stelle. Ich darf mich nicht hinreißen lassen. Es gibt Dinge, die verzeiht man nicht, auch dem Opa nicht, der alt und krank ist. Es gibt Dinge, die nimmt man mit ins Grab. Das ist ein Gesetz, ein ganz altes Gesetz, und es gilt ewig.

»Und nach dem Krieg, Opa? Was hast du gemacht?«

Gut. So ist es gut.

»Nach dem Krieg war ich bei den Amerikanern. Das Lager war nichts als eine freie Fläche mit einem Zaun außen herum. Wir campierten auf der Wiese, ohne Zelte, ohne Decken, und wir hatten nichts zu essen. Dabei waren wir doch schon so ausgemergelt, wir hatten nichts mehr auf den Rippen. Ich weiß noch genau, eines Tages haben sie auf der anderen Seite vom Zaun Pfannkuchen gebacken. Das hat geduftet! Nach Paradies! Wir standen auf, langsam, einer nach dem anderen, und machten uns auf den Weg zu diesem Duft, wir drängelten uns an den Zaun, immer mehr von uns, aber sie winkten ab, unsere Bewacher. Sie hätten nicht genug, sie würden selber kaum satt werden. Mein Englisch kam mir jetzt zugute. ›Just a few pancakes, please!‹, rief ich ihnen zu und rieb mir den Bauch. ›Tomorrow!‹, rief einer zurück, ›maybe tomorrow!‹, und er kam zu mir her an den Zaun. Er reichte mir eine Zigarette und gab mir Feuer.«

»Und dann?«, fragt Floriane. Sie hat sich eine Tüte Kaubonbons aufgemacht, nimmt sich eines heraus und hält mir die Tüte hin.

»Nein, danke.«

»Und, wie ging es weiter?«

»Ich wurde freigelassen. Achtundvierzig. Ich bin mit dem Zug nach Hause gefahren. Ich wollte etwas erledigen. Nur eine Sache noch, eine einzige. Ich dachte, dann wäre ich frei. Es war eine fixe Idee.«

»Und? Hast du die Sache erledigt? Wie in einem Western?«

»Nein. Der Hans hat mich davon abgehalten.«

»Der Hans? Dein Freund Hans? Mamas Patenonkel?«

»Ja, genau der. Er hat dir immer irgendwelchen Blödsinn beigebracht, wenn er gekommen ist, weißt du noch? Durch die Nase pfeifen, Popel schnipsen, solche Sachen. Hans war so ein fröhlicher Kerl. Er ist schon zwei Jahre tot. Er war mein bester Freund.«

»Ja, ich erinnere mich! Ich hab ihn gemocht. Und er hat dich davon abgehalten, *die Sache* zu erledigen?«

»Ja, das war der Hans.«

Floriane schaut mich erwartungsvoll an. Sie will mehr wissen, immer mehr.

»Ich wollte den Onkel erschießen«, sage ich, und sie nickt, als wäre das das Normalste der Welt. Der Regen trommelt auf das Autodach. »Mit seinem eigenen Gewehr. Es lag immer noch da, wo es hingehörte, mitsamt Patronen. Aber der Hans kam dazu. Zum Glück. Ich wäre ins Gefängnis gewandert, das wäre mir damals egal gewesen. Ich war kaputt vom Krieg. Ich habe dem Onkel dann nur eine Tracht Prügel verpasst. Später habe ich auf einem Foto von ihm eine Narbe gesehen, am Unterkiefer. Das war ich.«

»Wegen Gerd, ja?«

»Genau. Wegen Gerd. Und wegen allem.«

»Ich bin froh, dass du ihn verprügelt hast.« Sie lacht und wuschelt sich mit einer Hand die Haare durcheinander. »Und nicht umgebracht.«

Sie sieht verwegen aus, meine Enkelin. Ich bin mir sicher, sie würde nicht mit dem Strom schwimmen. Sie hätte Mut, im Fall des Falles. Sie wäre eine Partisanin. Eine mit knallrosa Haaren. Das wäre ihr Markenzeichen, und alle würden mit Respekt von ihr sprechen.

»Ich auch«, sage ich. »Ich bin auch froh. Ich hätte nie deine Oma kennengelernt. Und du wärst auch nicht da. Und dein Baby auch nicht.«

Wir blicken uns an und lächeln. Dann sieht Floh wieder auf die Straße. »Und dann?«

»Dann hat mir Hans Arbeit gegeben, ein Bett und eine warme Mahlzeit am Tag. Draußen im Knoblauchsland. Ich habe gelernt, Spargel zu stechen, stell dir vor. Ich wusste nicht, wohin mit mir. Die Waffen-SS wurde zur verbrecherischen Organisation erklärt. Die bekamen alle keine Rente, die überlebt haben, mit einem Bein oder einem Arm oder abgefrorenen Fingern. Wir waren jetzt Verbrecher.«

Floh schwenkt auf die rechte Spur und bremst ab. Sie fährt jetzt hinter einem Wohnmobil her, etwa mit achtzig. Sie starrt geradeaus, beide Hände am Steuer, und kaut an ihrem Bonbon. Stille tritt ein. Der Regen hat aufgehört. Nur die Reifen machen auf der nassen Fahrbahn ein Geräusch.

Es ist mir so herausgerutscht. Ich habe nicht aufgepasst. Die gute Stimmung, Florianes Lachen. Es brennt heiß in meinem Inneren. Hätte ich doch nichts erzählt. Hätte ich doch geschwiegen, wie immer, wie mein ganzes Leben lang. Warum jetzt noch daran rühren?

Ein Lastwagen überholt uns, *Frisches aus dem Norden* steht darauf. Ich schließe meine Augen. Vielleicht kann ich schlafen. Vergessen, dass ich es gesagt habe. Ich hätte die Reise nicht machen, die Vergangenheit ruhen lassen sollen.

»Opa?«

Ich antworte nicht.

»Du warst bei der Waffen-SS?«

Ich halte meine Augen geschlossen.

Floriane greift nach meiner Schulter, rüttelt an mir, sie schüttelt einen alten, schlafenden Mann.

»Was ist denn?«, sage ich schwach.

»Waffen-SS? Du?«

»Ja.«

Sie nimmt sich noch ein Kaubonbon und fährt weiter. Meine Enkelin weiß jetzt Bescheid, sie wird nicht lockerlassen. Ach, soll der Tod doch kommen. Soll er nicht länger zögern. Er überlegt hin und her. Jetzt wäre doch ein guter Zeitpunkt, nicht wahr. Ich gehe heim zu Gerd. Er wird es verstehen. Er schon.

»Hast du Juden umgebracht, Opa?«, sagt Floriane plötzlich. »Ich muss es wissen.«

Sie fährt etwas zu weit rechts und kommt über die Markierung zum Standstreifen. Die Reifen surren kurz. Wir kommen kaum vorwärts, so langsam fahren wir, Lastwagen hupen und überholen uns. Ich schaue aus dem Fenster. Graues, braunes Land. Der Frühling lässt noch auf sich warten.

»Ja«, antworte ich ihr. »Einen.«

Floh schluckt. Endlich gibt sie wieder Gas und fährt an dem Wohnmobil vorbei. Ich will nach Hause. Die Narbe in meinem Bauch drückt. Das andere auch. Zeit für mein Schmerzmittel. Ich hantiere mit der Schachtel herum, schlucke die Tablette unzerkaut und schnaufe durch.

»Wir rückten vor und nahmen ein Dorf ein«, beginne ich. Denn es ist zu spät. Ich kann nicht mehr zurück. Aber pass auf, Paul Fux, was du redest. Gib acht. Es gibt Dinge, die verzeiht man nicht, nicht einmal dem guten Opa Paul.

»Es war die Zeit, in der wir noch Terrain gutgemacht haben. Der Boden war wieder gefroren, wir kamen voran. Wir alle waren schon weit über ein Jahr im Krieg. Kannst du dir das vorstellen? Ein ganzes Jahr?«

»Nein.«

Kühl hört sie sich an, die Floriane. Ganz weit weg. Auch traurig. Das tut mir weh, ihre Traurigkeit. Ich muss es ihr irgendwie erklären.

»Wir dachten, das wird einfach, ein Dorf wie jedes andere. Wir gehen da rein mit Tamtam, Panzer, Fahrzeuge, Kommandos, die Leute haben Angst und fügen sich. Feindeinheiten waren nicht zu erwarten. Und dann wollten wir uns für die Nacht einrichten. Wir konnten eine Mütze Schlaf gebrauchen. Aber so einfach war es nicht. Das Feuer wurde eröffnet. Wir wussten erst nicht, wie uns geschah. Schon waren ein paar unserer Leute tot, andere verletzt. Das Geschrei. Das Rennen. Wir waren völlig überrascht. Verschanzten uns. Und dann schätzten wir die Lage ab. Das Feuer kam aus einem Türmchen, bei uns wäre es vielleicht der Turm vom Feuerwehrhaus gewesen. Von dort wurden wir beschossen, mit Maschinengewehren, dazu Handgranaten. Wir hatten zehn Verwundete und zwei Tote. Das waren unsere Kameraden. Freunde. Wir waren stinksauer. Wir waren wütend.«

Ja, das waren wir. Immer diese Wut, dieser Hass. Das erhält einen aufrecht, das treibt einen weiter, immer voran, voran. Keiner hält durch ohne Hass.

Pass auf, Paul Fux, was du sagst.

Die Verwundeten stöhnten. Ich höre dieses Stöhnen noch, manchmal war es ein Schreien, manchmal nur ein Wimmern, und manchmal herrschte Stille, das war das Schlimmste, wenn sich das Blut im Mund sammelte und kein einziger Ton mehr herauskam, und nur die Augen starrten einen an, riesige Augen. Der Nebel kommt zurück, um mich herum, in meinem Kopf, die Watte, das dumpfe Gefühl, es kommt zurück, jetzt hier, mit Floriane im Auto, ich fange an zu zittern.

Fünfzig für einen!, hatte der Scharführer gebrüllt, und wir zogen los, von Haus zu Haus, armselig alles, die Leute zerlumpt, was besaßen sie schon, ein paar Hühner, ein Schwein, vielleicht eine Milchkuh, und wie sie lebten in ihren Hütten, die kleinen Öfen glühten, darauf die Teekessel oder Töpfe mit Kohlsuppe, immer stank es nach Kohl und Rauch. Wir zerrten sie raus und stießen sie vorwärts und trieben sie hinter der Kirche zusammen, dort waren wir vor den Heckenschützen aus dem Turm sicher. Und dann ging es los, Freiwillige vor, das waren der Adi und der kleine Friedrich, der Jüngste von uns, er war immer vorne mit dabei, wenn es ums Schießen ging. Sie wechselten sich ab, erst der eine, dann der andere, einzelne Schüsse, die Russen im Turm konnten sich denken, was vor sich ging, die wussten Bescheid, schließlich eilte uns ein Ruf voraus, uns Deutschen, *fünfzig für einen*, das war unsere Lebensversicherung in der Etappe, eine andere hatten wir nicht. Die würden schon herunterkommen, die Russen, und wenn das ganze Dorf dafür draufging. Der kleine Friedrich setzte dann gleich drei Schüsse hintereinander, er war ein erstklassiger Schütze, er zielte immer wie eine Eins. Aus der Deckung beobachtete ich den Turm. Und in der kleinen Pause, bis Adi wieder dran war, da sah ich, dass einer ein weißes Unterhemd am Gewehr aus dem Turmfenster hielt und damit wedelte.

»Was ist los, Opa?«, fragt Floh. »Du bist ganz blass, du siehst schlecht aus!«

»Nein, es geht gleich wieder«, presse ich heraus. Ich kriege kaum Luft. Vor mir die Windschutzscheibe, die Regentropfen, die Autobahn, alles verschwimmt. »Die Tablette, gleich wirkt sie.«

»Opa! Brauchst du einen Arzt?«

Ausatmen. Man muss ausatmen. Es geht vorbei. Ich werde wieder klar im Kopf. Das habe ich lange nicht gehabt, diesen Nebel, dieses Zittern. Aber es lauert noch in meinem Kopf, ich bin nicht in Sicherheit, niemals. Ich wische mir den Schweiß von der Stirn.

»Es ist nur die Tablette, Floh.«

Wir fahren eine Weile schweigend weiter. Floriane wartet, ich weiß, dass sie wartet. »Sie schickten uns los, um den Turm zu räumen«, fahre ich also fort, »und das haben wir gemacht.«

Pass auf, was du redest, denke ich. Eine schlimme Kindheit entschuldigt nicht alles, Paul Fux. Es gibt Dinge, die nimmt man mit ins Grab. Die Strafaktion hinter der Kirche. Wie du dem Adi und dem Friedrich zugeschaut hast, ganz kalt, ganz ungerührt, weil es einfach logisch war, fünfzig für einen, da gab es nun einmal nichts daran zu rütteln.

»Du musst nicht, Opa«, sagt Floriane.

Doch, ich muss. Ich winke ab. »Es geht schon«, sage ich und erzähle weiter. »Es dauerte keine zehn Minuten, und wir waren oben. Es war ein einziger Mann. Er hatte Waffen den Turm hochgeschleppt und auf uns gewartet. Das war kein Soldat, das war ein Junge aus dem Dorf, keine zwanzig. Er lebte noch, blutete nur am Arm. Wir verpassten ihm ein paar mit den Gewehrkolben und brachten ihn zu einem kleinen Platz. Da lagen die Leichen unserer Männer. Um uns herum die niedrigen Häuser, aus den Schornsteinen kam Rauch. An den Fenstern standen die Bewohner, die sollten was geboten kriegen. Die Angst der Menschen ist im Krieg eine Währung. Zwei von uns stellten den Russen aus dem Turm auf die Beine. Er wusste, was passieren würde. Er war ganz ruhig. Er flößte uns Respekt ein. ›Und?‹, fragte einer, und ich sagte: ›Ich mach's!‹ Ich legte an, der Russe direkt vor mir, das waren keine drei Meter. Dieser Blick aus seinen hellen Augen. Er hatte abgeschlossen. Er murmelte etwas, wahrscheinlich betete er. Ich drückte ab. So was muss man schnell machen. Er bekam eine ganze Salve von mir, bis die zwei, die ihn hielten, ihn auf den Boden schubsten, und er war tot. Einer von uns holte einen Strick und legte ihn dem Toten um den Hals. Da stand ein alter Baum, vielleicht eine Eiche. Der Strick wurde über einen Ast geworfen, und sie zogen ihn hoch, den Körper. Das Blut troff nur so heraus. Angst ist im Krieg eine Währung, vielleicht die härteste. Die Leute an den Fenstern schauten uns zu, die würden es sich gut überlegen, den Helden spielen zu wollen. Unser Jüngster, der Friedrich, der zog dem Toten noch die Hosen runter, er lachte, es war ein Spaß für ihn. Aber dann starrten wir alle hin. Einen Moment lang waren wir still und standen nur da. Der Russe war beschnitten. Er war Jude. Wir konnten es kaum glauben.

Ein Jude. Und auf einmal gab es ein Gejaule, sie grölten los und hieben mit ihren Gewehrkolben auf die Leiche am Strick ein, sie waren wie im Rausch, der ganze Zorn, das ganze Jahr Krieg, das Heimweh, die toten Kameraden, sie prügelten alles sinnlos aus sich heraus.

Nur ich machte nicht mit. Mir war schwindlig. Etwas hatte mich erfasst, ich sah diese Meute, den Toten, den Baum, die Häuser, aber alles verschwamm vor mir. Ein *Jude*. Wie konnte ein Jude so kämpfen? Wie konnte ein Jude so tapfer sein? Die Führerwitze fielen mir ein, unser Galgenhumor im Schützengraben, wir wussten doch, dass etwas nicht stimmte, das konnte doch alles gar nicht stimmen, der Nachschub ließ auf sich warten, er würde auch morgen nicht kommen, die Winterausrüstung, die frischen Truppen, die neuen Waffen, die Wunderwaffe, das alles würde nicht passieren, und tief drinnen wussten wir das und brachten es nicht zusammen. Hier rollte eine Katastrophe auf uns zu, und wir waren mittendrin, und das konnte nicht mehr gut ausgehen.

All das brach in mir auf. Sie logen uns an. Unsere eigenen Leute. Nichts als Lügen bekamen wir von ihnen. Der Jude, der da am Baum hing, das war kein Feigling, kein vaterlandsloser Geselle, das war ein mutiger Mann, er hatte die Waffen hochgeschleppt auf den Turm, um sein Dorf zu verteidigen und um einfach so viele von uns zu erwischen, wie er konnte.«

Ich wische mir mit dem Taschentuch über das Gesicht. Der Schmerz pocht dumpf in meinem Leib, gedämpft vom Schmerzmittel, aber er pocht und pocht. Ich halte mich am Griff über dem Seitenfenster fest.

»Sie logen uns an, Floriane, es traf mich wie ein Schlag. Und was noch schlimmer war, wie leicht war es gewesen, uns zu belügen. Uns zu begeistern. Die deutsche Jugend, die strammen Männer, die Waffen-SS, die Elite, direkt Heinrich Himmler unterstellt, berühmt für ihre Tapferkeit, die Orden flogen nur so herum auf den Schlachtfeldern, aber was waren wir wirklich? Buben, denen man alles erzählen konnte, denen man alles eintrichtern konnte, wir waren keine Männer, wir waren keine Helden, Floriane, wir waren dressierte Affen, nur dass wir keine Kunststücke vorführten, wir hatten zu töten und uns töten zu lassen. Erst fühlten wir uns dabei wie die Größten, aber am Ende waren wir nichts als Schlachtvieh, und die Schlachtbank hieß Russland. Es war nun einmal ihr Land, sie verteidigten es mit Zähnen und Klauen. Mutige Männer waren das und genau so verzweifelt wie wir. Hinten warteten ihre Leute und erschossen jeden, der nicht vorrückte, das habe ich aber erst viel später erfahren. Wir hatten auch solche Befehle: besser im Kessel fürs Vaterland verrecken als Rückzug. Und was sind wir verreckt. Am Schluss war nur noch ich übrig, ich ganz allein von über sechzig Mann aus meiner Einheit. Kannst du dir das vorstellen, Floriane? Ich bin mit einem Bauchschuss davongekommen und hab mir gewünscht, ich wäre mit draufgegangen. Die haben mich zusammengeflickt, und ich bin wieder los, freiwillig, Floriane, freiwillig! Man sehnt sich zurück, zu Hause ist alles falsch und verkehrt und sinnlos. Erst in diesem Dorf, ein Dorf wie jedes andere, ein Tag wie jeder andere, da kam etwas ins Wanken in mir, da bröckelte etwas, ein Glauben, eine Überzeugung, die schlugen auf eine Leiche ein, die an einem Baum hing mit heruntergezogenen Hosen, ein Junge, keine zwanzig, und das Gejohle, dieser Rausch, am Platz in einem fremden Dorf, am nächsten Morgen würden wir weiterziehen, ein Schwein mitnehmen, die Hühner, vielleicht gab es sogar noch ein Pferd, wir plünderten, brannten die Scheunen nieder, nichts sollte ihnen bleiben, diesen armen Menschen, aber die Untermenschen, das waren wir, Floriane. Ich war das, ich war der Untermensch!«

Mein Blutdruck. Mein Kopf. Ich schnaufe wie ein Tier.

Floriane blinkt und biegt ab, ein Parkplatz, einer ohne WC, menschenleer. Sie stellt das Auto ab.

»Geht es wirklich, Opa?«, fragt sie.

»Ja, es geht schon. Alles in Ordnung.«

Wir sitzen da, mein Puls geht nur sehr langsam runter. Ich habe mich in Rage geredet. Aber ich bin noch nicht fertig.

»Wir wussten, was mit den Juden passiert, Floriane. Hinter uns kamen die Polizeibataillone und die SS. Wir haben es gehört und gesehen. Manchmal haben sie welche von uns zum Judenschießen geholt, aber ich bin nicht mit. Ich hielt das für unsoldatisch. Das sollten die Schwachköpfe von der SS erledigen, die sich nicht an die Front trauten, die erst kamen, wenn die Luft rein war. Verrückt, was? Unsoldatisch! Wenn dir jemals einer kommt, Floriane, und erzählt dir was vom Soldatischen, glaub ihm kein Wort. Ehre, Treue – alles Lügen. Es gibt diese Heftchen, habe ich gesehen, Landserheftchen, voll von Heldentaten und Kameradschaft und allem, da lachen ja die Hühner, die waren nie im Krieg, die so was schreiben, oder sie lügen, sie lügen immer noch. Glaub niemandem was, der vom Krieg erzählt, die Lüge ist im Krieg eine Währung wie die Angst, weißt du …«

»Wie konntest du, Opa?«, unterbricht mich Floriane leise, ohne mich anzuschauen. Sie klingt ganz weit fort. »Wie konntest du nur.«

Es wird still zwischen uns. Ich bin erschöpft. Ich weiß nicht, was passiert, jetzt wo die Kugel draußen ist. Ist sie das?

Floh legt den Kopf auf das Lenkrad.

»Waffen-SS! Du!«, sagt sie jetzt laut. Sie ist wütend. Hoffentlich regt sie sich nicht auf. Das Baby. Ob sie mich jemals wieder ansieht? Meine Enkelin?

Ich antworte nicht. Was soll ich auch sagen.

»Hast du Frauen vergewaltigt?«, fragt sie. Wieder laut. Eine Anklägerin.

»Nein.«

»Nicht eine?«

»Nie.«

»Auch unsoldatisch?«

»Ich weiß nicht. Ich hab es nicht gewollt.«

»Bereust du es? Der Mann, den du erschossen hast: Bereust du es? Er war Kriegsgefangener!«

Sie kennt den Krieg nicht, meine Enkelin. Dieser Mann war schon tot, als er die Waffen den Turm hinaufschleppte. Als er nur daran dachte, da war er schon tot. Und das wusste er auch, der Judenjunge. Das wusste er ganz genau. Das war es ja, was ich damals nicht begreifen konnte. Wir waren doch die Tapferen, das war doch unser Privileg! Was, wenn es sie jetzt überall gab, in jedem Bauerndorf am eisigen Rand der Welt?

Ach, was man nicht alles bereut in einem langen Leben. Wem hilft das noch. Dem Judenjungen? Den Toten, die weiter durch den Wald wandern? Den armen Gestalten da hinter der Kirche? Nichts hat ihnen geholfen, auch nicht, dass der Junge sein Unterhemd ans Gewehr gehängt und durchs Turmfenster geschwenkt hat. Fünfzig für einen. Nicht zehn, nicht dreißig, wir waren mehr wert, mehr als ein Wehrmachtssoldat, mehr als ein Eisenbahngleis, wir waren die Waffen-SS. Fünfzig für einen. Der Junge hatte umsonst aufgegeben. Und wenn der Adi keine Lust mehr hatte und der Friedrich einen Befehl für den Verwundetentransport, dann war eben ein anderer zuständig, und der drückte sich nicht, der nahm die Sache in die Hand.

Schon seltsam, dass es nicht die fünfzig oder hundert oder tausend sind, die einen verfolgen, nicht wahr, Paul Fux? Es ist dieser eine, der Junge, der lässt einen nicht los.

»Ich denke oft an ihn«, sage ich Floh. »Jetzt, wo ich so krank bin, noch öfter. Ich hab das nie jemandem erzählt, aber jetzt weißt du es.«

Sie nickt nur. Nimmt sich ein weiteres Kaubonbon. Sie ersetzen ihr die Zigaretten, seit sie schwanger ist.

»Lass uns heimfahren, Opa«, sagt sie schließlich und lässt das Auto an.

»Ja.«

Und von der Seite trifft mich ihr Blick.

Ich will nicht

Floriane, 2006

Die erste Wehe haute mich glatt um. Ich musste mich sofort übergeben, so heftig setzte der Schmerz ein. Erst wusste ich gar nicht, was los war, aus dem Schlaf gerissen, in meinem Bett, allein, das Zimmer stockdunkel, Mischa nicht da. Aber mein Bauch machte mir ziemlich schnell klar: *Hallo, jetzt ist Ausnahmezustand, das kennst du noch nicht, und das ist erst der Anfang.* Ich tippte zitternd eine Nachricht.

ICH GLAUBE DU MUSST JETZT KOMMEN

Es dauerte keine zwei Sekunden, bis die Antwort kam.

BIN UNTERWEGS

Es war drei Uhr nachts. Er musste wach dagelegen und gewartet haben. Jetzt radelte er durch die Stadt. Ich schickte ihn oft zum Schlafen in seine WG, obwohl er was dagegen hatte, besonders in den letzten Wochen. »Was, wenn es losgeht? Wenn etwas passiert, Floh? Ich muss doch da sein!«

Nein. Er sollte nicht einfach immer da sein und

irgendwas als selbstverständlich ansehen. Nein, nein, nein, es war noch nicht alles klar zwischen uns. Es war noch überhaupt nicht ausgemacht, wie das eigentlich gehen sollte.

Ich hatte keine Ahnung.

Ich stellte mir einen Eimer hin für den Fall, dass ich mich wieder übergeben musste, und wartete auf Mischa. Auf einmal hatte ich furchtbare Angst. Gerade war etwas Ruhe da unten, aber wenn das erst der Anfang war, wie ging es dann weiter? Wie ging denn jetzt alles weiter?

Die nächste Welle rollte gerade an, als Mischa klingelte. Ich machte die Tür auf, drehte mich schnurstracks um und rannte zurück in mein Bett, ließ mich fallen und krümmte mich. Mir brach der Schweiß aus.

»Hey«, sagte Mischa und legte sich vorsichtig neben mich. Ich jammerte. Stöhnte. Fluchte schließlich. »Verdammt, was ist das? Das hält doch niemand aus, bitte!«

»War da nicht was mit Badewanne? Soll ich dir Wasser einlassen?«

Aha, er hatte aufgepasst, wenn ich ihm aus dem Buch vorlas. »Du musst einen Kurs machen«, hatte meine Mutter gesagt, aber wenn mir jemand irgendwie mit *Müssen* kam, machte ich halt immer das Gegenteil. Geburtsvorbereitung, pah, hatten die indigenen Frauen im Amazonas etwa einen Kurs in Geburtsvorbereitung?

Wie blöd ich gewesen war, das merkte ich jetzt. Ich wusste überhaupt nicht, was ich machen sollte. Und diese indigenen Frauen ließen sich bestimmt von ihren Müttern was sagen. Ich war eine Idiotin und fluchte weiter.

Endlich ließ der Schmerz nach, bis er wie weggeblasen war, ich drehte mich zu Mischa und umarmte ihn. Sein Gesicht vor mir, die Dreadlocks auf dem Kissen, der riesige Bauch zwischen uns. Wir lagen zusammen da. Ich war müde, wahnsinnig müde plötzlich, ich döste ein, schlummerte vor mich hin. Mischa roch gut so nah an mir dran.

Dann ging es wieder los. Keine Schmerzmittel, keine Anästhesie hatte ich großspurig verkündet. Ich wollte eine natürliche Geburt. Scheiß auf natürliche Geburt, dachte ich jetzt. Kein Mensch konnte das ohne Anästhesie überleben.

»Badewanne, bitte!«, sagte ich bloß noch, hielt Mischa aber verzweifelt am Arm fest, klammerte mich richtig an ihn, ich ließ ihn nicht weg, er guckte mich nur an, war total ruhig, während ich seinen Arm traktierte, und er lächelte ein ganz kleines bisschen. Ich ließ ihn los.

»Okay?«, fragte er.

Ich nickte. Das warme Wasser in der Wanne sollte entspannend wirken. Den Schmerz lindern. Die Badewanne wurde meine ganze Hoffnung. Mischa stand wie in Zeitlupe auf, als könnte mir jede Bewegung wehtun, als wäre ich ein rohes Ei, dabei war ich ein Tier, und als er im Bad war, brüllte ich los, ich konnte nicht anders. »Ich will nicht! Ich will das nicht!«

Die Badewanne war ein Witz. Sie nützte überhaupt nichts. Ich stöhnte und keuchte, zog die Beine an und streckte sie wieder aus, knetete erst Mischas Hand, so fest ich konnte, dann zerrte ich an seinem T-Shirt, bis die Wehe irgendwann wieder vorbei und das T-Shirt kaputt war, einfach zerfetzt, und ich schwach dalag, jetzt war das warme Wasser gut. Pause. Verschnaufen.

Mischa streichelte meine Wange.

»Hast du auf die Uhr geschaut?«, fragte ich.

»Ja. Die Abstände sind noch zu lang.«

»Was? Noch zu lang? Noch nicht Klinik?«

»Nein, noch nicht.«

Ich tauchte unter. Stieß Luft aus, sodass die Blasen laut nach oben blubberten.

Stunden später, draußen war es längst hell, deutete Mischa in der Wehenpause auf seine Armbanduhr. »Wir sollten fahren.«

Er hatte wirklich gut aufgepasst, kannte sich aus und hatte alles im Griff. Ich war erschöpft, nassgeschwitzt und hatte gar nichts mehr im Griff. Ich fühlte mich breit, wie von schlechtem Gras.

»Ausatmen, Floh, ausatmen«, sagte Mischa und machte es mir mit leicht zusammengepressten Lippen vor. Ich atmete mit ihm aus, so wurde es besser, ich konnte wieder denken.

Er war toll. Mischa. Trotzdem. Wie sollte es gehen? Vater Mutter Kind – ich konnte das nicht.

Im Reihenhaus Muffins backen. Ikea-Küche. Diese Blechschilder an der Wand mit Sprüchen drauf, irgendwas mit Liebe oder was Lustiges, und dann noch so ein rosa Kinderzimmer mit dem Barbiehaus mittendrin. Wenn ich an das Barbiehaus dachte, wollte ich sofort nichts wie weg. Mich verstecken. Nie mehr herauskommen. Nur ich und das Baby. Nur wir beide und sonst niemand.

Nein. Keine Tagebücher mit Briefen. Hallo Papa. Nein. Nein. Nicht schon wieder ein Kind ohne Vater.

Ich war also eine Gefangene. Sobald man schwanger wird, hat man nichts mehr zu melden. Man kriegt eine Leine umgelegt, und das war's. Vater Mutter Kind. Aber ich konnte das nicht, ich würde eingehen oder etwas Wahnsinniges tun wie eines Tages Nägel im Teig für die Muffins verbacken und zusehen, wie wir alle drei einen grausamen Tod starben.

Ich zog mir ein frisches T-Shirt und die neue Jogginghose an. Kämmte mich. Besah mich im Spiegel. Ganz schön fertig, die Frau da mit dem dicken Gesicht und den nassgeschwitzten Haaren. Wie sollte es gehen? Ich hatte keinen Plan und keine Idee.

Mischa stand im Flur und hatte schon die Tasche mit den Nachthemden, den Still-BHs und den Einmal-Unterhosen in der Hand. Er lächelte die ganze Zeit ein bisschen.

Weil er dachte, jetzt gehört sie mir, jetzt kommt sie nicht mehr davon, die Fesseln ziehen sich gerade zu.

Nein, das dachte er bestimmt nicht. Er wartete nur. Ich schlüpfte in meine Schuhe. Nahm meine Jacke. Mein Bauch war ganz ruhig. Nichts tat weh, nicht einmal der Rücken. Ich stand Mischa gegenüber, er mit der Tasche, ich mit der Jacke.

»Mischa?«, sagte ich.

»Ja?« Jetzt lächelte er nicht mehr.

»Ich kann das nicht.«

Er stand ganz still. Auf einmal eine Traurigkeit im Gesicht, dass es mir den Hals zuschnürte.

»Fahren wir?«, fragte er nur.

»Nein, noch nicht.«

Er nickte und stellte die Tasche ab.

»Ich kann das nicht, Mischa, mit Ikea und Muffins und Barbiehaus. Ich würde sterben, ich würde sterben.«

»Floh, wir sollten fahren.«

»Versprichst du mir was?«

»Was denn?«

Er nahm die Tasche wieder hoch. Er war jetzt nicht mehr so ruhig. Er hatte wohl Angst, dass er das auch noch hinkriegen musste mit der Geburt, dass er die Nabelschnur durchbeißen musste.

»Versprich mir, dass wir es anders machen. Kein Vater Mutter Kind. Dass du mich nicht einsperrst. Dass wir es einfach total anders machen, ja?«

Mischa starrte mich an. Er streckte den Arm aus, wie ein Roboter. Hörte er mir überhaupt zu?

»Versprichst du es mir?«

»Ich verspreche es«, sagte er schnell. »Ich bin nicht der Typ fürs Barbiehaus, das müsstest du eigentlich wissen. Aber können wir das nicht vielleicht wann anders besprechen?«

»Hoch und heilig?«

Er hatte einen komischen Blick. Was war denn los mit ihm? Auf ein paar Minuten kam es doch nicht an. Das erste Kind fiel nicht einfach so heraus.

»Floh, ich glaube, wir sollten jetzt los.« Er deutete auf mich, auf meine Jogginghose.

Ich sah nach unten. Alles war klitschnass, die Hose, die Socken, die Schuhe, der Teppichboden.

»Oh mein Gott«, sagte ich nur.

Mischa nahm mich bei der Hand und zog mich aus der Wohnung.

»Wie soll sie heißen?«, fragte die Hebamme.

»Samantha«, sagte Mischa. Ich hatte den Namen ausgesucht, falls es ein Mädchen werden würde. Aber ich war zu schwach, um etwas zu sagen. Mit einem ziemlich lauten Seufzen schrieb die Hebamme *Samantha Fux* auf ein Bändchen und wickelte es um einen winzigen Arm. Der Arm gehörte zu dem winzigen Wesen auf meiner Brust. Es war in eine Decke eingewickelt, nur der Kopf schaute heraus. Die kleine Delle oben, so furchtbar empfindlich, das Gesicht, die Haut, so gefährlich weich, der Mund, die Augenlider, die leicht flatterten, ich sah es mir an, das Kind. Und streichelte das dichte schwarze Haar, schon ungefähr zwei Zentimeter lang. Naja, das waren wohl eher Bastis Haare, aber der Test stand noch aus.

»Hey, Samy«, sagte ich leise. Sie war wach. Die milchigen Augen offen. Wie schön sie war. So war das also. Eine Art Verliebtheit. Man wurde plemplem davon. Und butterweich. Man wurde ein anderer Mensch.

»Hey, Samy«, sagte Mischa jetzt auch und berührte den Flaum auf ihrer Stirn. Seine Hand wirkte riesig vor dem kleinen Gesicht. Er hatte einen seltsamen Blick drauf, irgendwie selig, als wäre Samy das kleine Jesuskind und gerade auf die Welt gekommen, um uns alle zu erlösen.

»Ich verspreche es, Floh«, sagte Mischa plötzlich ganz ernst. »Was du mich gefragt hast, ich verspreche es. Hoch und heilig, okay?«

Ich war es

Paul, 2007

Er regt sich, der Drache in seiner Höhle. Er zuckt schon. Bald wacht er auf. Und dann reißt er das Maul auf und verbrennt mir die Innereien mit seinem Atem.

Es ist Zeit, Schwester, kommen Sie, bitte. Warum warten, der Drache ist wach, gleich erhebt er sich, bitte.

»Herr Fux? Es wäre wieder so weit.«

Es ist Marion. Sie lässt mich nie warten. Sie ist so herzensgut.

»Gleich piekst es.«

Sie lächelt. Und schon dämmert es. Das ist die beste Zeit. Der Drache gähnt noch einmal, dann legt er sich nieder, ganz müde, ganz erschöpft. Von nichts. Vom Warten.

Der Schmerz ist weg. Ich deute auf das Fenster. Nur mit dem Finger, der Arm ist zu schwer.

»Ich darf Sie doch nicht aufsetzen, Herr Fux.«

Ich strenge mich an. Ich sammle Luft, ich öffne den Mund, noch ein Atemzug, dann schaffe ich es und sage: »Bitte.«

»Na gut. Es kann eigentlich nicht schaden. Aber verraten Sie mich nicht.«

Marion zwinkert mir zu und drückt auf einen Knopf,

sodass meine Rückenlehne hochfährt. Dann steckt sie mir noch ein Kissen hinter den Kopf.

Jetzt kann ich aus dem Fenster die Berge sehen. Sie sind jeden Tag anders. Sanfter heute. Ein sanftes, grünes Land. Die Gipfel in der Ferne weiß, darüber der Himmel, weit und blau, ein kaltes Blau, das in den Augen schmerzt.

Marion ist fort.

Marion?

Sind Sie es?

Nicht? Wer ist es?

Steht da draußen.

Anne? Du?

Anne, gib acht. Er steht draußen und will herein. Der hat noch eine Rechnung offen, mit mir, weißt du. Der gibt nie Ruhe. Der Iwan.

Anne! Der Iwan steht draußen!

Und, Paul? Wo ist jetzt Held? Wo Soldat?

Er ist da! Nicht! Der Junge. Der hatte doch auch. Vater und Mutter. Der Junge.

Anne? Der war so alt wie ich. Ich hab ihn abge… Ich war es.

Verlobte hatt ich auch.

Weg! Raus mit dir!

Hast genug leben dürfen, wenn du mich fragst.

Anne!

»Schlafen Sie, Herr Fux. Ihre Tochter kommt bald.«

»Ja?«

»Ruhen Sie sich aus.«

Zeit für die Spritze. Nein? Noch nicht, Marion?

Die Berge, der Herzogstand, sehen Sie. Die Weiden. Die Kühe haben gut zu fressen. Sie werden viel Milch geben.

Wer?

Anne?

Nein.

Das gibt es doch nicht. Der Gerd? Mensch, Gerd!

Gerd ist da, Anne.

Weißt du noch, Gerd? Mach, dass unsre Truppen siegen …

> … dass wir wieder schulfrei kriegen! Ich weiß es noch, ich bin dein Bruder.

Ja, mein Bruder. Da bist du ja. Weißt du, dass es der Onkel war? Der Alte? Er hat den Anruf gemacht. Der Junge muss an die Front.

> Ach, der Alte war es. Er wollte schon immer einen Soldaten aus mir machen. Ich war ihm einfach zu weich.

Ja, zu weich. Solltest ein Mann werden. Ha! Ausgerechnet du! Sie haben nie mehr mit ihm gesprochen, Mutter und Vater.

Nie mehr? Kein Wort?

Kein Wort. Stell dir vor.

Er hat dich exerzieren lassen, der Alte, in der Küche, weißt du noch, Paul?

Ja, das hat er mir schön beigebracht, das Exerzieren und das Hassen, was?

Jawoll! Es dröhnet der Marsch der Kolonne, der Tambour schlägt das Fell …

… es leuchtet vor uns die Sonne, sie leuchtet so klar und hell! Ja, sie leuchtet, Gerd. Der Himmel ist stahlblau. Siehst du die weißen Gipfel? Das war ein Schwein, der Alte. Was hat er dich geschlagen. Ich höre es heute noch. Mit dem Weidenast. Erst pfeift es, dann knallt es, und dann schreist du.

Und du immer brav, immer tapfer. Dabei warst du selbst noch ein Pimpf.

Ich, ein Pimpf? Ich verpass dir gleich eine!

Es hat nicht wehgetan, Paul. Nicht von dir.

Der Herzogstand, Gerd, weißt du noch? Unsere Wanderung? Das war noch vor dem Krieg. Endlich hatten wir den Alten los. Der konnte uns nichts mehr. Wir mussten im Gewitter absteigen. Was hast du gejammert bei jedem Donnerschlag. Mehr Angst als Vaterlandsliebe!

Ich warte schon so lange auf dich, Paul.

Ich war da. Ich war bei dir, Gerd. Mit Floriane.

Hat sie ihr Kind bekommen?

Ja. Sie heißt Samantha, die Kleine. Ausgerechnet! Aber die jungen Leute, sie fragen nicht, sie machen einfach, was sie wollen. Sie sind auf Reisen, Gerd, wie unsere Eltern, aber das Baby haben sie mitgenommen. Und recht haben sie, nicht wahr, Gerd? Es sind andere Zeiten.

Ich warte schon viel zu lange auf dich, Paul.

Ja, Gerd. Viel zu lang.

»Papa?«

Sie ist da. Anne, endlich. Sie riecht nach frischer Luft. Ich spreche. Ich sage: Anne, endlich. Aber sie hört mich nicht.

»Schläfst du?«

Nein, ich bin wach. Geh nicht weg. Zieh doch den Mantel aus. Setz dich zu mir. Weißt du noch, Anne? Wir haben getanzt, im Trocadero, oben im ersten Stock, die Kapelle spielte. Eine Feder warst du in meinem Arm. Die amerikanische Musik. Hieß er nicht Sam, der am Klavier?

Zieh doch den Mantel aus. Bitte.

Sie hört mich nicht.

»Papa?«

Ach, du? Ina? Nicht doch. Sei nicht traurig. Ich bin ein alter Mann.

»Er erkennt mich nicht! Anne, das ist meine Mutter. Sie ist doch seit fünf Jahren tot.«

Nicht weinen, Ina. So jung und schon Großmutter! Warte nur, Floriane wird dich noch brauchen mit der Kleinen. Sei da für sie, ja?

»Er verwechselt mich mit meiner Mutter, ausgerechnet! Er hatte es nicht leicht mit ihr.«

Deine Mutter, Ina, sie hat mich gerettet. Ich war ein Trunkenbold, ein Schläger, ich wusste nicht ein noch aus. Sie hat mich aufgelesen, deine Mutter, und war gut zu mir. Es war schwer für sie und für dich auch, aber nicht für mich.

Ich sammle die Luft. Ich strenge mich an. Nur ein Wort noch, das schaffe ich.

»Ina.«

»Papa, ja, ich bin es. Deine Ina!«

Sie lächelt. Sie ist so stark, wie ihre Mutter.

»Der Arzt meint ...«, sagt Marion.

»Ich weiß«, flüstert Ina. »Ich bleibe, bis es so weit ist.«

»Gut«, sagt Marion.

Ja, alles gut jetzt.

Sie hören mich nicht.

Mein liebes Kind

Ina, 2007

Es dauerte, bis ich Floh erreichte. Sie war in Myanmar unterwegs oder schon in Thailand, ich wusste es nicht genau. Sie meldete sich kaum seit dem letzten Streit. Dabei tat es mir leid. Ich hatte ihr nur Vorwürfe gemacht.

Was, wenn die Kleine krank wird? Werd endlich erwachsen und übernimm Verantwortung. Sie braucht ihre Familie, die Kleine.

Mama, wir sind ihre Familie, nicht du.

Du und deine Selbstverwirklichung, der reinste Ego-Trip, denkst du auch mal an dein Kind? Das soll in einem Bus leben? Was sind das für hygienische Verhältnisse? Was alles passieren kann. Und wie du dein Erbe verschleuderst, wenn deine Uroma das wüsste. Willst du nicht erst einmal dein Leben in Ordnung bringen? Endlich etwas lernen, studieren, eine Ausbildung machen? Was hast du denn weiter vor? Wie wollt ihr euer Kind ernähren? Das Leben ist kein Ponyhof, Pipifloh.

Und so weiter und so weiter. Nur das Eigentliche, das Wichtige, das konnte ich einfach nicht sagen. Wie hart es war für mich, dass Floh einfach wegging, mit dem Baby, so bald nach der Geburt. Was für eine Enttäuschung. Ich hatte doch schon eine Wiege gekauft und ein Schaffell für den Winter. Und jetzt? Alles auf dem

Dachboden. Wie ich sie vermisste, Floh und Samy, die Kleine noch ein wenig mehr. Aber ich brachte es nicht über die Lippen. Stattdessen hörte ich mich wie meine eigene Mutter an, eins zu eins, die gleichen Sätze, die Stimme, sogar das Gesicht, so stellte ich mir vor, der verkniffene Mund, ganz klein wurde so ein Gesicht mit all diesen Vorwürfen.

Mein liebes Kind.

Dabei war es doch Flohs Leben. Sie war noch so jung. Sollte sie doch reisen. Und ihre Uroma, die hätte sich gefreut, wenn ihr englisches Geld auf die Weise ausgegeben wurde. Eigentlich hatte ich Floh das sagen wollen, beim letzten Gespräch. Aber dann war es wieder schiefgelaufen, ich hatte mich hinreißen lassen. Es hatte sich bestimmt nach böser Missgunst angehört, grauenhaft. Und? War es Neid? Sei ehrlich zu dir, Ina. Ja, vielleicht. Aber vor allem war es die Angst, dass Floh nicht mehr wiederkam, sich endgültig lossagte. Wegging, um wegzubleiben. Denn sie brauchte ihre Mutter nicht mehr, diese große Tochter. Das war die Wahrheit. Sie war leichter und glücklicher ohne mich. Ich wusste es doch am besten. Ich konnte mich schließlich noch erinnern. An meinen eigenen Aufbruch. An meinen Stolz. An dieses wunderbare Gefühl, sie los zu sein, meine fragende, besorgte, eifersüchtige, wütende Mutter. Vielleicht hatte sie sich ähnlich gefühlt? Alles nur eine polternde Angst? Eine Art Todesangst war das. Als würde der Tod schon ein paar knochige Fingerchen zum Türspalt hereinstrecken, und es wird kurz kalt im Zimmer, und man weiß: Ja, von heute an sind die Tage gezählt, sie stehen nicht mehr unendlich zur Verfügung wie damals, als man noch ganz jung war. Und dann? Wie lebt es sich dann? Wenn man alt wird?

»Mama? Hörst du mich?« Plötzlich war Floh dran. »Wir können nur kurz sprechen, es ist teuer.«

»Ich überweise dir was, in Ordnung?«

»Das brauchst du nicht. Ich sitze hier in einem Laden, und Leute warten, weißt du.«

»Wie geht es Samy?«

»Gut! Sie krabbelt. Sie macht die Gegend unsicher und steckt alles in den Mund. Wir müssen dauernd aufpassen. Aber die Thais lieben sie, sie tragen sie herum und helfen uns.«

»Wie schön. Ach, ich würde sie so gerne sehen.«

»Das wirst du doch, Mama. Keine Sorge.«

»Sie wird so schnell groß.«

»Ich schicke dir wieder Fotos, okay? Ich muss Schluss machen. Hier steht eine Schlange, die wollen alle telefonieren.«

»Dein Opa ist gestorben, Floh.«

Schweigen. Ich hörte im Hintergrund Leute Englisch reden. Gelächter. Urlaubsstimmung.

»Bist du noch dran, Floh?«

»Ja.«

»Du sollst es nur wissen. Ich will dir nicht deine Reise verderben.«

»Ich weiß.«

Weinte sie etwa? Floh und so weich? Ging es ihr gut?

»Wir waren in Bagan, Mama. Erinnerst du dich? Opa wollte so gerne mal Bagan sehen. Uroma hat doch immer davon erzählt. Sie hat gesagt, Bagan wäre der schönste von allen Orten auf der Welt, die sie gesehen hat.«

»Du warst dort?«

»Ja. Es war genauso, wie sie gesagt hat. Es war wunderbar, Mama. Ich habe Goldblättchen auf einen Buddha geklebt. Für Opa. Damit er noch lange lebt.« Sie schniefte. »Mein Opa ist tot«, sagte sie dann zu jemandem, der in der Nähe stand.

»Ist Mischa bei dir?«

»Ja.«

»Her grandpa died«, sagte er, wahrscheinlich zu den Wartenden in der Schlange, die nun verstummten. Alles war jetzt still.

»Ich fliege heim«, sagte Floh.

»Das brauchst du nicht. Ich kümmere mich um alles. Deine Reise, Floh. Ich wollte dir noch sagen, dass du recht hast. Schau dir die Welt an. Alles andere kann warten. Es ist dein Leben. Es war so dumm, dir Vorwürfe zu machen. Samy ist noch klein, was sie braucht, ist ihre Mama, und sonst nicht viel. Du wirst schon wissen, was gut für sie ist.«

»Weinst du, Mama?«

»Nein. Er hat sein Leben gelebt. Aber er war mein Vater, weißt du.«

»Ist Jochen da? Ist er bei dir?«

»Er hat die Kinder und kommt erst am Wochenende.«

»Ich fliege heim. Es ist okay. Meine Zeit hier ist um.«

»Wirklich? Sprich erst mit Mischa. Versteht ihr euch gut? Frag ihn, ob es für ihn in Ordnung ist.«

»Ja, Mama!«

Da war er wieder, dieser leicht genervte Tonfall. Nur jetzt nicht wieder loslegen. Nicht sagen: *Du kannst nicht immer alles allein entscheiden. Man muss auch mal Kompromisse machen. Sei froh, dass du ihn hast, deinen Mischa.* »Ihr werdet das schon richtig machen«, sagte ich stattdessen.

»Mama? Ich will dir auch noch was sagen.«

»Ja?«

»Ich hab dich lieb.«

»Was?«

Es musste etwas passiert sein. Mit Floh, mit Samy. Einen Moment lang wollte ich es gar nicht wissen. Nicht fragen. Ich sah mich um. Ich stand in der Wohnung meines Vaters. Nicht das Haus, in dem ich aufgewachsen war, in dem er so lange gelebt hatte. Es war ein Apartment, betreutes Wohnen. Alles war sauber, und irgendwie seelenlos. Er hatte sich nie beklagt. Keine Vorwürfe gemacht, dass ich ihn nicht bei mir aufgenommen hatte. *Floriane ist endlich erwachsen, da brauchst du nicht wieder ein Kind, das in die Windeln macht,* hatte er gesagt. Ganz ohne Bitterkeit. Jetzt galt es nur noch, ein paar Sachen zusammenzupacken.

Was hatte Floh gerade gesagt? *Ich hab dich lieb.*

»Was ist los, Floh? Was ist passiert?«

»Nein, Mama, es ist nichts passiert.« Sie lachte. Wie schön es war, ihr Lachen.

»Ich dich auch«, antwortete ich, und es war ganz einfach.

»Dein Opa hat sich so gefreut, dass er Samy noch sehen konnte, weißt du das? Seine Urenkelin. Das hat ihn sehr stolz und glücklich gemacht. Am Ende hat er mich noch einmal erkannt, er hat gelächelt und ist eingeschlafen.«

»Du weinst ja doch, Mama.«

»Nein, Unsinn. Du brauchst nicht heimzukommen.«

»Komm, wir fragen gleich nach Flügen«, sagte Mischa im Hintergrund.

»Ich hole euch vom Flughafen ab«, sagte ich. »Also nur wenn ihr wollt.«

»Das wäre toll. Oder, Mischa? Meine Mama holt uns ab!«

»Cool«, sagte Mischa.

»Tschüss, Mama!«

»Tschüss!«

Ich legte auf. Machte mich daran, das Apartment leer zu räumen. Die letzten Habseligkeiten meines Vaters, viele waren es nicht. Das meiste wanderte in einen Müllsack: Rasierzeug, Zahnbürste, die Kleidung, die Bettwäsche.

Hoffentlich blieb er eine Weile, der Mischa. Hoffentlich. Noch ein oder zwei Jahre. Oder drei. Es war so viel leichter mit einem Vater für das Kind. Und Floh konnte vielleicht doch noch studieren. Ich würde ihr helfen, würde auf Samy aufpassen, wann immer es ging. Vorausgesetzt, Floh würde es zulassen. Vorausgesetzt, ich würde damit aufhören, sie zu bevormunden, und einfach abwarten, was passierte. Das fiel mir so schwer. Einfach zu warten. Und zu vertrauen. Stattdessen redete ich immer in alles hinein und schmiedete Pläne, damit nichts schiefging.

Floh hatte genug von meinen Plänen.

Ich verschnürte den Müllsack. Die Bücher würde ich behalten. *Mein Kampf* war darunter, und Bölls gesammelte Werke. Schon seltsam.

Mein Vater hätte sich gefreut, es noch mitzuerleben, dass sie nach Hause kamen, Floh, Samy und Mischa. Aber so war das nun einmal.

Bad Guy

Samy, 2019

YAEL
hi

YAEL
???
hi?

SAMY
keine Lust

YAEL
du bist vielleicht meine Cousine Mrs KEINE LUST

SAMY
waaaas??? Bist du aus Israel?

SAMY
???

YAEL
keine Lust 😘

SAMY
sry ich dachte das ist eine spacko-anmache auf Fb

YAEL
keine Angst keine dickpics bin ein Mädchen

SAMY
juhu! :D

wie alt?

bist du wirklich meine Cousine?

YAEL

bisschen jünger als du grrr aber ich werde auch bald 13

mein Opa ist auch dein Opa glaube ich Ariel Schalom

mir hat keiner was erzählt aber ich habs rausgekriegt

SAMY

Wie?

YAEL

Beweise

SAMY mach mich nicht so neugierig!

SAMY

???

YAEL

zeige ich dir wenn wir uns sehen brisantes Material

SAMY

wow eine Spionin meine Cousine

😘

YAEL

😍

SAMY

HALLO WELT ICH HAB AUF EINMAL EINE COUSINE JIPIII-IEH!

YAEL

wollen wir Handynummern austauschen und whatsappen?

SAMY

claro! lebst du im Kibbuz?

YAEL

jaiststinklangweilig3 Monatenochdanndarfichwenigstensins jugendhaus ziehen

halte meine Eltern nicht mehr aus
wo lebst du? in Berlin vielleicht?

SAMY

leider nein. 😭
in Santa Reparata in Italien das klingt toll ist aber langweiligstes kaffdesuniversumsgemüseweinbergezypressentotalbescheuerte Erwachsene mehr nicht
wir leben in einer kommune 😫 Meine Eltern sagen sie sind anarchisten aber sie sind eigentlich kriminelle das Land gehört ihnen nicht, sie haben es besetzt

YAEL

wow. hätte auch gerne coole kriminelle eltern!

SAMY

nee nicht cool eher so Hippies auf jeden Fall
SCHRECKLICH!!!

YAEL

du kennst den Kibbuz nicht, Cousine ;-)

SAMY

es gibt was cooles hier das sind die tiere drei hunde zwei esel ungefähr zwanzig hühner ein hahn der liebt mich echt jetzt drei hängebauchschweine und lauter hasen und kein tier darf geschlachtetwerdenmeineMomhatdasindervollversammlung beantragtundistdurchgekommendaswardaseinzigeMalwosie cool war

YAEL

ähm hier schon also Tiere schlachten Schafe tut mir leid

SAMY

ist okay aber bitte ich muss nicht zuschauen

YAEL

kommst du? mich besuchen? 😬 aber vorsicht meine eltern nie cool und auch voll SCHRECKLICH

SAMY

ich komme oder du wenn du kommst zeige ich dir wo man hingehen kann in der Nähe gibt aber nur langweilige Sachen wie eisdiele 🙄 haben deine eltern auch keine ahnung?

YAEL

eltern und ahnung das ist wie schlange und beine schließt sich aus ich werde nie erwachsen weil sonst muss ich mein Gehirn abgeben wenn du mich besuchst zeige ich dir dass man nirgends hingehen kann und die jungs katastrophe sind bis auf einen

SAMY

name?

YAEL

David

SAMY

schöner Name
bei mir Jonas 💖
kategorie total hübsch total witzig total lieb und vergeben heul

YAEL

heißt er nicht vielleicht doch David und es ist genau der den ich meine?

SAMY

hihi dann kennst du das problem?

YAEL

ich LEBE das problem!!!

SAMY

es ist voll schön eine Cousine zu haben eine wie dich

YAEL

😊
es ist voll schön eine Cousine zu haben die mich versteht
😗

SAMY
bist du auch bei Insta?

YAEL
bin ich bei Insta??? existiere ich??? liebe ich billie eilish über alles???

SAMY
uaaaaah!!! billie eilish!!! liiiiiebe sie auch!!!

YAEL
bistduetwagenausototalbillie-eilish-süchtigwieich?waaaahnsinn!

SAMY
wir müssen uns auf Insta folgen und wir MÜSSEN uns besuchen MÜSSEN MÜSSEN MÜSSEN

YAEL
auf jeden!

SAMY
versprochen?

YAEL
versprochen!

SAMY
bin gerade voll glücklich Cousine

YAEL
ich auch 😘

Liebe Leser*innen,

als Autorin werde ich oft gefragt: Was ist wahr an der Geschichte? Und ich kann auch für dieses Buch nur antworten: Alles. Denn während der vielen Stunden des Schreibens, vor allem nachts, hat sich in meinem Kopf alles ganz genau so abgespielt. Das ist ja das Wunderbare am Schreiben: Ich kann mir meine eigene Realität erschaffen, meine eigene Wahrheit, und alle Fragen sind endlich beantwortet.

Aber sind sie das?

Mein Vater starb, als ich ein kleines Mädchen war, sodass ich ihm keine Fragen mehr stellen kann. Er war als junger Mann überzeugter Nationalsozialist und ging, wie Paul Fux, freiwillig zur Waffen-SS. Und ich las als Jugendliche »Das Mädchenorchester von Auschwitz« und die Bücher von Leon Uris, ich sah den Film »Holocaust« und später »Shoa«. Immer wollte ich verstehen, wie das alles möglich war und wie es sein konnte, dass mein Vater dieser Ideologie so leidenschaftlich verfallen war, dass er sich auch nach einer schweren Verwundung und der Amputation seines linken Arms wieder an die Front meldete. Das weiß ich von meiner Mutter. Sie lernte ihn sehr viel später kennen, als er schon begonnen hatte, über sich und seine Jugend nachzudenken und den Krieg nicht länger zu verherrlichen. Er war kein Nazi mehr, als er heiratete und drei Kinder bekam, eines davon war ich. Er schloss sich in den 68er Jahren der Studentenbewegung an und bereute, wie sehr er sich hatte blenden lassen. Er war sich bewusst, dass er an einem verbrecherischen Angriffskrieg beteiligt gewesen war, und noch am Sterbebett sagte er meiner Mutter, es tue ihm leid, was er den Russen angetan habe.

Doch was hat er wirklich getan? In Russland, als Soldat der Waffen-SS? In welcher Einheit hat er gedient? Was war sein Rang? Wo war er eingesetzt? Stimmt es denn, was er erzählte, dass er an der Ermordung von Juden nicht beteiligt war? Was ist wahr und was Lüge und was Verdrängung?

»Das Unvorstellbare rückte auf einmal immer näher an mich heran, das war nicht länger etwas Abstraktes aus der Vergangenheit«

Als Erwachsene forschte ich nach, lange erfolglos. Das Internet weiß eben doch nicht alles, die Suchmaschinen schweigen zum Namen meines Vaters. Recht bald stieß ich jedoch auf Doktor Johann Duken, einen Kinderarzt, offenbar ein Großonkel von mir. Die Uniklinik Heidelberg hat ihre Beteiligung an der Ermordung sogenannter »erbkranker« Kinder von Historikern erforschen lassen und deckte die Verstrickung von Doktor Johann Duken auf, dem Direktor der Kinderklinik. Ich recherchierte weiter und besuchte in Erlangen die Ausstellung »Im Gedenken der Kinder. Kinderärzte und die Verbrechen an Kindern in der NS-Zeit.« Schon im zweiten Raum hing ein Foto von jenem Doktor Johann

Duken an der Wand, und er war nicht etwa nur »verstrickt« in die Aktion T4, wie der Plan für die Verbrechen an sogenannten »Erbkranken« damals hieß. Unter seiner Leitung wurden Kinder, die ihm anvertraut worden waren, mit Essensentzug ermordet, andere wurden in sogenannte »andere Fachabteilungen« verlegt, um dort getötet zu werden. Es sind Briefe erhalten, die das belegen. Besonders berührend war für mich der Brief einer Mutter, die verzweifelt nach ihrem Kind fragt, nach einem Besuch bestürzt über seinen Zustand. Sie erkannte es fast nicht wieder, so abgemagert und dem Tode nah fand sie ihr Kind vor. Ein anderer Brief stammt von Doktor Johann Duken selbst, er richtet sich darin an einen Vater, er solle Art und Ausgang der Behandlung der Mutter verschweigen, und der »Kummer möchte sich bald verziehn und Raum für neues Werden freiwerden«.

Ich trage den Namen dieses Mannes – Duken. Das Unvorstellbare, das mitleidlose Töten von Kindern in Not, das rückte auf einmal immer näher an mich heran, das war nicht länger etwas Abstraktes aus der Vergangenheit.

Und dann bekam ich in Gesprächen mit meiner Mutter und bei der Beschäftigung mit meinem Stammbaum heraus, dass jener Doktor Johann Duken der Mann war, bei dem mein Vater einige Jahre aufgewachsen war, im Alter von sieben bis zwölf Jahren, zusammen mit seinem Bruder Gerd. Ich kannte diesen Doktor Johann Duken also schon sehr viel länger, er geisterte als der Onkel bereits durch die Geschichten meiner Mutter, als ich noch klein war. Sie erzählte mir, was ihr erzählt worden war. Der Onkel tauchte sogar in der Grabrede auf, die ein guter Freund für meinen Vater gehalten hat. Dieser Onkel, Doktor Johann Duken, war derjenige, der die Kindheit meines Vaters prägte, der die beiden Brüder, Gerd und Jan, grausam schlug, vor allem meinen Vater, und ihn mit dem Holzgewehr um den Küchentisch exerzieren ließ. Ein Nazi der ersten Stunde, der die Jungen mit aller Härte zu strammen Soldaten erziehen wollte. Der später beim Kommandanten des jungen Gerd Duken intervenierte, um dessen Verlegung an die Front zu bewirken.

Anders als im Roman fiel Gerd Duken in Russland, er liegt auch nicht auf einem Soldatenfriedhof, wo mein Vater das Grab hätte besuchen können, sondern in der russischen Erde bei Mostki/Spasskaja Polist, zusammen mit abertausenden russischen und deutschen Soldaten. Diese Information habe ich über die Online-Gräbersuche beim Volksbund Deutsche Kriegsgräberfürsorge erhalten.

»Ich saß in diesem nüchternen Lesesaal in Berlin Lichtenfelde, mein Herz schlug schnell, und in diesem Moment formte sich nur eine einzige Frage in mir. Wie konntest du nur?«

Nach vielen Versuchen bekam ich auch endlich Nachricht vom Bundesarchiv in Berlin Lichtenfelde. Es existiere eine Akte über meinen Vater, die ich einsehen könne. Ich fuhr nach Berlin, ließ mir einen Stapel alter Papiere aushändigen und setzte mich in den Lesesaal, um Antworten zu bekommen. Was ich fand, waren Unterlagen zu seiner Verwundung und zu seiner Gefangenschaft in einem amerikanischen Lager. Er hatte meiner Mutter von der Zeit bei den Amerikanern erzählt, vom Campieren unter freiem Himmel, ohne Zelte oder Decken, vom Hunger und auch von den Bergen von Pfannkuchen auf der anderen Seite des Zauns. Die Versorgung war in den ersten Wochen nach Kriegsende zum Teil katastrophal gewesen. Dennoch erging es meinem Vater sehr viel besser als jenen Gefangenen, die zuvor den Deutschen in die Hände gefallen waren.

Für mich war am wichtigsten, dass ich nun eine Feldpostnummer hatte, eine Einheit, in der mein Vater gedient hatte (Regiment 9 Germania in der Division Wiking), und damit die Möglichkeit, weiterzuforschen.

Am Ende hielt ich in Berlin noch ein weiteres Schriftstück in der Hand, es handelte sich um die Bewerbung meines Vaters bei der SS. Ein handschriftlicher Lebenslauf, eine Bestätigung, »weltanschaulich gefestigt« zu sein, eine medizinische Untersuchung. Die Nase war vermessen worden, Helligkeit und Farbe des Haars und der Augen waren vermerkt ebenso wie Körpergröße und Statur. Ein Dokument des Rassenwahns und des Herrenmenschentums. Ich saß in diesem nüchternen Lesesaal in Berlin Lichtenfelde, um mich herum Wissenschaftler mit ganzen Bergen von Akten, mein Herz schlug schnell, und in diesem Moment formte sich nur eine einzige Frage in mir. Die Frage, die auch Floh an ihren Opa Paul richtet, nachdem sie von seiner Vergangenheit bei der Waffen-SS erfahren hat: Wie konntest du nur?

Ich recherchierte dann weiter nach dem Regiment Germania und der Division Wiking, und ich bin noch lange nicht am Ende angelangt. Aber bisher hat sich alles, was mein Vater vom Krieg erzählte, als wahr herausgestellt. Er war beteiligt an einer grausamen, menschenverachtenden Kriegsführung, von seinen Einheiten wurde unermessliches Leid vor allem über die sowjetische Bevölkerung gebracht. Einzelne unbekannte Mitglieder seiner Truppe ermordeten jüdische Zwangsarbeiter, insbesondere während des Rückzugs in Ungarn und Österreich, in den letzten Tagen des Krieges, als ohnehin schon alles verloren war.

Was ist wirklich wahr? Erinnerung ist trügerisch, vielleicht wird jemand zu Recht behaupten, dass alles ganz anders war.«

Ich werde wohl weitermachen und weiterrecherchieren. Ich will noch mehr wissen. Manchmal bin ich gespannt, wohin mich der nächste Link, die nächste Information noch bringen wird, manchmal erschöpft mich das Ausmaß der Verbrechen des Zweiten Weltkrieges so sehr, dass ich eine Pause einlegen muss, um nicht meinen eigentlich unerschütterlichen Glauben an das Gute im Menschen zu verlieren.

Mein Vater hatte in Wahrheit drei Geschwister, doch Gerd war ihm sein liebster Bruder, weil er mit ihm seine Kindheit verbrachte und das Schicksal beim Onkel teilte. Der ältere Bruder John durfte seine Eltern auf ihren Reisen begleiten, von ihm stammt die liebenswürdige Postkarte an Gerd, den meine englische Großmutter ursprünglich Garde genannt hatte. Doch der Onkel wollte deutsche Namen für seine Ziehsöhne haben.

»Ja, ich hatte wirklich eine englische Großmutter, die mit ihrem Mann, meinem Großvater, in Panama ein kleines Transportschiff betrieb, die Big Bill. Er war Seemann und Kapitän wie die meisten meiner Duken-Vorfahren, sie war abenteuerlustig und reiste mit ihm um die Welt, denn sie war nicht willens, alleingelassen wie die anderen Frauen monatelang auf ihren Mann zu warten. Dafür verließ sie drei ihrer Kinder und brachte die Söhne Gerd und Jan zu jenem Onkel, der sie jahrelang misshandelte.

Ich kannte meine Oma als alte Dame, und ich liebte sie, weil sie immer freundlich war, ein lustiges Kauderwelsch sprach und die besten Geschichten erzählte – wie die von der Vogelspinne, die auf dem Schiff dem Matrosen ausgebüchst war und die sie mit der Wäsche glattbügelte. Oh what a ekliges thing! War meine englische Oma zu Besuch und ich musste – leider – ins Bett, dann küsste sie mich, tätschelte meine Wange und sagte auf ihre Weise Gute Nacht zu mir: Sleep well in your klappriges Bettgestell! In meiner Familie kursieren viele ihrer Geschichten. Zum Beispiel auch die vom Südseehäuptling, der krank war und meinem Opa eine Insel schenkte. Ob das wahr ist? Oder nur Seemannsgarn, das an Deck mit einer Flasche Rum die Runde machte?

Was ist wirklich wahr? Erinnerung ist trügerisch, vielleicht wird jemand zu Recht behaupten, dass alles ganz anders war. Die Fotos habe ich nach bestem Wissen und Gewissen aufgrund der Erzählungen meiner Familie zugeordnet. Aber auch die geschönten, die halbwahren, die erfundenen, ja sogar die unerzählten

Geschichten, die Geheimnisse, gehören zu unserem Erbe, zu unserem Unbewussten, zu unserer Identität. Deshalb lohnt es sich, sie zu bergen, zuzuhören, nachzuforschen und vielleicht zu verstehen, wie alles kam. Auch wenn es schmerzlich ist, wenn Leid und Schuld, Verluste und Verbrechen zu unserer Familiengeschichte gehören. Das sind wir, das macht uns aus, und hoffentlich handeln wir klüger, mitfühlender und menschlicher als unsere Vorfahren. Hoffentlich können wir verhindern, dass sich Nationalismus, Rassismus, Antisemitismus und all die Menschenverachtung abermals durchsetzen. Sie gehen schon wieder auf Menschenfang, die rechten Ideologen, mit ihren Lügen, ihren Fake News und ihren Versprechungen, über andere erhaben zu sein. Aber jede Generation hat die Chance, nach der Wahrheit zu suchen, in der Vergangenheit, im Hier und Jetzt und in der Zukunft. Man muss das Gift nicht trinken, das einem hingestellt wird, in einem hübschen Becher, schön leuchtend und mit diesem süßlichen, betörenden Duft – es ist der Geruch der Vernichtung.

Heike Duken, August 2020

Fotos aus dem Familiennachlass von Heike Duken

Nach bestem Wissen der Autorin zugeordnet und beschrieben.

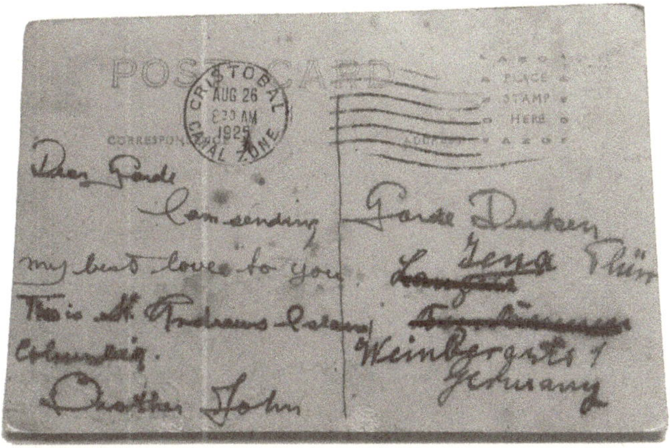

Diese Postkarte erhielt Gerd Duken von John, seinem älteren Bruder, der mit auf Reisen durfte, während Gerd und Jan in Deutschland beim Onkel lebten. Sie zeigt die Insel St. Andrews, die zu Kolumbien gehört, und wurde am 26. August 1926 in San Cristobal in Panama abgeschickt.

Meine englische Großmutter auf einer ihrer zahlreichen Reisen, die damals, in den Zwanzigerjahren des vergangenen Jahrhunderts, noch echte Abenteuer waren.

Eine Reisegesellschaft mit meiner Großmutter (zweite von links) auf einem Fahrweg im Dschungel, wahrscheinlich in Süd- oder Mittelamerika in den Zwanzigerjahren des letzten Jahrhunderts.

Mein Großvater, Albert Duken (ganz links), auf seinem kleinen Transportschiff, der »Big Bill«. Er nutzte das Schiff auch leidenschaftlich zum Angeln, hier wahrscheinlich im Golf von Panama.

Das vermutlich letzte Foto von Gerd Duken, er starb am 13. 3. 1942 in Motski/ Spasskaja in Russland. Deshalb zeigt ihn das Bild wahrscheinlich im Winter 1941/42. Er lehnte den Krieg ab und hatte gehofft, ihm in einer Schreibstube zu entkommen.

Mein Vater Jan Duken. Das Foto links stammt aus seiner Bewerbung bei der SS 1939, das Foto rechts wahrscheinlich von 1943 nach seiner Verwundung, nach der der linke Arm amputiert werden musste.

Im Gespräch mit Heike Duken

Wie kamen Sie zum Schreiben?

Ich habe schon immer geschrieben, ich erinnere mich an die ersten Versuche in einem Schulheft, das noch riesige Zeilen zum Schreibenlernen hatte. In der dritten Klasse war es dann schon eine Piratengeschichte, am Ende wusste ich nicht weiter und ließ alle Helden einfach sterben. Mein Stiefvater hat mich sehr gefördert und »Dichterlesungen« mit mir veranstaltet, er zündete eine Kerze an und lauschte meinen Geschichten. Das war toll, weil einem bei fünf Kindern im Haus nur sehr selten so eine exklusive Aufmerksamkeit zuteil wird. An meinem 40. Geburtstag bekam ich einen Anruf einer Zeitschrift, meine erste Veröffentlichung, eine Kurzgeschichte, der Titel war »Fake«. Bis zum ersten Buch dauerte es dann noch so lange, dass ich immer wieder überlegte, das Schreiben endlich sein zu lassen, wieder Geige zu spielen, zu reiten oder mit Ikebana zu beginnen. Aber immer kam im richtigen Moment eine Bestätigung, ein Preis, ein Stipendium, eine Veröffentlichung. Zum Glück habe ich nicht aufgegeben!

Was inspiriert Sie und wie finden Sie Ihre Themen?

Meine Familie ist weit verzweigt und ein unerschöpflicher Schatz an Geschichten und Legenden, ob wahr oder unwahr, das weiß niemand so genau.

Ich glaube, dass Kreativität auch im Unbewussten entsteht. Ich stoße immer wieder auf erstaunliche Zusammenhänge, die mir beim Schreiben nicht bewusst waren, die aber die Geschichte mit determinieren. Zum Beispiel Floh, das Mädchen in meinem Roman, das Briefe an den unbekannten Vater schreibt, die nie ankommen werden. Die Figur war ganz plötzlich da, wurde lebendig und bekam eine Stimme. Erst viel später wurde mir klar, dass ich ja selbst ein Mädchen ohne Vater gewesen war, er starb, als ich fünf war, und war in vielen Fantasien präsent. Ich stellte mir oft vor, er würde mir beim Leben zusehen und stolz auf mich sein. Das hat mich auch zum Schreiben motiviert: Ich wusste, dass er sich über eine schreibende Tochter gefreut hätte, weil er selbst Gedichte verfasst hat.

Gibt es bestimmte geografische Orte, zu denen Sie und Ihr Buch einen besonderen Bezug haben?

Obwohl ich noch nie dort war: Israel. (Ich werde so bald wie möglich hinfahren)

Und ganz wichtig: Bagan. Ein magischer Ort in Myanmar, den ich schon besucht habe. Er spielt im Roman eine Rolle, weil die Mutter der Brüder, eine Abenteurerin, sich dort aufhält, als sie eine schlimme Nachricht erhält. Und Bagan ist Sehnsuchtsort für Floh, die von ihrem Opa und ihrer Uroma darüber erzählt bekommen hat.

Ich glaube, der süddeutsche Raum ist im Roman gut zu erkennen. Es gibt zum Beispiel eine Wanderung im bayerischen Voralpenland. Und wem Nürnberg vertraut ist, der wird vielleicht manches wiedererkennen. Aber Örtlichkeiten waren mir tatsächlich nicht so wichtig, diese Geschichte könnte überall in Deutschland spielen.

Was macht sie wütend?

Zur Zeit machen mich Verschwörungstheorien richtig wütend und wenn Fakten und wissenschaftliche Erkenntnisse ignoriert werden. Ansonsten bringen mich Verharmlosung und Leugnung der Verbrechen des Nationalsozialismus aus dem Stand auf die Palme. Antisemitismus und Rassismus machen mich wütend, aber auch unglaublich ratlos und traurig. Ich glaube, es würde uns eher linken, liberalen, aufgeklärten Menschen gut tun, über eigene Vorurteile, destruktive Mechanismen und unseren versteckten Rassismus nachzudenken. Wenn menschenverachtenden Ideologien Aufwartung und Aufmerksamkeit zuteilwird, vor allem in den öffentlich-rechtlichen Medien, fange ich an, böse zu schimpfen.

Ich hasse es wirklich, wenn Menschen in Armut, die wenig Chancen im Leben hatten, vorgeführt und verachtet werden.

Möchten Sie Ihren Lesern mit Ihrem aktuellen Buch eine bestimmte Botschaft mitgeben?

Die Vergangenheit mag schrecklich sein und wie ein Schatten auf uns lasten – in diesem Land, in diesem Europa, in den Familien mit einem gewalttätigen Erbe. Aber jede Generation hat die Chance, Licht ins Dunkel zu bringen und es anders und besser zu machen: Kinder mit Liebe und ohne Gewalt zu erziehen, Vernunft und Mitgefühl walten zu lassen, Hass und Gewalt entschlossen zu begegnen, wo immer das möglich ist, ganz besonders wenn Kinder die Opfer sind.

Weitere Informationen, das vollständige Interview
mit Heike Duken und Material für Ihren Lesekreis
finden Sie unter
www.limes-verlag.de/heikeduken

Danksagung

Ich danke Johanna Bedenk von Blanvalet für die Unterstützung und dem Verlag für den großartigen Rückhalt, auch und sogar in Corona-Zeiten, sowie meinem Lektor René Stein für die wertvollen Hinweise und meiner Agentur Elisabeth Ruge für die Ermutigungen und Anregungen zu den ersten Kapiteln des Manuskripts.

Ich danke dem Bundesarchiv in Berlin Lichtenfelde, das mir Akteneinsicht gewährt und mir so geholfen hat, wichtige Einblicke in das Leben meines verstorbenen Vaters zu erlangen.

Ganz besonders möchte ich den Teilnehmer*innen der Konferenz »Voices after Auschwitz« danken, wo Nachkommen von Überlebenden der Shoa mit Nachkommen von Tätern zusammenkommen, um gemeinsam über das Erbe einer unerträglichen Vergangenheit zu sprechen.

Ich danke meiner Mutter dafür, dass sie für meine Fragen stets offen ist, und meinen beiden erwachsenen Kindern, dass ich so viel von ihnen lernen kann. Ohne euch wäre Floriane nicht auf diese Weise zum Leben erwacht.

Herzlichen Dank auch meiner Schwester Elke: für ein paar deiner Geschichten (du weißt, welche) und dafür, dass es dich gibt.

Ich bin eine Diebin wie Ina, nur dass es Geschichten sind, die ich mitgehen lasse, dafür möchte ich mich bei allen Bestohlenen entschuldigen.